KB165852

Muchas
vidas
por vivir

**살아내기 위한
수많은 삶**

Muchas vidas por vivir: Antología de cuento colombiano contemporáneo

by Laura Ortiz, Orlando Echeverri Benedetti, Yijhán Rentería Salazar, Juan Gabriel Vásquez, John Better, Juan Cárdenas, Patricia Engel, Margarita García Robayo, Luis Noriega and Pilar Quintana

This title is published with the support of the Colombian Ministry of Culture.

콜롬비아
대표
현대소설선

Muchas
vidas
por
vivir

살아내기 위한
수많은 삶

라우라 오르티스 외 지음
송병선·엄지영 옮김

사회평론

차례

아메리카 호랑이: 판테라 온카*

Tigre Americano: Panthera onca

라우라 오르티스

Laura Ortiz(1986~)

콜롬비아 보고타에서 태어나 하베리아나 대학에서 문학을 전공했다. 작가와
삽화가로 일하면서 독서와 글쓰기와 관련된 활동을 지속해 왔다. 첫 작품집
『질식』으로 2020년에 엘리사 무히카 전국 소설상을 받으며 문단의 주목을
받았다. 삶의 향기가 짙게 느껴지는 서정적 리얼리즘이 돋보이는 전통적 소
설을 쓰는 작가로 평가받고 있다.

나는 아직도 침대에 오줌을 싼다. 엄마는 시트에 남은 얼룩을 볼 때마다 운다. 하지만 안 우는 척한다. 어깨를 들썩이지도, 콧물을 훌쩍이지도 않고, 그저 소리 죽여 운다. 엄마는 얼굴이 빨개졌지만, 내게 등을 돌리고 아침 식사를 준비하기 시작한다. 이렇게 나는 오줌을 싸고 엄마는 눈물을 흘리는 것으로 하루를 시작하는 것이 너무 오랫동안 반복되어 왔기 때문에, 이젠 엄마가 등을 돌리고 있을 때 우는지 안 우는지 나는 금세 알 수 있다. 물론 엄마나 나는 하루를 그런 식으로 시작하고 싶지는

---

* *Panthera onca*. 재규어의 학명.

않다. 하지만 나는 여전히 침대에 오줌을 지리고, 엄마는 여전히 눈물을 흘린다.

오늘 우리는 코카 재배에 필요한 소모품을 사러 마을로 내려갈 예정이다. 엄마는 나더러 고무장화를 신지 말고, 겨드랑이 부분이 꽉 끼는 핑크색 옷을 입으라고 닦달한다. 그 옷은 내가 일곱 살이 되던 해 생일 선물로 받은 것이다. 나는 이제 여덟 살이다. 그 옷은 선물 받았을 때만큼 예뻐 보이지 않는다. 나는 하얀색 테니스화도 신고 싶지 않다. 밑창이 너무 미끄러워서 진흙탕 길을 걸으면 힘이 들어간 발가락이 아플 테니까 말이다. 더군다나 엄마의 걸음이 너무 빨라서 쫓아가다가 넘어질 게 뻔하다. 하지만 그런 것 때문에 투덜거리고 싶지는 않다. 엄마가 부엌에서 냄비를 쾅쾅 두드리고 있는 걸 보면, 지금 몹시 화가 난 모양이다. 그 순간, 좋은 생각이 떠올랐다. 한 발에는 장화를, 그리고 다른 한 발에는 테니스화를 신는 거다. 그렇게 하면 엄마가 바라는 것과 내가 하고 싶은 것을 반반씩 이루는 셈이니까.

나는 엄마 뒤로 갔다. 그러곤 엄마의 손을 잡고 말한다. 엄마, 이제 다시는 침대에 오줌 안 싸겠다고 약속할게. 하지만 엄마는 내 짝짝이 신발을 보고 다시 소리 죽여 이

상하게 울기 시작한다. 엄마는 울면서도 웃는다. 정확히
말하자면, 웃는 게 아니라 미소 짓는다. 나도 엄마를 보
고 미소 지으며 엄마의 다리를 꼭 껴안는다. 그런데 엄마
는 다시 버럭 화를 낸다. 당장 장화를 갈아 신고 오지 않
으면, 강제로 갈아 신기겠다고 한다. 당장 뛰어가 갈아
신고 오세요. 엄마가 얼마나 무서운 눈빛으로 노려보는
지, 신발들도 벌벌 떨 정도였다.

코카 잎을 담은 자루가 대문 앞에 놓여 있다. 엄마는
이왕 나서는 김에 두 자루를 들고 내려갈 거라고 한다.
그 말을 듣는 순간, 울고 싶어진다. 더구나 미끄러운 신
발을 신고, 겨드랑이가 꽉 끼는 옷을 입고 저런 짐을 지
고 가다가는 십중팔구 넘어지고 말 텐데. 하지만 아침부
터 엄마하고 싸우고 싶지는 않다. 엄마도 미사 드리러 갈
때나 입는 옷을 입고 있다.

엄마는 대문에 자물쇠를 채우고 세 번 돌린다. 그러곤
마을을 향해 걸음을 옮기기 시작한다. 나는 진창에 잘 박
히는 한 쌍의 발톱을 상상하면서 걷는다. 그렇게 집중해
걸으면 넘어지지 않을 것 같다. 요즘은 마을이 예전 같지
않다. 전에는 코카 잎을 아니발에게 팔면, 그는 우리 손
에 지폐를 두둑이 쥐어 주었다. 우리는 그 돈으로 라디오

와 새 구두, 심지어 인형도 샀다. 하지만 이제는 잎을 그들에게 팔아야 한다. 이 마을의 모든 것이 그들과 관련되어 있다. 그들은 총을 가지고 있는 데다 비열한 짓을 일삼기 때문에, 아무도 그들을 좋아하지 않는다. 엄마는 절대 그들을 쳐다보지 말라고 내게 신신당부했다. 나는 안 보는 척하지만, 엄마 몰래 그들을 흘금흘금 엿본다. 얼핏 보면 보통 남자들과 별반 다를 것이 없지만, 눈빛이 기분 나쁘다. 그들의 눈에서는 악취가 풍긴다. 흰자위에 눈동자는 검은색이지만, 썩어 있다. 예전에는 제복을 입고 있었는데, 이제는 아니다. 그래서 사람들이 많을 때는 누가 누군지 알 길이 없다.

엄마는 내 손을 꼭 잡으며 말한다. 밀레나. 너도 잘 알겠지만, 입 다물고 있어야 해. 엄마의 손바닥에 땀이 차서 미끈거렸다. 나는 옷이 겨드랑이에 쩨어서 아픈 데다, 진흙으로 범벅이 된 신발을 신은 채 마을을 걷자니 스케이트를 타는 기분이 든다. 코카 잎을 팔러 마을로 내려오는 것이 정말 싫다. 내가 투정을 부리면 엄마는 언제나 똑같은 말만 한다. 그럼 넌 우리가 어떻게 하면 좋겠니? 코카 잎을 팔지 않으면 굶어 죽는데. 하지만 내 생각에는 꼭 그렇지는 않을 것 같다. 밥이 없으면 바나나라도 먹으면 될 테니까. 우리 동네에 바나나 나무 스무 그루만 심으면, 이제 더 이상 티그레*로 내려가지 않아도 될 텐데.

마을 중심 도로 초입에서 총을 들고 지키는 이가 우리에게 신분증을 내놓으라고 한다. 엄마가 플라스틱으로 된 신분증을 건네주자, 그는 괜히 인상을 쓰며 읽는 척한다. 하지만 저렇게 썩은 동태눈을 하고 글이나 읽을 줄 알까? 그 남자에게서는 내 오줌보다 더 심한 악취가 난다. 게다가 그는 우리를 향해 계속 담배 연기를 내뿜는다. 잠시 후, 그는 엄마가 정말 시골에서 일하는지 확인하겠으니 손을 보여 달라고 한다. 그러곤 엄마의 손을 잡고 들여다본다. 이다음에 내가 크면 저 남자에게 이렇게 말해 줄 테다. 이 더러운 자식아, 감히 어디서 우리 엄마 손을 잡고 그래. 당장 놓으라고. 그러면서 마체테로 그 남자의 발등을 찌르는 거야. 그는 우리를 통과시켜 준다. 그런데 그때 엄마에게 '예쁜이'라고 말한다. 그 말을 듣자, 속에 있는 것이 다 올라오려고 한다. 나는 엄마에게 말한다. 엄마, 저 남자한테 신경 쓰지 마. 엄마는 울고 있을 때와 똑같은 미소를 내게 지어 보인다.

* 콜롬비아 중서부 바예 델 카우카주에 있는 마을.

엄마는 코카 잎 두 자루를 판다. 하지만 슬프게도 그 돈으로는 라디오나 인형은커녕, 살충제와 비료, 그리고 지독한 냄새가 나는 유리병 같은 소모품밖에 살 수 없다. 터덜터덜 집으로 돌아오는 길에 엄마는 한마디도 하지 않는다. 그러다 드디어 내게 말을 건다. 얘야, 전에는 이렇지 않았단다. 나도 옆에서 맞장구를 친다. 맞아, 엄마. 나도 기억나. 하지만 엄마는 그럴 리 없다고 한다. 적어도 네가 이 세상에 태어나기 전에는 이렇지 않았어. 내가 태어나기 전에는 세상이 그렇게 아름답고 인심도 좋았다고 생각하니, 괜히 울적해진다. 나는 울지 않으려고, 목 속에 든 작은 유리병을 떠올린다. 잘 참기만 하면, 눈물이 그 병으로 되돌아가 몸속으로 떨어져 내릴 테니까. 1년 전, 나는 눈물을 도로 몸속으로 흘러들어 가게 하는 비결을 생각해 냈다. 그런데 갈수록 효과가 좋아지고 있다. 그래서 이제는 거의 울지 않는다. 반면에 엄마는 여전히 운다. 물론 나하고 둘이 있을 때만 그렇지만. 나는 울지 않지만, 아직 오줌을 지린다.

오르막길을 오르다 클레오 아주머니와 마주쳤다. 엄마는 클레오 아주머니를 보자마자 잡고 있던 내 손을 놓더니 수다를 떨기 시작한다. 내 생각에는 엄마가 클레오 아주머니보다 더 예쁜 것 같다. 아주머니는 얼굴과 손에 주름이 자글자글한데, 엄마는 아직 피부가 탱탱하니까 말이다. 클레오 아주머니는 쭈글쭈글한 건포도, 아니 박하 잎 같다. 어떤 이가 아주머니의 살갗을 잡고—내가 그림을 그리다 마음에 안 들면 종이를 구기듯이—꼬깃꼬깃 구겨 버린 것처럼 보였다. 하지만 아주머니의 몸에서는 언제나 좋은 냄새가 난다. 또 아주머니는 미사를 드리러 갈 때나, 내 생일에 선물로 작은 성모상을 줄 때처럼, 늘 옷을 우스꽝스럽게 입고 다닌다. 아주머니는 마리화나를 피운다는 이유로 저들이 자기 손자를 죽이려 한다면서 분통을 터뜨린다. 그러자 엄마가 대답한다. 맞아요. 코카인을 몰래 내다 팔면서 다른 마약은 입에도 못 대게 하다니, 저들은 분명 천벌을 받을 거라고요. 엄마는 주머니에 있던 지폐를 탈탈 털어 아주머니에게 건네준다. 이 돈을 보태서, 손자를 아예 먼 곳으로 보내도록 하세요. 엄마가 아주머니에게 말한다. 클레오 아주머니가 눈물을 흘리기 시작한다. 하지만 아주머니는 엄마처럼 울지는 않는다. 클레오 아주머니는 콧물을 훌쩍거리고 어깨를 들썩거리면서 정말로 운다. 아주머니가 엄마를 꼭 껴안는다. 마치 한 몸에 머리가 둘 달린 부인 같아 보인다. 그 순간, 어여

쁜 새 한 마리가 노래를 부르며 날아가고, 뭉게구름이 빠르게 지나간다. 나는 해를 쳐다보려고 하지만, 이미 내 머릿속에서 빛나고 있다.

클레오 아주머니가 작별 인사를 하고 떠나자, 나는 내 발아래 고인 노란 웅덩이를 가리려고 한다. 하지만 코를 킁킁거리던 엄마가 이내 무슨 일인지 알아차린다. 엄마는 내 팔을 꽉 붙잡는다. 엄마는 고개를 돌리더니, 아무도 안 보일 때까지 기다렸다가 내 팔을 잡아 흔들기 시작한다. 그러곤 같은 말을 여러 번 되풀이한다. 밀레나, 대체 왜 이래? 이렇게 계속 오줌을 싸면 어떡하니. 나는 대답한다. 나도 잘 모르겠어. 갑자기 새 한 마리가 지나가는 바람에 그만…. 그러자 엄마는 마음을 가라앉히고 부드럽게 나를 안아 준다. 이제 엄마하고 나는 다리가 넷 달린 문어, 아니 자루가 달린 옥수수처럼 보일 것 같다.

어느새 잠이 든 나를 엄마가 깨운다. 엄마는 그사이 싸둔 가방과 손전등 하나를 든 채, 겁에 질린 얼굴을 하고 있다. 엄마가 담요를 걷어 낸다. 엄마는 오늘 밤, 클레오 아주머니 집에서 잘 거라고 한다. 나는 오줌을 지리지 않으려고 있는 힘껏 엉덩이를 붙잡는다. 나는 가고 싶지 않다. 그들이 아주머니의 손자를 쫓아다니며 죽이려고 한다니까 거기 가기가 너무 무섭다. 엄마는 나를 일으켜 세우고 머리를 빗겨 준 다음, 고무장화를 신긴다. 엄마의 손은 참 곱다. 엄마의 젖가슴은 구름처럼 푹신하고, 몸에서는 침대 이불처럼 향긋한 냄새가 난다. 나는 껌딱지처럼 엄마한테 딱 달라붙어, 앞으로 다시는 오줌을 싸지 않겠다고 약속한다. 엄마는 내 이마에 입을 맞추고, 하룻밤만 자고 올 거라고 말한다.

우리는 사람들이 지나다니는 길 대신 숲속을 걷는다. 엄마는 손전등을 비추며 내 앞에 걸으면서 마체테로 잡초를 쳐 낸다. 새로 길을 터 주는 엄마. 개구리와 귀뚜라미 소리가 우리를 둘러싸고 있다. 날개를 파닥이며 매미 소리를 내는 벌레 한 마리가 내 귓속 깊숙이 들어가고 말았다. 머릿속에서 윙윙하는 소리가 울리는 듯하다. 장화가 진흙에 빠질 때마다, 질퍼덕, 질퍼덕, 질퍼덕, 질퍼덕하는 소리가 난다. 밤하늘에 보름달이 밝게 떠 있어서 엄마는 손전등을 끈다. 우리는 발로 땅을 더듬거리듯이 조심스럽게 걷는다. 갑자기 눈앞이 뿌옇게 흐려지면서 눈꺼풀이 무거워지기 시작한다. 나도 모르게 눈을 감고 걸을 때가 많아진다.

클레오 아주머니가 뒷문에서 우리를 맞아 준다. 아주머니가 화로를 켜 둔 덕분에 안은 훈훈한 편이다. 집 안에 아구아파넬라*와 갓 구운 옥수수 빵의 향기가 감돌고 있다. 클레오 아주머니는 부드러운 목소리로 나를 부른다. 부엌으로 오렴. 얘야, 거기 앉아서 함께 밥을 먹자꾸나. 엄마가 아주머니에게 고맙다고 하자, 둘은 오랫동안 포옹한다. 나는 클레오 아주머니가 아구아파넬라를 뜨는 사이, 창가로 쪼르르 달려간다. 어두컴컴한 숲의 입구로 들어가는 엄마의 실루엣이 어렴풋이 보인다. 그런데 자세히 보니, 또 다른 부인들의 실루엣과 여러 개의 손전등 불빛이 엄마를 따라가고 있다. 적어도 엄마 혼자서 실성한 사람처럼 숲속에 들어가는 건 아니었다. 그러자 엄마가 다시 돌아올 거라는 희망이 샘솟는다.

클레오 아주머니가 자기 침대에 내가 잘 곳을 마련해 준다. 나는 착한 아이이기 때문에, 자다가 이불에 오줌 누는 버릇에 대해 아주머니에게 다 털어놓는다. 아주머니는 내 말을 듣고 까르르 웃는다. 그러곤 자기도 실수로 오줌을 지린다고 털어놓는다. 아주머니의 말에 따르

---

* 정제하지 않은 설탕인 조당粗糖(파넬라)을 물(아구아)에 넣고 끓인 음료.

면, 그런 현상을 요실금이라던가 뭐라던가 한단다. 자리에 눕기 전에 우리는 바지 아래에 못 쓰는 수건 몇 장을 받쳐 놓는다. 엄마도 클레오 아주머니처럼 내 버릇을 심각한 문제로 보지 않으면 얼마나 좋을까 하는 생각이 잠시 든다. 하지만 곧 그런 생각을 한 것이 후회스럽다. 그래서 하느님과 숲에게 부디 엄마를 잘 지켜 달라고 기도한다. 잠들기 전에 나는 클레오 아주머니에게 개구리들은 잠을 안 자는지 묻는다. 그런데 아주머니는 잘 모르겠다고 한다.

창문으로 푸르스름한 새벽빛이 비칠 때쯤 나는 눈을 뜬다. 부엌에서 엄마의 목소리가 또렷이 들려온다. 클레오 아주머니와 잡담을 나누고 있다. 마치 비밀 이야기를 나눌 때처럼 소곤소곤 속삭인다. 그래서 나는 아무 소리도 내지 않고 거기로 천천히 다가간다. 엄마가 아주머니에게 하는 말이 들린다. 아이를 제 엄마한테서 떼어 내는데, 차마 눈 뜨고 못 보겠더라고요. 그 계집아인 아주 어려서, 무슨 영문인지도 몰라요. 우리도 그들처럼 점점 모질어지고 있는 걸까요? 그러자 클레오 아주머니가 대답한다. 걱정하지 말아요. 우린 좋은 뜻에서 그 일을 하고 있는 거니까요. 그들 때문에 우리가 얼마나 고생했는지 생각해 보라고요.

엄마는 아무 말 없이 고개를 푹 숙인다. 그런데 얼굴이 빨갛다. 눈물이 보이지는 않지만, 나는 엄마가 울고 있다는 것을 안다.

클레오 아주머니는 엄마의 손을 잡고 말한다. 루이사도 마찬가지예요. 그리고 모니카도요. 내가 이런 말을 했다고 그들에게 말하지 말아요. 그러면 그녀들이 수치스럽게 여길 테니까요. 내가 당신한테 이런 말을 하는 건, 당신만 그런 게 아니라는 걸 알려 주기 위해서예요. 그런 일을 당한 여자들이 생각보다 많아요. 그자들은 무자비하기만 하지, 아무짝에도 쓸모없는 놈들이라고요.

엄마는 머리를 가슴에 더 깊이 파묻은 채, 머리에 손을 얹는다. 그러더니 주먹으로 탁자를 탁 내리친다. 망할 놈들 같으니. 엄마가 말한다.

오늘 아침 눈을 떴을 때, 엄마가 보이지 않았다. 그런 지가 벌써 여러 날째다. 눈을 뜨면 침대보며 이불이 깔끔하게 정돈되어 있다. 엄마는 흔적도 보이지 않는다. 나는 온기가 사라진 침대 시트에 살짝 손을 댄다. 집 안에 나

혼자라는 것이 너무 무섭다. 그들이 나와 엄마, 그리고 클레오 아주머니를 잡으러 오는 모습을 상상해 본다. 클레오 아주머니의 손자는 그들의 손길이 닿지 않는 곳으로 멀리 달아났기 때문에 일단 위기를 모면한 셈이다. 사실 나로서는 그 손자가 도망간 곳이 어딘지 상상도 가지 않는다. 어쩌면 그가 저 먼 과거로, 그러니까 내가 이 세상에 태어나기 전 세상으로 갔는지도 모른다는 생각이 든다. 그러자 근사하지만 서글픈 생각이 든다. 나는 손톱을 물어뜯으며 화장실로 달려간다.

하지만 화장실에 도착하기도 전에 뜨거운 물줄기가 몸 밖으로 뿜어져 나온다. 나는 오줌을 누고 있다. 바로 그때, 부엌에서 엄마의 발소리가 들린다. 나는 엄마를 맞으러 달려가면서 말한다. 엄마, 여태 어디 있었어? 엄마는 몸을 돌리더니, 고양이 같은 눈으로, 눈 한 번 깜박하지 않고 나를 빤히 노려본다. 엄마는 또 오줌을 쌌냐고 묻는다. 나는 아니라고 대답하지만, 엄마의 눈빛이 무서워 고개를 푹 숙인다. 엄마는 그런 눈빛을 할 때마다 어김없이 손바닥으로 내 등짝을 찰싹 때렸다. 아침 먹으면서 엄마의 표정이 다소 누그러지면서, 다시 자상하고 부드럽고 따뜻한 엄마의 모습으로 돌아왔다. 그리고 눈도 다시 동

그래진다. 나는 그 틈을 이용해 엄마에게 말한다. 엄마, 날 혼자 남겨 두지 마. 그러자 엄마의 눈빛이 다시 무섭게 변하고, 남자처럼 턱뼈가 불룩 튀어나올 정도로 어금니를 꽉 깨문다. 엄마는 무서운 얼굴을 하고서 내게 말한다. 까불지 마, 밀레나. 나는 눈치가 빨라서 속으로 중얼거린다. '쉬, 쉿, 조용히 해.' 적어도 입만 다물고 있으면, 매는 맞지 않으니까.

날이 갈수록 음식이 시원찮아지고 있다. 식탁에서 고기와 우유는 구경하기조차 어려울 정도다. 희한한 건 엄마가 시장에서 뭘 사 와도, 얼마 지나면 감쪽같이 사라져 버린다는 점이다. 우리는 수확한 코카 잎을 내다 팔러 마을로 내려가곤 한다. 엄마는 그걸 팔고 받은 돈으로 우유하고 고기를 산다. 그런데 그걸 건포도처럼 비쩍 마른 클레오 아주머니에게 죄다 퍼 주는 걸까? 나도 배가 고픈데. 솔직히 말하면, 배가 고픈 것보다 매일 빵과 아구아 파넬라만 먹어서 화가 난다. 내 혓바닥에서 똑같은 맛만 난다. 하루 종일, 매일 말이다. 마치 혓바닥이 얼음에 달라붙은 듯한 느낌이다.

오늘 밤에는 잠을 안 자려고 한다. 졸음이 와도 꾹 참

고, 새벽에 엄마가 나가면 뒤를 밟아 볼 생각이다. 아무
래도 동화에 나오듯이 엄마가 아이들을 숲속에 버리고
있다는 직감이 든다. 내가 오줌싸개 계집애라서 엄마는
더 이상 나를 사랑하지 않는 거다. 그게 아니라면, 불현
듯 그들이 엄마를 죽이겠다고 협박했는지도 모른다는
생각이 든다. 그렇다면 엄마는 살기 위해서 시장에서 산
고기와 우유를 모두 그들에게 바쳐야 했을 것이다. 그게
사실이라면, 나는 엄마를 지키기 위해 마체테를 들고 갈
것이다.

나는 졸음을 참기 위해 안간힘을 썼지만, 더 이상 버
틸 수가 없었다. 눈을 뜬 순간, 침대에 오줌을 쌌다는 것
을 알아차렸다. 그런데 아무리 찾아 봐도 엄마는 또 온데
간데없었다. 아침에는 차라리 엄마가 없는 편이 났다는
생각이 들기도 한다. 그러면 엄마한테 오줌 싼 걸 들키지
않을 테니까. 나는 침대에 묻은 오줌 자국을 없애기 위해
재빨리 걸레와 비누를 찾으러 간다. 그런데 엄마가 어디
갈 때마다 들고 다니는 커피색 가방이 눈에 띈다. 나는
곧바로 가방 안을 뒤진다. 안에는 코카 잎 수확할 때 입
는 셔츠와 지폐가 든 지갑, 그리고 아기 젖병이 들어 있

다. 갑자기 머릿속이 빙빙 돌고 가슴이 쿵쾅거린다. 쿵, 쿵, 쿵, 쿵, 쿵. 예전에 배를 타고 구아무에스강*을 지나다가 긴꼬리원숭이 한 마리가 나뭇가지를 타고 다니는 것을 보았을 때처럼 속이 메스꺼워진다. 그 원숭이는 마치 나무에서 사는 검은 강아지처럼 보였다. 하지만 그렇게 귀엽게 메스꺼운 것이 아니다. 속에 있는 것을 다 토해내고 싶을 만큼 지저분하게 메스껍다. 그러는 사이, 혹시 엄마에게 숨겨 둔 아기가 있을지도 모른다는 생각이 든다. 어쩌면 아직 우유를 많이 먹지만, 고기도 먹는 아기가 있는지도 몰라. 나처럼 오줌을 싸지 않는 착한 아기가 말이야. 그래서 나를 버리고 떠나려는 거야. 나는 앞으로 절대 잠을 자지 않겠다고 다짐한다. 무슨 일이 있어도 그 아이의 얼굴을 봐야겠어.

하루 종일 오한이 나고 속이 메슥메슥하면서 토하고 싶다. 눈을 감자 현기증이 나면서 못생긴 아기를 안고 있는 엄마가 보인다. 이는 났지만 머리털이 하나도 없어 고 깃덩어리 같은 아기는 엄마를 껴안으면서 나를 밀친다.

*   콜롬비아 아마존 지역을 흐르는 강.

밤이 되니까 더 피곤해지지만, 꾹 참는다. 눈꺼풀 안에서 여러 가지 색깔이 아롱거린다. 그렇지만 나는 있는 힘을 다해 눈을 뜨고 가쁜 숨을 내쉰다. 엄마의 코 고는 소리가 들린다. 어릴 적에 듣던 자장가 소리 같다. 나는 어둠 속에서 엄마의 얼굴을 바라본다. 나는 어두운 곳에서도 잘 볼 수 있으니까. 당장 엄마 곁에 눕고 싶다. 그리고 엄마의 코를 한 대 때리고도 싶다. 부인, 아무리 그래도 아이를 바꿔치기 해서는 안 되죠. 그런 것쯤은 아직 어린 나도 안다. 갑자기 그날 클레오 아주머니의 부엌에서 들었던 이야기가 떠오른다. 엄마는 그들이 누군가의 아기를 빼앗았다고 했다. 아무래도 돌아가는 낌새가 심상치 않은 것 같다. 엄마가 아이들을 훔친다니. 졸지에 나도 훔쳐 온 딸이 된 셈이다. 하지만 가슴 한복판에서 무언가가 소리친다. 엄마, 나쁜 짓은 하지 마. 우리 하느님, 제발 우리 엄마가 못된 짓을 하지 않게 해 주세요.

머리에 노란 털이 난 분홍빛 오리 세 마리가 우스꽝스러운 소리를 내며 줄지어 지나가는 모습이 보였다. 아무래도 깜박 잠이 든 사이에 꿈을 꾼 모양이다. 다행히 엄마는 여전히 침대에 누워 있다. 방 안으로 푸르스름한 빛이 스며들고 있다. 잠에서 깼는지, 엄마는 몸을 뒤척거리며 어둠 속에서 손을 더듬어 옷을 찾는다. 나는 귀를 쫑 긋 세우고 엄마의 발소리를 따라간다. 잠시 후, 문이 닫 히는 소리가 들린다. 나는 침대에서 일어나 장화를 신은 다음, 부엌칼을 들고 엄마 뒤를 따라간다.

아직 캄캄한 밤이라서 겁이 난다. 저 멀리서 수풀을 헤 치고 나아가는 엄마의 모습이 보인다. 나는 두려움을 떨 쳐 버리기 위해, 그리고 엄마의 실루엣을 놓치지 않기 위 해 조금씩 뛰기 시작한다. 그렇게 엄마와 나는 한동안 숲 길을 걸어간다. 엄마는 나뭇가지를 꺾고 단호한 발걸음 으로 걸어간다. 새들이 푸드덕거리는 소리가 들린다. 새 벽 시간에 움직이는 걸 보니, 잠을 안 잔 모양이다. 그리 고 어디 있는지 모르겠지만, 어디선가 졸졸 흐르는 시냇 물 소리도 들린다. 나는 물소리를 듣지 않으려고 귀를 막 는다. 혹시라도 불상사가 일어나면 안 되니까.

엄마는 점점 더 걸음을 늦추고 있다. 이제 목적지에 거 의 다 온 것 같다. 나는 멀리서 엄마를 지켜보기 위해 덤 불 뒤에 몸을 숨긴다. 나는 열이 났을 때처럼, 얼굴이 화 끈거리면서 빨개졌다. 그때, 파란 토끼 한 마리가 내 손 으로 뛰어들었다. 얼굴에 불이라도 난 것처럼, 나는 흙 을 한 움큼 집어 내 얼굴에 뿌린다. 다시 고개를 들고 앞을 보니, 엄마가 무언가에 다가가고 있다. 얼핏 보아서는 키가 작은 이들이 사는 집이나 오두막 같기도 하고, 동굴 같기도 하다. 여기서는 잘 보이지 않아서, 조금 더 가까이 다가가기로 한다. 천천히 움직이는 동안, 심장 뛰는 소리가 귓가를 울린다.

우리가 보인다. 엄마는 잔뜩 웅크린 채 쇠창살을 꽉 붙들고 있다. 그 안에는 커다란 고양이 한 마리가 엄마가 건넨 우윳병을 핥고 있다. 금빛이 도는 노란 털에 커피 색 점무늬가 있는 예쁜 고양이다. 녀석은 고무젖꼭지를 계속 핥으면서 앙큼스러운 미소를 짓는다. 녀석을 미소쟁이라고 불러야 할 것 같다. 하지만 엄마는 그 고양이가 마음에 들지 않는 눈치다. 엄마는 분명 녀석에게 발렌틴이나 에밀리아노 같은 따분한 이름을 지어 주었을 것 같다.

별안간 엄마가 몸을 홱 돌리더니 손전등을 꺼내 내 얼굴을 환히 비춘다. 나는 불빛 때문에 앞이 보이지 않는다. 나는 석상처럼 온몸이 굳어 한 발자국도 움직이지 못한다. 엄마가 내게 달려오는 소리가 들린다. 그러곤 나를 잡고 세게 흔들면서 고함을 지른다. 엄마의 입 냄새가 느껴지고, 침이 얼굴에 튄다. 엄마는 내 팔을 잡고 계속 소리를 지른다. 그러다 대번에 손바닥으로 내 뺨을 찰싸닥

때린다. 그 순간, 내 뺨에서 채찍으로 말을 때리는 소리가 난다. 나는 바닥으로 나동그라진다. 여태껏 엄마가 나를 그렇게 호되게 때린 적은 단 한 번도 없다. 얼굴 전체가 불에 데인 듯 화끈거린다. 몸도 마찬가지다. 내 마음속에서 처량한 기분이 솟구친다.

이젠 아무 소리도 들리지 않는다.

언제부터인지 모르겠지만, 나는 울고 있었다. 하지만 울음은 좀처럼 멎지 않는다. 눈에서 닭똥 같은 눈물이 뚝뚝 떨어진다.

드디어 하늘이 푸르스름한 빛으로 물들기 시작한다.

엄마는 나를 두 팔로 안아 들어 올린다. 엄마는 빈자리를 찾아 폰초*를 편다. 엄마는 인디오마냥 그 위에 앉아 내가 아기였을 때처럼 나를 안고 살살 흔들어 준다. 그러곤 조심스럽게 나를 들어 고양이 얼굴을 가까이에서 보게 해 준다. 마치 개미들이 얼굴 위를 지나가는 것처럼 간지럽다. 차츰 새들이 지저귀는 소리가 들리면서 오줌이 마려워진다. 고개를 돌리자, 여전히 우리 안에 있는

---

* 남아메리카 인디오들이 몸에 걸치고 다니는 다용도의 모포로, 비옷, 외투, 이부자리로도 사용한다.

고양이가 보인다. 녀석은 입에 우윳병을 물고 여기저기 끌고 다닌다. 그 모습을 보자 나도 모르게 웃음이 나오면서 두려움이 사라진다.

울음을 그치자, 엄마는 나를 앞에 앉힌다. 그런데 엄마의 표정이 전에 한 번도 본 적이 없을 정도로 심각하다. 하지만 이제 더 이상 겁이 나지는 않는다. 엄마는 학교 선생님 같은 목소리로 내게 말한다. 밀레나, 재규어에 대해서는 아무한테도 말하면 안 돼. 그랬다가는 우리를 모두 죽일지도 몰라. 아니, 그보다 더 끔찍한 일이 벌어질 수도 있으니까. 고양이를 키우는 것이 뭐 그리 잘못된 일인가 싶었지만, 나는 아무 말도 하지 않는다. 엄마는 내 생각을 눈치채고 말한다. 저건 고양이가 아니란다. 오히려 호랑이에 더 가깝지. 이제 엄마가 나하고 서커스단을 만들려나 보다 싶었다. 아니면 생각했던 것보다 엄마가 훨씬 더 괴짜라는 생각이 든다. 잠시 후 엄마가 다시 입을 연다. 그들은 사람을 죽이는 것보다 더 못된 짓을 일삼는 자들이란다. 특히 우리 여자들한테 말이야. 그들이 얼마나 끔찍한 짓을 저지르는지, 차마 내 입으로는 말을 못 하겠구나. 말을 마치기가 무섭게 엄마가 눈물을 쏟기 시작한다. 엄청나게 많이 운다. 나는 엄마에게 말한다. 엄마, 울지 마. 나는 엄마의 얼굴과 머리카락을 부드럽게 쓰다듬는다. 그러곤 엄마의 얼굴에 간지럽히듯이 입을 맞춘다. 내가 좀 더 컸더라면, 인디오처럼 앉아 엄마에게 자장가를 불러 줄 텐데. 가끔씩 엄마가 아기처럼 보일 때도 있다. 엄마는 오늘 본 것을 아무한테도 이야기하지 말라고 신신당부한다. 나는 대답한다. 알았어, 엄마. 내 목숨을 걸고 맹세할게.

우리가 집으로 발걸음을 옮기기 시작할 무렵, 해는 이미 노랗게 빛나고 있다. 그들이 여자들한테 저지른다는 끔찍한 일이라는 게 대체 뭘까? 손톱을 뽑고, 머리카락을 하나씩 뽑거나, 손을 불로 지지는 걸까? 더 이상 생각하기도 싫다. 나는 엄마의 손을 잡고 말없이 집으로 걸어간다.

그 후로 매일 나는 호랑이를 보러 간다. 호랑이를 만나지 못하는 날에는 언제나 머릿속으로 녀석을 떠올려 본다. 눈을 감으면 언제나 미소쟁이, 혹은 발렌틴이 나타난다. 녀석의 혓바닥은 예쁜 핑크색이다. 미소쟁이가 사포처럼 까끌까끌한 혀로 나를 핥는다. 간지럽다. 나는 녀석과 장난친다. 녀석에게 작은 돌멩이나 나뭇가지, 잎사귀를 던진다. 나는 매일 녀석의 우리에 가고 싶다. 하지만 엄마가 나를 철저하게 감시한다. 녀석의 덩치가 커지는 바람에 나는 더 이상 녀석의 우리 안에 들어가지 못한다. 며칠 전 나는 우연히 녀석이 호랑이나 재규어 암컷이라는 사실을 알게 되었다. 자세히 살펴보니 불알이 달려 있지 않았기 때문이다. 그래서 미소쟁이에게 더 정이 들었다. 오늘 나는 엄마가 안 보는 틈을 타 우리 안으로 들어갔다. 여자 호랑이는 나를 핥기만 한다. 이렇게 예쁜 것이 사람을 죽일 리 없다. 엄마는 자기뿐만 아니라 다른 여자들도 와서 녀석에게 먹을 것을 준다고 했다. 결국 여자 호랑이는 우리 모두의 것이라고도 했다. 그 말을 듣자 나는 왠지 기분이 울적해졌다. 녀석이 나만의 것이라면 얼마나 좋을까. 난 옛날처럼 오줌을 많이 싸지도 않는데.

나는 꿈속에서 여자 호랑이를 만난다. 나는 우리 밖에 앉아 녀석을 바라본다. 그러면 미소쟁이는 눈으로 내게 말한다. 나는 머릿속으로 여자 호랑이의 말을 듣는다. 녀석이 내게 말한다. 난 여기 갇혀 있는 게 싫어. 나는 그 어떤 범죄도 저지른 적이 없다고. 감옥은 나쁜 사람들이나 들어가는 데잖아. 나는 카피바라*나 사슴, 맥**처럼 숲속

---

* 남아메리카의 강가에 서식하는 동물로, 설치류 중에서 가장 크다.

** 아메리카 대륙과 서남아시아 일부에 서식하는 동물로, 돼지와 비슷하나

에서 놀고 싶어. 나무에 등을 대고 긁고, 사랑도 나누고 싶다고. 그리고 바람에게 으르렁거리고 싶어. 나는 울며 잠에서 깬다. 나는 신발을 신고 손전등과 톱을 찾으러 집 안을 돌아다닌다.

엄마는 내 기척을 느꼈는지 눈을 뜬다. 엄마는 곧장 나를 붙잡는다. 밀레나, 너 이 시간에 뭘 할 생각이니?

이젠 누가 뭐래도 상관없다. 나는 엄마에게 여자 호랑이를 풀어 주러 간다고 말한다. 엄마는 손을 번쩍 든다. 나는 맞지 않으려고 머리를 감싸 쥔다. 하지만 엄마의 손은 부드럽게 내 머리에 닿는다. 엄마는 나를 어루만지며 미소 짓는다. 엄마의 얼굴에 웃음꽃이 피어난다. 나도 따라서 웃는다. 요 녀석이 누굴 닮아 이렇게 용감할꼬. 엄마는 그렇게 말하면서 부엌으로 걸어간다. 엄마는 화덕에 불을 피우고 초콜릿을 만든다. 우리는 마치 아침을 먹으려는 것처럼 식탁에 앉는다. 하지만 지금은 한밤중이다. 엄마는 다시 학교 선생님처럼 근엄한 표정을 지으며 말한다. 애야, 너무 조급하게 굴지 마. 토요일에 여자 호랑이를 우리에서 꺼내 줄 생각이니까. 그 아이도 우리의

코가 뾰족한 게 특징이다.

뜻을 잘 헤아려 줄 거야. 그러고 나면 자유의 몸이 될 거란다. 사실 너와 나도 우리 안에 갇혀 있는 거나 마찬가지야. 아무쪼록 그 아이가 그 우리의 문을 열 수 있도록 우리가 도와주어야 돼. 이제 곧 우리 여자들은 모두 속박에서 벗어나 자유를 누리게 될 거야. 그러니까 지금은 자도록 해.

나는 엄마의 말이 잘 이해되지 않았지만, 엄마의 말이라면 뭐든 믿는다. 엄마와 나는 한 침대에서 잔다. 하지만 나는 오줌을 싸지 않는다. 꿈속에서 세상은 우리 속에 있는 우리다. 우리 하나를 벗어나면, 그보다 훨씬 더 큰 우리가 나타난다.

그 무렵 많은 일이 벌어진다. 아주머니들이 숲에 왔다가 간다. 심지어 소젖을 짜는 훌리안도 트럭을 타고 숲으로 왔다. 모든 것이 엄마와 함께 밀림 속으로 들어왔다. 가방들도 마찬가지다. 엄마는 반드시 작은 가방이어야 한다고 말한다. 나는 장난감 하나만 가져갈 수 있다. 내게 장난감이 그렇게 많은 것도 아닌데. 그래서 나는 곰 인형을 고른다. 엄마는 곰 인형을 비닐봉지 안에 구겨 넣는다. 그 모습을 보자, 내 뼈가 삐꺽거리는 것 같다.

엄마는 또다시 나를 클레오 아주머니에게 맡긴다. 안

그래도 건포도처럼 삐쩍 마른 아주머니가 그사이 훨씬 더 여윈 것 같다. 하지만 아주머니의 눈은 어둠 속에서도 빛이 난다. 아주머니는 내게 묵주를 주면서 기도를 하라고 한다. 그리고 내게 카사바* 빵과 크로켓, 초콜릿을 준다. 크리스마스 같은 기분이 들면서도 한편으로는 겁이 난다. 나는 아주머니가 시키는 대로 하지만, 식사 중에 갑자기 다리로 따뜻한 물줄기가 흘러내린다. 클레오 아주머니는 후각이 좋지 않을 뿐만 아니라, 귀도 잘 안 들리고 제대로 앞을 보지도 못한다. 발아래 오줌이 흥건히 고여 있다. 나는 시치미를 뚝 떼고 가만히 앉아 있지만, 결국 아주머니에게 털어놓기로 한다. 아주머니, 저 오줌 쌌어요. 그러자 클레오 아주머니가 빙긋이 웃는다. 호랑이들은 자기 영역을 표시하기 위해서 오줌을 눈단다. 일종의 의사 표현인 셈이지. 여기는 내 땅이고, 내가 있으니까 감히 넘보지 말라는 뜻이야. 나를 여자 호랑이와 비교하는 것만으로도 가슴이 두근거린다. 나는 머릿속으로 아주머니의 말을 되뇐다. 여기는 내 땅이고, 내가 있으니까 감히 넘보지 마.

---

* 탄수화물이 풍부한 열대 작물로, 알코올 원료나 요리에 사용된다.

어둠 속에서 엄마는 낙농장 일꾼의 트럭에 올라탄다. 트럭 짐칸에 많은 가족들이 타고 있다. 모두들 옥수수에 붙어 있는 알갱이들처럼 다닥다닥 붙어 앉아 있다. 나처럼 어린아이들은 뒤에 있는 의자에 눕게 한 뒤, 담요를 덮어 주었다. 우리 모두는 덥다. 우리 모두는 두렵다. 사람들의 몸 여러 부분이 내 몸 여기저기를 마구 찌르고 있다. 누군가의 팔꿈치가 내 뺨을 찌르고 있고, 누군가의 머리가 내 무릎을 누르고 있다. 아무것도 보이지 않지만, 엄청나게 많은 사람들, 세상 모든 사람들의 숨결이 느껴진다. 그렇지만 투덜거리는 사람은 아무도 없다. 우리 모두는 찜통 같은 더위에 시달리고 몸 여기저기가 딱 달라붙어 있는 상황에서 숨을 쉬는 석상이나 마찬가지다.

시간이 흐르면서 숨쉬기가 조금 수월해진다. 숨바꼭질의 명수인 내 친구 루세로도 이 트럭 안에 얼마나 많은 사람들이 있는지 짐작조차 못 할 것이다. 트럭 안이 어찌나 고요한지, 모기가 날아가는 소리까지 다 들린다. 그리고 비가 내리는 강물처럼, 피가 사람들의 머릿속을 흐르는 소리도 들린다. 또 가방이 흔들리며 덜컥대는 소리와 고양이가 숨죽여 우는 소리도 들린다. 어찌 보면 여자 호랑이도 우리가 침묵을 지키기 위해 애쓰고 있다는 것을 알고 있는 듯하다.

드디어 트럭의 시동이 걸린다. 고물 트럭이 덜커덩거리릴 때마다 팔꿈치와 무릎이 서로 부딪치지만, 불평하는 이는 아무도 없다. 우리 모두가 호랑이라는 생각이 든다. 나는 어둠 속에서 빛나는 다른 아이들의 눈을 본다. 우리는 저마다 결점과 문제점을 갖고 있다. 우리는 무언가를 원할 때 너무 욕심을 부린다.

트럭이 더 이상 흔들거리지 않는 것을 보니 마을로 들어선 모양이다. 시끌벅적한 바예나토* 소리와 엉망으로 노래 부르는 남자들의 목소리, 병끼리 부딪치는 소리와 플라스틱 의자 끄는 소리가 들린다. 마초들의 소음. 트럭이 브레이크를 밟는다. 안에 있는 사람들은 덜컥 겁이 난다. 그런데 이제는 아무도 숨을 쉬지 않는다. 트럭 앞문이 열리는 소리가 들린다. 갑자기 심한 현기증이 난다.

---

* *vallenato*. 떠돌이 시인들과 음악가들이 이곳저곳을 돌아다니며 실연의 슬픔이나 다른 지역의 소식에 곡을 붙여 부르던 것에서 유래했다고 전해진다. 이후에는 춤과 노래를 곁들인 노동자들의 전통 음악으로 여겨지다가 20세기 중반 사회 전 계층에서 인기를 끌면서 명실상부한 콜롬비아의 대표적인 민속 대중음악으로 발전했다. 인디오들의 목재 타악기 과차라카와 아프리카 노예들의 타악기인 카하, 그리고 아코디언으로 구성된다.

마치 작은 불똥이 내 눈꺼풀 속으로 튀어 들어오기라도 한 것처럼, 불빛이 이리저리 빠르게 움직이는 게 보인다. 이제는 내 몸뚱이조차 느껴지지 않는다. 나는 소리만 듣는 귀일 뿐이다. 그 순간, 트럭 뒤쪽으로 다가오는 발소리가 들린다. 잠시 후, 철컥하는 금속성 소리와 달려오는 누군가의 발소리도 들린다. 믿을 수 없을 정도로 커다란 굉음이 들려온다. 지진이나 성난 대지, 그리고 파괴가 떠오를 정도로 커다란 소리다.

누군가 트럭에 올라타 시동을 걸고 액셀을 밟는다. 트럭 뒤에서는 공포에 질린 비명 소리, 뼈가 서로 부딪치며 부러지는 소리, 그리고 울부짖는 소리와 총소리가 울려 퍼진다. 내 머릿속이 온통 붉게 물드는 것 같다. 트럭은 엄청나게 빠른 속도로 달린다. 모든 사람들의 몸이 꽉 눌려 더 이상 움직일 수 없는 상태다. 아이들은 울음을 터뜨리기 시작한다. 누군가는 소리를 지른다. 이제는 숨을 쉴 수 없을 지경이다. 공기가 젤라틴처럼 끈적끈적해졌다.

트럭이 브레이크를 밟는다. 누군가 우리가 덮고 있는 담요를 걷어 내자, 우리는 마치 오랫동안 물속을 헤엄치다 나올 때처럼 가쁜 숨을 몰아쉰다. 나는 엄마의 얼굴을 찾아 사방을 두리번거리지만, 보이지 않는다. 사람들이 모두 점토로 만들어진 것처럼 보인다. 어떤 남자가 나를 들어 땅바닥에 내려놓는다. 수많은 다리 사이에서 마침내 엄마의 장화가 눈에 띈다. 엄마가 내게 손을 내민다. 바지가 오줌에 젖어 축축했지만, 아무도 그것을 알아차리지 못한다. 모든 사람들은 한 줄로 서서 밀림 속에 들어간다. 들리는 말로는, 열두 시간 후면 에콰도르에 도착할 거라고 한다. 환호성과 함께 박수갈채를 보내는 이들이 있는가 하면, 참았던 울음을 터뜨리는 이들도 있다. 나는 안다. 여자 호랑이가 우리 뒤를 따라오고 있다는 것을.

가택 연금

Prisión domiciliaria

오를란도 에체베리 베네데티

Orlando Echeverri Benedetti(1980~)

콜롬비아 카르타헤나 데 인디아스 출신의 작가이자 언론인, 사진작가로, 콜
롬비아의 대표적인 문예지 『엘 말펜산테』와 『우니베르소 센트로』에 작품
을 발표하고 있다. 2014년 『잘못된 길로 질주하다』로 보고타 국립 예술원이
수여하는 국가 소설 콩쿠르상을 받았다. 두 번째 소설인 『까마귀 기르기』가
2017년 콜롬비아 최우수 도서로 선정되었고, 2018년 콜롬비아 문화부가 수
여하는 국가 도서상의 최종 결선에 오르기도 했다. 이 외에 대표작으로 『사
탕수수 밭의 축제』(2018) 등의 소설이 있다.

두고 보면 알겠지만, 나는 사람들을 요모조모 뜯어보다가 결국 엉뚱한 결론을 내리는 경향이 있는 것 같다. 그런 버릇 때문에 지금 생각해도 당황스러운 행동을 하던 시기가 있었다. 가령 내가 어린 꼬마에 불과했을 때는 친구들의 집에 놀러 가서 그 가족들을 자세히 살펴보는 것이 낙이었다. 그런데 친구들의 가족은 모든 면에서 우리 가족보다 더 좋아 보였다. 자세히 말하자면, 그들은 우리보다 훨씬 더 기품이 있고 다복해 보였다. 가끔 친구들의 집에 놀러 갈 때마다 아름다운 신기루를 보는 게 아닌가 하는 생각이 들기도 했다. 뭐랄까, 황홀한 기분에 사로잡힌 것만 같았다. 그래서 나는 그들에게 나를 입양하고 싶은 마음이 들 정도로 잘 보이려고 몰래 애를 썼다. 그리고 그들의 주말 계획에 끼어들거나, 그 집안의 숨겨진 비밀을 알아내려고 한 적도 있었다. 사실 나는 그들 앞에서 지나칠 정도로 예의 바르게 행동했고, 저녁 식사 초대를 받으면 꼭 설거지를 했다. 그뿐 아니라, 그 식구들의 생일을 일일이 기억했다가 축하 편지를 보내곤 했다. 만약 가엾은 엄마가 그런 허황된 망상을 알았더라면, 속상해하다가 나중에는 평생 잊지 못할 만큼 심하게 매질을 했을 것 같다. 하지만 나는 언제나 조심했기 때문에, 그런 소식이 엄마 귀에 흘러 들어간 적은 단 한 번도 없었다. 물론 오래 놀다 보면 그들이—내가 아니라—지루해하는 경우도 있었다. 그런 경우, 그 가족들은 내가 노는 데 미친 아이라고 생각하고는, 다시 만나고 싶은 생각이 들지 않을 때까지 교묘한 방식으로 놀러 오지 못하도록 했다. 지금 생각해 보면, 그 무렵 내가 꿈꾸었던 이상적인 가정은 철없는 환상에 지나지 않았다. 그런데 열아홉 살이 되어 어떤 장애인 수감자를 감독하는 일을 맡았을 때, 나는 그의 아내에게 홀딱 반하고 말았다. 그러자 내가 경험해 보지 못한 가정에 대한 집착과 강박관념이 되살아났다. 우리가 성관계를 가지려면 한 가지 조건이 있었다. 그건 바로 그녀의 남편이 있는 자리에서 관계를 해야 한다는 것이었다. 솔직히 말해서 처음에는 모든 것이 낯설고 이상했다. 물론 시간이 흐르면서 조금씩 익숙해지기는 했지만 말이다. 그래도 내 나름대로는 행복했던 것 같다. 그러고 난 뒤, 모든 게 엉망이 되면서 다시는 그 부부를 보지 못했다. 지금도 그때의 일을 생각하면 상상할 수 없을 정도로 마음이 아프다. 그 당시만 해도 아직 어려서 상황을 제대로 수습할 줄 몰랐던 것 같다. 아무튼 내가 여러분에게 이야기하고자 하는 것은 병역 의무를 다하기 위해 입대했을 때 일어난 일이다. 따라서 내가 거기서 뭘 했는지 먼저 여러분에게 밝히려고 한다. 그 한 해 동안 내가 한 일이라고는 언제나 네, 경위님, 아니면 아닙니다, 경위님이라고 큰 소리로 말하면서, 햇볕에 누렇게 바랜 헐렁한 제복을 입고 해변을 순찰하는 것밖에 없었다. 머리를 빡빡 민 좀비나 다름이 없었다. 나는 경찰에 복무하게 될 신병 1기생이었던 터라, 경찰에서도 우리를 어디에 배치할지 갈피를 잡지 못하고 있었다. 나는 모래 사이에서 돌멩이를 골라내 지휘봉으로 툭툭 치면서 몇 시간씩 때우곤 했다. 만약 그때 내 모습을 지켜본 사람이 있었다면 애처로운 생각이 들었거나, 아니면 적어도 당혹했을 것이다. 처음에는 만灣의 방파제 구역의 동향을 감시하는 임무를 맡았지만, 그 후 페르페투오 소코로 교회* 주변, 그리고 그다음으로 비수기에 어민들이 펼쳐 놓은 어망 위로 바닷새들만 날아다니는 제방 구역을 담당하게 되었다. 장담하건대, 거기서는 재미있는 일이 하나도 없었을뿐더러, 쓸데없는 일만 하며 세월을 보냈다. 그래도 그때 내가 한 일 중에서 유일하게 내세울 만한 것이 있다면, 어느 일요일 아침 물에 빠져 죽을 뻔한 사람을 구한 일이다. 셔츠 자락을 붙잡고 간신히 물에서 끌어내자, 가쁜 숨을 몰아쉬면서 내 눈을 똑바로 쳐다보지 못하던 그의 모습이 생각난다. 어느 정도 마음을 가라앉혔는가 싶더니, 그는 이내 손바닥에 얼굴을 묻고 흐느껴 울었다. 그러곤 자리에서 일어나 비틀거리며 걷기 시작했다. 그 장면을 보면서 나는 왠지 가슴이 뭉클해졌다. 정말이다. 그 남자는 그때 술이나 마약에 취해 있었던 것 같다. 하지만 솔직히 말해 정말 그랬는지 장담할 수는 없다. 다만 이 도시는 온갖 미친놈들로 넘쳐나고 있으니, 그런 생각이 들 수밖에 없었다. 경위는 인

---

* 콜롬비아 제2의 도시인 메데인에 위치한 가톨릭 교회.

명 구조에 대한 공로를 인정해 내게 포상 휴가를 허락해
주었다. 집으로 돌아가자마자 나는 옷부터 갈아입고 저
녁 내내 텔레비전만 보았다. 그 일이 있고 나서 나는 누
군가가 또 물에 빠지기만을 목이 빠지게 기다리기 시작
했다. 하지만 다시는 그런 일이 일어나지 않았다. 나의
하루 일과는 틀에 박힌 듯 아무 변화도 없었다. 해 질 무
렵, 하루 일과를 마치면 나는 그 도시에서 나름 유명한
전직 권투 선수 엘 보니의 생선 가게 차양 아래에서 담
배를 피우곤 했다. 거리 행상과 노점상 들은 일을 마치
면 그 가게에 모여 밤이 될 때까지 맥주를 마셨다. 그러
고 나면 나도 부대로 복귀해 보고 들은 것을 보고했다.
그게 전부였다. 여러분에게는 거짓말처럼 들리겠지만,
나는 하루 종일 한마디도 말을 안 할 때가 종종 있었다.
그래서 집에 가서 엄마한테 인사를 하면 전과 너무 달라
진 내 목소리를 듣고 엄마가 화들짝 놀라곤 했다. 남의
목소리 같았다. 말을 너무 안 하다 보니까 목소리마저
잃어버린 듯했다. 거의 열 달 동안 이런 상태가 지속되
었다. 하지만 그해가 끝나기 전에 경위는 내게 새로운
임무를 맡겼다. 경위는 내게 제대할 때까지 가택 연금을
당한 자들을 감시 감독하라고 명령했다. 가택 연금된 이

들이 집에 잘 붙어 있는지, 물건을 사러 가거나 이발소에 가지 않았는지 늘 확인해야 돼. 경위는 이렇게 말했다. 그리고 그는 그 임무를 맡고 있던 경장이 곧 경사로 진급할 예정이기 때문에 그 자리가 빌 거라는 말도 덧붙였다. 그다음 날, 서장은 문제의 경장을 내게 소개시켜주었다. 예상했던 것과 달리, 경장은 성격이 상당히 사근사근한 편이었다. 그는 여러모로 다른 경찰들과 달랐다. 그는 저속하거나 거만하지 않았고, 남을 못살게 굴어 자신의 권위를 세우려 들지도 않았다. 그때부터 나는 매일 아침 경찰서 주차장에서 그를 기다리기 시작했다. 그는 우리가 순찰차를 타기 전에 이름만 적혀 있고 빈칸이 빼곡한 서류를 꽂은 클립보드를 내게 건네주었다. 우리는 매일 스무 군데가량의 집을 찾아가곤 했다. 언젠가 경장은 이 도시에서 가택 연금을 당하고 있는 이가 2000명가량 되기 때문에 모든 집마다 경찰이 한 명씩 상주하며 감시하는 것은 애당초 불가능하다고 말했다. 따라서 경찰로서는 도시를 몇 개 구역으로 분할하고, 가택 연금을 당하는 사람을 예우하는 뜻에서 경장 이상의 요원을 파견하는 수밖에 없다고 했다. 여러분은 어떻게 생각할지 모르겠지만, 그 당시 우리가 매일 방문한 사람들은 극히 평범했고 우리가 할 일은 대체로 단순했다. 우리는 해당 인물이 사는 집으로 찾아가서 집에 있는지 확인한 다음, 클립보드를 들고 서류의 빈칸에 체크 표시를 했다. 명단의 제일 마지막에 있던 사람이 아까 언급했던 바로 그 장애인 수감자였다. 그는 만을 마주하고 있는 커다란 집에 살고 있었다. 처음에는 몸이 불편한 사람을 찾아가서 가택 연금 조건을 잘 지키고 있는지 확인한다는 자체가 우스꽝스러워 보였다. 그 남자는 억대 사기에 연루되었지만, 신체장애 때문에 형무소 대신 집에 감금당한 것으로 보였다. 경장과 내가 찾아갈 때마다, 그의 아내는 문을 열어 주고 우리를 거실에서 기다리게 한 뒤, 그 남자를 휠체어에 태워 데리고 나왔다. 그러고 나면 몸가짐이 세련되고 고작해야 쉰 살 정도 되어 보이는 그의 아내가 우리에게 마실 것을 내왔다. 그녀의 이름은 에마였다. 나는 목이 말라 죽을 지경이었지만 경장이 극구 사양하는 바람에 넙죽 받아 마실 수도 없는 노릇이었다. 집은 부유한 편이었고, 실내도 예쁘게 꾸며 놓았다. 꽃들이 화려하게 만개한 정원과 수영장, 그리고 책들이 꽉 들어차 있는 서재와 천장에 매달린 거대한 크리스털 샹들리에. 그런데도 왠지 그녀는 견디기 어려운 고독 속에 유폐되어 있는 듯한 인상을 풍겼다. 그녀에게는 마음을 터놓고 이야기를 나눌 수 있는 남자 친구가 필요해 보였다. 그녀의 모습을 볼 때마다 내 마음이 진정할 수 없이 흔들리곤 했다. 하지만 경장과 함께 찾아간 자리였기 때문에, 여러분에게 맹세컨대, 나는 행동 하나하나에 조심해야 했고 사적인 감정이 드러나지 않도록 신경 써야 했다. 그 집에 있을 때는 언제나 상관이 하는 행동 그대로 따라 하기만 했다. 그로부터 거의 한 달이 다 되어 갈 무렵, 진급 문제를 논의하기 위해 상부에서 경장을 불렀다. 이는 그에게 새로운 업무를 맡긴다는 뜻이었다. 그는 나에게 행운을 빌었다. 나도 그의 앞날에 행운이 있기를 빌었다. 아무튼 그는 나를 가장 잘 대해 준 사람이었다. 그렇게 해서 명단에 있던 사람들은 모두 내가 맡게 되었다. 나는 경장이 가르쳐 준 방식에 따라—그것이 가장 간편하고 경제적이었다—순찰하기로 했다. 물론 위에서 내게 순찰차를 내줄 리가 없었지만, 설령 준다고 해도 나는 운전면허도 없었다. 그래서 경위는 내게 경찰 자전거를 한 대 얻어 주었다. 말이 좋아 자전거지, 체인에 녹이 잔뜩 슬어 있는 데다 타이어는 바람이 반쯤 빠져 있고 브레이크도 잘 듣지 않는 고철 덩어리나 다름없었다. 더구나 안장은 가죽이 찢어져 옆으로 스펀지가 삐져나와 있었다. 그런 고물 자전거를 타고 순찰을 한다는 것은 이만저만한 고역이 아니었다. 이건 절대 과장이 아니다. 뜨겁게 내리쬐는 햇빛 때문에 도로의 이음새 부분에 발라 놓은 타르가 다 녹아내리는 정오 무렵이면 엉덩이뼈가 아파서 견딜 수 없을 정도였고, 셔츠의 겨드랑이와 등이 땀에 흠뻑 젖어 버렸다. 집 안에 들어가려고 자전거에서 내릴 때마다, 다리가 풀리면서 후들후들 떨렸다. 어디를 가도 그늘 한 점 없었기 때문에 몸에서 탄 고무 냄새와 타르 냄새가 났다. 그래서 마지막 집, 그러니까 그 장애인의 집에 도착하면, 에마가 내온 맛있는 음료수를 사양할 수가 없었다. 나는 그녀에게 이제 경장이 더 이상 순찰을 돌지 않기 때문에 앞으로 나 혼자 찾아올 거라고 일러 주었다. 경장이 없었으므로 나는 남의 눈치 보지 않고 그녀와 가까워질 수 있었다. 이야기를 나눠 본 결과, 그녀는 취향이 고상하고 교양 있는 여성이었다. 그녀의 말에 따르면, 남편은 평생을 고전 음악 애호가로 살아왔다고 했다. 그들이 언급한 이름은 그전까지만 해도 내게 아무런 의미도 없었지만, 외우려고 열심히 노력했다. 미하엘 키르스텐, 프레더릭 제프스키, 베른하르트 롬베르크, 미하엘 하이든.* 에마는 거실에서 그들의 곡을 들려주곤 했다. 음악이 흐르는 동안 그녀는 단 한 마디도 하지 않았다. 어떤 생각이 드니? 음악이 끝나고 나면 그녀는 늘 그렇게 물었다. 나는 음악을 들으면서 가슴이 부풀어 올랐지만, 이를 말로 표현할 수가 없었다. 그러던 어느 날, 나는 남편이 어쩌다 휠체어 신세를 지게 되었는지 물었다. 그녀는 모든 것이 잇따라 제기된 소송과 그에 따른 막대한 금전적 손실 때문이라고 했다. 남편은 그 상황을 견디지 못하고 결국 뇌졸중으로 쓰러지고 말았다고 했다. 가택 연금 선고가 내려진 후, 에마는 데리고 있던 하녀 둘을 내보내고 집안일을 도맡아 해 왔다. 그녀는 내 얘기도 해 보라고 했다. 내가 경찰에서 하는 하찮은 일을 이것저것 이야기하자, 그녀는 조용히 웃음 지었다. 가령 경위와 아침마다 구운 통닭을 먹는 그의 습관 같은 이야기였다. 아주 혐오스러운 인간이에요. 나는 그녀에게 말했다. 게다가 일은 안 하고 사무실에서 하루

---

* 미하엘 키르스텐은 독일의 작곡가이고, 프레더릭 제프스키는 미국의 작곡가이자 피아니스트이다. 베른하르트 롬베르크는 독일의 첼리스트이자 작곡가이다. 그리고 미하엘 하이든은 오스트리아의 작곡가로, 요제프 하이든의 동생이다.

온종일 잠만 잔다니까요. 사실 자전거를 고친 다음부터 나는 그녀의 집에 더 일찍 도착했다. 처음 그 집에 갔을 때부터 나는 그녀에게 사로잡히고 말았다. 그녀도 내 마음을 모르지 않았을 거라고 확신한다. 그녀의 말투에서 끈적한 유혹이 느껴졌다. 그 순간, 나는 그녀가 가벼운 옷차림에 아름다운 맨발을 드러내고 긴 머리를 풀어 어깨 위로 늘어뜨리고 있다는 것을 알아차렸다. 어느 순간, 나는 더 이상 욕정을 참을 수 없었다. 그래서 주방에서 뭔가를 준비하고 있는 그녀의 뒤로 살금살금 다가갔다. 나는 팔로 그녀의 허리를 감고 조심스럽게 몸을 밀착시켰다. 그녀는 놀라는 척하면서 잠시 가만히 있었던 것 같다. 실제로 그녀는 조금도 놀라지 않았다. 그러고 나서 그녀는 몸을 돌려서 나를 빤히 쳐다보았다. 그녀는 돌연 엉뚱한 말을 했다. 땀을 많이 흘렸는지 네 몸에서 냄새가 많이 나네. 그러곤 나를 목욕탕으로 들여보냈다. 샤워를 마치고 나와 보니, 그녀는 실오라기 하나 걸치지 않은 채 정원에서 나무와 꽃에 물을 주고 있었다. 그녀의 앞에는 머리를 한쪽으로 기울인 채 멍한 눈빛을 한 남편이 휠체어에 앉아 있었다. 에마는 자기를 따라오라고 손짓했다. 그녀의 태도는 너무도 자연스러웠다. 그녀는 여전히 탄

력 있고 탱탱한 몸매를 유지하고 있었다. 하지만 황당한 상황이 벌어지자, 나는 오히려 겁이 덜컥 나면서 아무래도 저 여자가 미친 것 같다는 생각이 들었다. 그래서 나는 그녀에게 아무 말도 하지 않고 그 집을 나와 버렸다. 그날 밤, 집에서 나는 혼자 그녀의 집에서 벌어진 일을 곰곰이 되짚어 보았다. 그런데 그 장면을 생각하면 할수록 그녀에게 조롱당한 기분이 들었다. 나는 그녀가 왜 그런 행동을 했는지 생각해 보았지만, 도무지 감이 잡히지 않았다. 그 후 며칠 동안은 그녀에게 거의 말을 걸지 않았다. 그녀의 집에 가더라도, 남편이 있는지만 확인하고 곧장 떠나 버렸다. 그러면 그녀는 종종 내 뒤에서 웃음을 터뜨렸다. 그럴 때마다 나는 화가 나서 씩씩거리면서 문을 쾅 닫아 버렸다. 그래도 그녀는 셔츠 단추를 끌러 놓거나 애교를 부리면서 계속 나를 유혹하려 했다. 물론 나는 애써 그녀를 외면했다. 그녀는 내가 화내는 모습을 보면 눈에 띌 정도로 즐거워했다. 또 언젠가는 갑자기 내 팔을 붙잡더니 자기를 좋아하냐고 묻기도 했다. 나는 감상적인 목소리로 비록 지금 제정신이 아니기는 하지만 언제나 그녀를 원한다고 대답했다. 그랬더니 그녀는 그게 무슨 소리냐고 물었다. 그녀는 머릿속으로 열심히 계산기를 두드리고 있는 것 같았다. 나는 그녀에게 단도직입적으로 물었다. 그런데 지난번에는 왜 남편하고 같이 정원에서 나를 기다린 거죠? 그녀의 대답을 듣고 나는 놀란 입을 다물지 못했다. 나는 유부녀야. 그리고 남편을 사랑해. 그것만큼은 분명히 알아 둬. 그녀는 자기의 뜻을 분명히 밝혔다. 만약 나랑 자고 싶으면, 남편이 보는 앞에서 해야 돼. 물론 나로서는 받아들이기 어려운 제안이었을 뿐만 아니라, 무슨 속셈으로 그런 말을 하는 건지 감이 잡히지 않았다. 처음에는 그녀가 그 남자를 고통스럽게 만들면서, 몰래 아주 무시무시한 계획을 세우고 있는 줄로만 알았다. 하지만 시간이 흐르면서 생각이 달라지기 시작했다. 다시 말해, 죽어 가는 그 노인이 멀쩡하게 움직일 리도, 에마와 사랑을 나눌 리도 없었다. 따라서 자기 아내가 육체적 쾌락을 누리지 못하도록 막을 수도 없었다. 게다가 남편은 자기 아내가 다른 남자, 즉 어떤 식으로든 자기를 대신하고 여전히 활기차게 살아가는 이들의 세상에서 자신의 분신일지도 모르는 존재와 사랑을 나누는 것을 보면서 짜릿한 쾌감을 누릴 수도 있을 것 같았다. 어쩌면 여러분은 내 결정을 합리화하기 위해 내가 지나치게 허무맹랑한 생각을 한 거라고 여길지도 모른다. 사실 나는 그렇게 믿기로 결심했다. 우리가 처음 그 짓을 했을 때, 내가 잔뜩 겁에 질려 있었던 기억이 난다. 일은 이렇게 시작되었다. 남편의 동태를 살피러 그녀의 집에 들렀을 때, 나는 그녀가 건넨 음료수를 다시 한번 받아 마셨다. 그러곤 편안하고 여유 있어 보이려고 애를 썼다. 그런데 그녀는 나의 달라진 태도가 은근히 마음에 드는 눈치였다. 그러다 어느 순간, 나는 그녀에게 다가가 부드럽게 그녀의 몸을 애무하고 키스를 했다. 나는 그녀에게서 나는 향긋한 냄새가 좋았다. 그녀의 팔에 난 털이 곤두서 있는 것이 눈에 띄었다. 그녀가 준비되었는지 묻자, 나는 그렇다고 대답했다. 그런데 내내 자전거를 타고 오느라 온몸이 땀범벅이 되었는데도, 그때 그녀는 나더러 목욕하고 오라는 말을 하지 않았다. 그녀는 나를 이끌고 커다란 부부용 침대를 향해 가더니, 준비하고 올 테니까 그사이 옷을 벗으라고 했다. 몇 분이 지나자, 그녀는 실오라기 하나 걸치지 않은 알몸으로 남편의 휠체어를 밀고 내 앞에 나타났다. 그녀는 남편이 모든 것을 잘 볼 수 있도록 방 한구석에 조심스럽게 휠체어를 세워두었다. 그러곤 나를 데리고 침대 위로 올라갔다. 나는 삐딱하게 기울어진 노인의 머리가 아니라, 그녀의 육체에 집중하려고 안간힘을 썼다. 나는 눈을 지그시 감은 채, 그녀의 가슴과 가녀린 목, 그리고 촉촉한 입술에 입을 맞추었다. 그러곤 기름을 발라 매끈한 그녀의 허벅지 속으로 두 손가락을 집어넣었다. 그러던 어느 순간, 우연히 휠체어에 앉아 있는 남자에게 시선이 가닿자 수치심으로 얼굴이 화끈거렸다. 생각 끝에 나는 그에게 엉덩이만 보이도록 몸을 돌린 채로 그의 아내와 사랑을 나누었다. 사랑을 나눌 때면 언제나 그녀가 주도했다. 그녀는 남편이 이런 체위 혹은 저런 체위를 좋아한다고 했다. 그리고 삽입을 할 때는 그렇게 하지 말고 이렇게 하라는 둥, 부드럽게 혹은 격렬하게 하라는 둥 일일이 가르쳐 주었다. 그러다 보니 거의 일주일에 한 번씩 그런 상황에 처하게 되었다. 내가 어느 정도 섹스를 주도했던 것은 그때, 그러니까 그녀와 처음 사랑을 나누었을 때가 처음이자 마지막이었다고 할 수 있다. 그 이후로는 에마가 모든 것을 지시하고 이끌었다. 그렇게 하자 마음이 상한다기보다, 우리의 만남에 연극적인 요소가 가미되면서 오히려 즐겁고 재미있게 즐길 수 있게 된 것 같았다. 특히 그녀가 내 성기를 입으로 빨아 줄 때면. 그런 아내의 모습을 더 자세히 보고 소리도 분명하게 들을 수 있도록 우리는 남편 가까이 있어야 했다. 모든 일이 끝나면, 그녀는 휠체어를 밀고 거실로 나갔다가 다시 돌아와서 나와 이야기를 나누곤 했다. 드문 경우였지만 에마와 단둘이 있을 때 나는 그녀에게 남편이 우리를 보면서 즐기는지 어떻게 아느냐고 물었다. 그러면 그녀는 내 질문이 믿어지지 않는 듯이 목을 움츠렸다. 그녀는 남편이 우리를 보면서 분명히 즐기고 있다고 대답했다. 그래서 이것저것 자기에게 요구한다고도 했다. 그녀의 남편은 취약하지만 효율적인 대화 시스템을 가지고 있었다. 가령 눈동자를 어떤 방향으로 움직임으로써 짤막한 문장을 만드는 식이었다. 그건 당신에게 뭐라고 하는 거죠? 내가 물었다. 그러자 그녀가 나를 보며 말했다. 난 네가 마음에 들어. 우리 집에서 널 만날 수 있어서 얼마나 행복한지 모르겠어. 그녀가 나를 마음에 들어 한다는 말을 듣자 날아갈 듯 기뻤다. 그리고 그렇게 좋아하는 내 모습을 보고 나 자신도 놀랐다. 나는 그렇게 그 집의 일부가 되었다. 얼마 후, 군 복무를 마치자 내가 하던 업무는 경찰 학교를 갓 졸업한 순경이 맡게 되었다. 그래서 나는 눈에 띄지 않으려고 후임자가 그 집을 방문할 때마다 몸을 숨기기 시작했다. 그 무렵 나는 업무에서 해방된 터라, 부부와 함께 영화를 보고 음악을 듣거나, 보드게임을 하면서—
에마가 남편 대신 말을 옮겨 주었다—그 집에 머물 수
있었다. 내가 오랫동안 집을 비워도 이것저것 꼬치꼬치
캐묻는 사람은 아무도 없었다. 엄마는 여동생에게 매달
리느라 여념이 없었고, 아빠는 하루 온종일 일만 했다.
넌 어디 처박혀 있다가 이제 나타난 거야? 엄마, 아빠는
이따금씩 내게 묻곤 했다. 그럴 때면 나는 마지못해 적당
히 거짓말을 둘러댔다. 그런데 시간이 갈수록 부모의 상
스러운 말투와 거친 태도, 그리고 우리의 고달픈 삶을 아
무렇지도 않은 듯 운명처럼 받아들이는 한심한 모습이
더 역겹게만 느껴졌다. 반면 그녀의 집에 있으면 마치 한
가족이 된 것처럼 편안한 마음이 들었다. 나는 하루도 빠
지지 않고 그 집에 가려고 했다. 갑자기 내 인생이 부부
를 중심으로 돌아 갔기 때문이다. 나는 집안일도 거들고,
에마와 함께 장을 보러 가기도 했다. 사고 싶은 것이 있
으면 뭐든지 쇼핑 카트에 담았다. 남편이 눈앞에 있어도
나는 전혀 개의치 않았다. 솔직히 말해 남편이 없으면 그
녀와의 관계가 어떻게 될지 궁금한 적도 종종 있었지만
말이다. 따지고 보면, 나와 에마는 남편이라는 중력에 사
로잡혀 있었던 건지도 모른다. 모든 것이 그를 기초로 해

서 이루어졌으니까. 섹스, 오락거리, 그리고 오로지 집 안에서 할 일만 계획을 세워야 하는 제약. 언젠가 가택 연금 형이 얼마나 남았는지 계산하던 에마의 모습이 떠오른다. 그녀는 남편이 자유로워지면 딩크라게라는 독일의 어느 도시로 여행 갈 생각이라고 했다. 그 말을 듣자 나는 부부와 헤어진다는 생각에 얼굴이 하얗게 질리고 말았다. 왜 그래? 에마가 내게 물었다. 왜? 넌 가기 싫니? 이어서 그녀는 내게 알아서 여권과 여행에 필요한 모든 서류를 준비하라고 일러 주었다. 그러자 그들에 대한 애정이 더 깊어졌다. 그 뒤로 나는 몇 가지 집안일을 새로 맡게 되었다. 노인네의 팔과 다리를 마사지해 주는 것도 그중 하나였다. 나는 그의 팔다리를 주무르는 동안, 그와 오랜 대화를 나누면서 내 개인적인 문제를 털어놓곤 했다. 시간이 흐르면서 그는 과묵하고 속을 털어놓을 수 있는 친구가 되었다. 에마는 남편의 기저귀를 갈아 준다든가, 너무 오래 앉아서 생활하는 탓에 생기는 욕창을 치료하는 것처럼 섬세한 손길이 필요한 일을 맡기로 했다. 우리는 함께 정원에 나가 햇볕을 쬐거나, 수영장에서 수영을 했고, 특별히 할 일이 없는 날에는 노인의 손바닥에 이런저런 그림을 그려 주기도 했다. 나는 우리의 성관계에서, 노인의 존재가 정말 중요하다고 느끼기 시작했다. 남편이 보는 앞에서 섹스를 하면, 무언가 재미있으면서도 괴팍한 느낌, 즉 다른 사람들이 보기에는 엉뚱하고 도무지 이해할 수 없는 쾌감을 맛볼 수 있었다. 그건 우리들만 아는 비밀이었다. 그리고 나의 비밀. 물론 내가 반드시 지켜야 할 몇 가지 규칙이 있었다. 가령 내가 그 집에서 자고 갈 경우—그런 일은 거의 없었지만—부부의 프라이버시를 존중하는 뜻에서 내 방에 있어야 했다. 이는 내게 에마와 단둘이 잘 권리가 없다는 의미였다. 그래서 부부는 침대와 책상이 하나씩 있는 2층의 방 하나를 내게 내주었다. 따라서 나로서는 불평할 건더기도 없었다. 우리가 섹스를 하는 경우에 한해서만 부부의 침대를 사용할 수 있었다. 지금 나는 예기치 못하게 그 모든 것이 사라져 버린 과정을 되짚어 보고 있다. 그 일은 내가 민간인으로서 그 집을 방문하기 시작한 지 두 달째 되던 어느 날, 그러니까 노인의 생일 파티를 하고 난 다음 날 일어났다. 그날, 에마와 나는 마갈리 파리스 백화점에서 위스키 한 병을, 그리고 로시타 데 베네데티 제과점에서 레몬을 얹은 바닐라 케이크를 하나 샀다. 파티는—그렇게 부를 수 있다면—오후 3시에 정원에서, 자세히 말해

풀장 옆 파라솔이 펴진 테이블에서 열기로 했다. 그날 에마는 평소와 달리 기분이 들떠 있었다. 수영복을 입고 나온 그녀는 남편에게 케이크를 조금 준 다음, 주방으로 가서 위스키 잔 두 개를 들고 왔다. 우리는 건배를 했다. 그녀는 곧 내 무릎 위에 걸터앉더니 나와 함께 실컷 마시고 키스를 나누었다. 그녀는 내 기분이 어떤지 묻고는 수영하러 갔다. 나는 의자에 다리를 벌리고 앉은 채 계속 술을 마시면서 성숙한 여인의 모습을 흡족한 표정으로 바라보았다. 물속에 있는 그녀에게서 눈이 아플 정도로 빛이 났다. 어쩌면 날이 너무 더워서, 아니면 술을 너무 많이 마셔서, 그도 아니면 그 둘 모두 때문에 그렇게 보였는지도 모른다. 하지만 계속 술을 홀짝홀짝 들이켜자, 절로 취기가 오르면서 온몸이 물에 젖은 솜처럼 나른해졌다. 나는 정신을 차리려고 머리를 여러 번 세차게 흔들고 손가락으로 눈을 문질러야 했다. 내 의식 속에서 시간이라는 관념이 서서히 사라지고 있었다. 그때 수영장에서 에마가 빨랫줄에 널려 있는 타월을 달라고 했던 기억이 어렴풋하게 떠오른다. 그다음에 일어난 것으로 기억하는 일 중에서 어디까지가 사실인지 나는 잘 모른다. 하지만 나는 타월을 집기 위해 자리에서 일어나 두 걸음 걷다가 그만 풀밭으로 고꾸라지고 말았던 것 같다. 내가 정말 기억하고 있는 건 이게 전부다. 머리를 바닥에 부딪쳤을 때의 충격이, 그리고 생각만 해도 끔찍한 그 장면이 지금도 생생하게 기억난다. 노인은 몸을 돌려 나를 지켜보고 있었고, 에마는 내가 미처 건네주지도 못한 타월로 머리를 말리고 있었다. 그들은 노래를 불렀다. 무슨 노래였지? 황소가 설탕으로 만들어졌다면, 뿔은 흑설탕으로 되어 있을 거야.* 그런데 그때 그들이 정말로 박수를 쳤던가? 그날 내가 제정신으로 돌아온 건 두 번이었다. 처음 눈을 떴을 때, 나는 어둠이 깔린 거실에 있었다. 그때 내 몸은 땀에 젖어 끈적거리고 입 안은 바싹 말라 있었을 뿐만 아니라 두려움이 납덩어리처럼 가슴을 무겁게 짓누르고 있었다. 다시 정신을 차리고 보니 그다음 날 아침, 내 방이었다. 숙취로 아직 머리가 지끈거리는 데다 머릿속이 뒤죽박죽이어서 아무 생각도 떠오르지 않았다. 바로 그 순간, 내가 마신 술에 무언가를 탔을지도 모른다는 생각이 들었다. 그렇다면 에마도 그런 일을 겪었을까? 아니면 그때 내가 마약을 했을 가능성도 있었다. 내 추측을 뒷받

* 콜롬비아의 살사 및 트로피컬 뮤직 가수이자 작곡가인 알바로 호세 아로요 곤살레스가 부른 〈엘 토리토El torito〉의 일부.

침할 만한 무언가를 찾으려고 했지만, 허사였다. 마침내 나는 그렇게 의심할 아무 근거가 없는 이상, 그들에게 비난을 퍼부을 권리도 없다는 결론에 이르렀다. 생각을 정리한 뒤, 주방으로 내려간 나는 아침을 준비하고 있던 에마와 마주쳤다. 그런데 그녀는 간밤에 평온하게 잠을 잔 듯, 눈부시게 아름다워 보였다. 그녀는 타월 한 장으로 젖은 머리를 감싸고, 다른 한 장을 온몸에 두르고 있었다. 그녀는 그릇에 달걀을 깨면서 기분이 어떤지 내게 물었다. 나는 최대한 자연스럽게 보이려고 노력했다. 나는 가벼운 두통에 시달릴 뿐, 아무렇지 않다고 대답했다. 나는 긴 침묵 끝에 용기를 내서 어제 오후에 무슨 일이 있었는지 그녀에게 물었다. 그러자 그녀는 달걀을 깨다 말고 곁눈으로 살짝 나를 흘겨보았다. 애정 어린 눈빛으로 나를 꾸짖는 듯한 느낌이 들었다. 그러곤 어제 너무 과음한 것 같다고 했다. 이어서 그날 오후에 변호사가 오기로 되어 있는데, 아무래도 남편과 단둘이만 있는 게 좋을 것 같다는 말도 덧붙였다. 먼저 샤워부터 하지 그래? 그녀가 내게 말했다. 그리고 아침 먹으러 내려와. 내가 화장실로 향하자, 에마는 하던 일을 계속했다. 그런데 화장실 문을 여는 순간, 욕조에 누워 있는 노인이 보였다. 혹시나 미끄러져 익사하는 일이 없도록 노인은 끈이 달린 특수 의자에 앉아 있었다. 욕조 옆의 의자에는 스펀지와 액체 비누 병이 놓여 있었다. 2층 화장실로 가려고 몸을 돌리려던 순간, 나는 마음을 바꾸었다. 나는 조용히 문을 닫고 의자에 놓인 물건을 치운 다음, 거기에 앉아 말없이 노인을 바라보았다. 그를 지켜보고 있자니, 몸 상태가 저런데 왜 의사가 한 번도 오지 않는지 갑자기 궁금해졌다. 심지어 간호사도 오지 않았다. 이런 터무니없는 사기극이 대체 어디까지 가려는 걸까? 황소가 설탕으로 만들어졌다면, 뿔은 흑설탕으로 되어 있을 거야. 화장실 안은 숨이 막힐 듯이 더웠다. 아직 잠이 덜 깨 정신이 멍한 가운데, 타일과 이음새에 낀 때를 쳐다보았다. 그런데 변기 안에 고인 물이 오르락내리락하고 있었다. 마치 변기가 생명을 가지고 있기라도 한 것처럼 말이다. 그 순간, 나는 세면대에서 칫솔을 집어 들었다. 그러곤 솔이 달린 부분을 손으로 꽉 움켜쥔 채, 손잡이 끝을 노인의 가슴에 대고 천천히 눌렀다. 그러자 그는 눈을 번쩍 떴다. 우리 둘은 한동안 서로를 뚫어지게 쳐다보았다. 그는 자신이 통증을 느끼고 있는지, 내가 손을 움직일 때마다 몸속에서 무슨 변화를 느끼는지, 아무 말도 못할 것 같았다. 나는 그의 눈빛에서 모든 속임수를, 아니면 그가 던진 올가미—그 무렵 나는 그렇게 생각했다—가 무엇인지 간파하고자 했다. 칫솔을 다시 세면대에 놓은 다음, 나는 그에게 바짝 다가가 손으로 그의 얼굴을 천천히 어루만졌다. 나는 심술궂게 그의 입 안에 내 손가락을 깊숙이 집어넣었다. 손가락으로 그의 잇몸과 벌레 먹은 치아, 그리고 은으로 덮어씌운 어금니를 만져 보았다. 그러고 나서 두 손으로 턱이 거의 빠질 정도로 세게 그의 볼을 꼬집었다. 노래해 봐. 나는 그에게 명령하듯 말했다. 그러나 속삭이듯 노래 부른 사람은 바로 나였다. 황소가 설탕으로 만들어졌다면. 노인은 나를 따라 하기는커녕, 나를 물끄러미 바라보기만 했다. 돌연 분노에 휩싸인 나는 손으로 그의 목을 감싸고 꽉 조르기 시작했다. 그러곤 노인이 언제까지 거짓말을 하는지 보려고, 손에 더 힘을 가했다. 그러자 내 손목의 힘줄이 더 팽팽하게 긴장하여 불거져 나왔다. 노인의 피부가 불그스레해지더니 급기야 붉은빛으로 물들고, 눈알은 금방이라도 튀어나올 것만 같았다. 그의 후골喉骨이 내 손바닥 안에서 마음대로 움직이고 있는 것처럼 느껴졌다. 노래해 보라니까. 나는 같은 말을 되풀이했다. 하지만 여러분에게 맹세하건대 그건 내 목소리가 아니라, 내 안에 살고 있던 누군가의 목소리였다. 잠시 후 화장실에 들어온 에마는 그 장면을 보자 악을 쓰며 난리를 부렸다. 그녀는 당장 나를 집에서 내쫓았다. 신발을 들고 나올 틈조차 없어서 나는 맨발로 황급히 뛰쳐나올 수밖에 없었다. 버스 정류장에서도 그녀의 악다구니 소리가 들렸다. 그 순간, 나는 수치심과 모멸감으로 속이 타들어 가는 것만 같았다. 엄마는 신발도 신지 않은 채 더러운 맨발로 집에 들어온 나를 보고 화들짝 놀라며 물었다. 여태 어디서 어슬렁거리다 온 거야? 그리고 신발은 어쩌고 맨발로 들어오는 거니? 나는 쭈뼛거리며 눈치를 보다가 기어들어 가는 목소리로 도둑맞았다고 했다. 더 이상 꼬치꼬치 캐묻지 않았던 걸 보면, 엄마는 내 목소리에서 무언가 심상치 않은 낌새를 맡고 흠칫 놀랐던 것 같다. 나는 곧장 방으로 가서 조용히 옷을 벗었다. 침대에 눕자 갑자기 발작하듯 웃음이 터져 나왔다.

우리 할머니 리타

Mi abuela Rita

이흐안 렌테리아 살라사르

Yijhán Rentería Salazar
언어학을 공부하다가 카로 이 쿠에르보 연구소의 문예 창작 프로그램에 참여해 글을 쓰기 시작하여 시와 단편영화 시나리오를 썼다. 최근에는 콜롬비아 언어 새 사전(태평양 지역) 작업에 참여하고 있다. 「우리 할머니 리타」는 카로 이 쿠에르보 연구소의 졸업 작품이다.

지금 우리가 사는 집은 여섯 사람이 살기에는 비좁았다. 뒷마당 쪽으로 3미터 늘이자는 게 내 생각이었는데, 모두가 그 해결책에 동의했다. 집 끝에서 열 발짝 거리의 땅바닥을 단단히 붙잡고 있는 27년 된 레몬 나무만 없었다면 모든 것이 완벽하게 끝났을 것이다.

"잘라 내야 해. 여기 있어선 안 돼." 우리 어머니가 말했다. 그동안 우리가 고용한 인부는 상황을 지켜보면서 잘라 버리라는 지시를 기다리고 있었다.

나는 결정을 잠시 미루고서 부엌으로 들어가 커피를 마셨다. 그 레몬 나무, 그리고 어머니가 이미 베어 버리라고 했던 체리모야 나무, 지난 6월의 강풍에 뿌리까지 송두리째 뽑힌 아보카도 나무는 할머니가 심은 것들이었다. 할머니가 돌아가시고 나서 6년 동안 나는 그것들을 보면서 나름대로 할머니가 살아 있다고 여겼었다. 결정을 내리지 못하고 머뭇거리면서, 그리고 내 입맛에는 너무 단 맛없는 커피를 마시면서, 나는 다시 안마당으로 걸어갔다. 가는 도중에 스위치가 켜진 것처럼, 갑자기 머릿속이 환해지면서 해결책이 떠올랐다.

"호세 씨, 옮겨 심을 수 있죠?" 나는 물었다.

그의 얼굴에 그게 어려운 일이라는 듯한 표정이 나타났다.

"너무 크고, 그 가시 때문에 옮겨 심는 게 보통 일이 아니야. 온몸이 가시에 찔려서…."

"우리가 도와도 안 될까요?"

우리 어머니는 나무가 지반을 단단하게 지탱해 줄 것이라는 생각에 이끌려 그 요청에 동참했다. 인부는 어쩔 수 없이 레몬 나무를 안마당의 침식 지점 끝으로 옮기는 데 동의했다. 최근 20년 동안 지반 5미터가 유실되고 절벽 끝이 그만큼 당겨졌기 때문이다.

나무 심을 구멍을 넓히려고 호세 씨가 한 삽 한 삽씩 흙을 파낼 때마다, 내 머릿속에서는 할머니 리타에 대한 기억이 점점 커졌다. 젖은 흙냄새, 땅에 꽂힌 마체테, 체리모야 나무에서 잘라 낸 가지 위에 놓인 커피 찌꺼기가 남은 커피잔을 보자 마구 기억나기 시작했다. 할머니는 자식들을 위해 손수 여러 채의 집을 지었는데, 그중 한 채의 마당을 할머니와 함께 보살폈던 수많은 날 중의 하루가 떠올랐다. 마당에다 마른 잎사귀를 매트리스처럼 깔아 놓았었다.

마른 잎사귀 사이로 새콤달콤한 구아바의 노란색이 눈에 들어왔다. 안마당 끝, 그러니까 개울 근처의 그라비올라 두 그루에는 다 익은 열매가 달려 있었다. 양옆으로 바나나 송이들과 원시림이 자라기 시작했다. 할머니는 새들이 파먹어 구멍이 송송 뚫린 파파야를 보고 웃었다. 할머니는 밭을 갈고 몇몇 묘목을 심는 동안, 두 번째 쌍둥이 아이들의 아버지인 프란시스코를 기억해 냈다.

"멍청이였어. 이용만 당한…. 때때로 우리는 어떤 사람들과 어울린 걸 후회하곤 하지." 할머니는 말했다. "항상 자기 아버지와 그 미국인 친구들의 여행에 대해 말해서 나를 피곤하게 했어. 그 사람들은 1919년 무렵에 금을 찾아 초코 지방에 왔어. 그의 아버지는 그들의 모든 걸 도와주었지. 주지사와 이야기하고, 그들이 머물 목장을 빌려주고, 심지어 심부름꾼 역할도 했어. 이듬해에 그들이 돈을 많이 벌어들이기 시작했는데, 그때부터 더는 그와 말하지 않았어. 그에게 한 푼도 주지 않았지. 그래서 가난하게 사는 동안 프란시스코가 태어났어. 1922년이었단다, 얘야. 프란시스코는 자기 아버지가 초코의 태평양 연안 지역에 사는 미국인들과 가까운 친구 사이라고 자랑하고 다녔어. 그러니 멍청이가 아니면 뭐겠어. 나는 그의 아버지를 분명하게 기억해. 부차도*에 있었을 때 내가 지금처럼 안마당을 청소하고 있으면 프란시스코가 찾아와 쟁기나 낫을 들고 돕는 대신 아버지와 미국인 친구들 이야기를 했어. 그게 아주 대단한 것인 양 말이야. 또 내 등이 너무 아름답다느니, 피부가 정말로 매끄럽다느니 하는 소리를 해 대면서 나한테 새롱거렸어. 아양만 떠는 멍청이였지." 이렇게 말을 끝낸 할머니는 구제 불능이라는 표정을 지으며 고개를 저었다.

할머니는 1954년 베바라마** 축제에서 정말 우연히 프란시스코를 만났다. 그는 부두에서 배를 타려고 기다리고 있었는데, 할머니가 정신을 놓고 배에서 내리다가 그

만 그의 가방을 밟아 뭉갰다. 그가 따지려고 서둘러 첫 마디를 중얼거리려 할 때, 이미 리타 할머니는 웃음을 터 뜨린 뒤였다. 그는 곧 웃음소리에 장단 맞춰 그녀의 어깨 가 우아하고 멋지게 움직이는 것을 알아차렸다. 프란시 스코도 웃으면서 손을 내밀어 그녀가 발을 헛딛지 않고 배에서 내리도록 도와주었다. 그리고 그는 배에 타지 않 았다.

밤에 그는 그녀를 만나기로 작정하고서 가지고 있는 장신구를 모두 착용하고 그녀를 찾아나섰다. 그녀에게 인사를 건넬 오른손에 반지 네 개를 꼈고, 혹시 무언가 를 가리켜야 할 때가 있을지 몰라 왼손 검지에도 반지를 꼈다. 프란시스코는 축제 내내 술을 마셨지만, 화가 치민 탓에 취하지 않았다. 자신은 그날 밤 그녀와 함께 춤을 추었던 수많은 파트너 중 하나에 불과했기 때문이다. 대 화가 거의 이루어지지 않아서 겨우 이름과 그녀에게 세 아이가 있다는 사실만 알아낼 수 있었다. 오전이 반쯤 지 났을 때, 그는 아트라토강 하류로 출발하지 않은 걸 후회 했다. 예정대로 출발했다면, 그 시간에 그는 카카리카 마 을에서 나무를 자르고 있었을 것이고, 여기에서 분노로 속이 뒤집혀 괴로워하지는 않았을 것이다. 그는 초코 지역의 목재로 수도 보고타에서 사용할 가구와 합판을 제작하는 회사의 일용직으로 일하고 있었다.

할머니 이야기에 따르면, 이틀 후 둘은 강에서 만났는데 그는 주저하지 않고 다짜고짜 어떻게 그럴 수 있느냐고 따졌다. 할머니는 가족과 함께 휴가를 보내러 온 것이어서 그가 아니라 사촌들과 춤을 추었을 뿐인데, 그게 그렇게 유난을 떨며 따질 문제냐며 뭐라 했다. 6월 말이 되자 그 문제는 잊혔고, 두 사람이 사랑에 빠졌다는 것이 분명해졌다. 그는 킵도*로 두어 번 올라와 그녀를 만났다. 둘은 거리상 멀리 떨어져 각자 바쁘게 살았지만, 그 와중에도 최대한 많은 시간을 함께 보냈다.

강을 따라 오가면서 사랑은 갈수록 깊어졌고, 6개월 후 크리스마스에 우리 할머니 리타와 세 자녀는 배를 타고 부차도로 향했다. 그곳에서 프란시스코는 어머니와 단둘이 살고 있었다. 그의 어머니는 그의 아이도 아닌 아이 셋의 엄마가 자기 아들과 결합했다는 이유로 큰소리로 그녀를 몰아세웠다. 프란시스코는 강 하류에서 나무를 베는 일로 하루하루를 보내다가 주말이 되어야 돌아

* 초코주의 수도.

왔다. 할머니 리타에게는 시어머니와 단둘이 지내야 하는 힘든 시간이었다. 힘든 순간마다 할머니는 사촌들이 그녀에게 경고하면서 아트라토강 하류에 가서 살지 말라고 설득하려고 애쓰던 모습을 떠올렸다. 그들은 강을 떠내려가는 많은 썩은 시체 이야기를 들려주었다. 오두막집들은 아무에게나 마구 총을 쏘아 대는 폭도들의 공격을 받았으며, 작은 마을이 단 하루 만에 도적들의 습격으로 텅 비어 버렸다는 이야기도 들려주었다. 뗏목 위에서 결혼식을 치르던 중 폭도들이 몰려와 신랑을 데려갔다는 이야기를 듣고는 잠을 이룰 수 없었다. 또 사촌들은 폭도 하나가 총검으로 갓난아이를 죽였는데, 며칠 후 아이의 울음소리가 들린다면서 미쳐서 강변을 뛰어다녔다는 아이 엄마의 전설 같은 이야기도 들려주었다. 비록 할머니는 그런 끔찍한 일을 두 눈으로 직접 보지는 않았고, 그런 일에 괴로워하지도 않았다. 그렇지만 시어머니 아만다와 함께 사는 것만으로도 충분히 고통스러웠다. 시어머니는 난로를 사용하지 못하게 하고, 광천수도 제대로 못 마시게 했으며, 램프에 넣는 기름도 제한했고, 아이들과 웃고 즐기는 것도 마음대로 못 하게 했다.

집은 시원했고 온갖 걸 들여 놓고도 널찍해서 시어머

니의 눈길을 피할 수 있을 때도 있었다. 집 뒤로 난 나무 계단을 네 단 내려가면 바다 같은 드넓은 땅, 그러니까 안마당이 펼쳐지는데, 시야가 닿는 곳까지 농작물이 빽빽이 심겨 있었다. 할머니에게 씨뿌리기는 위안이자 안식처였다. 할머니는 음식에 넣을 향기로운 허브를 심고, 아이들 배 속의 기생충을 죽일 쓰디쓴 풀을 심었으며, 늙은 시어머니 아만다를 달래기 위한 풀과 양귀비를 심었다. 프란시스코가 돌아오면 기운을 내도록 엘더와 오레가노를, 그리고 아직 열리지 않은 꽃봉오리를 땅에 뱉어내는 환상적인 꽃도 심었다.

그녀는 그곳에 온 지 얼마 되지 않아 시어머니를 부양하고, 자기 땅이 아닌 밭을 경작하고, 아이들을 돌보고, 남편이 강 하류에서 보낸 물고기를 받는 일상에 지치기 시작했다. 그래서 프란시스코에게 자기를 그가 일하는 곳으로 데려가 달라고 부탁했다. 그가 엄청나게 크고 힘들다고 묘사한 그곳이 보고 싶었다. 하지만 그는 거절했다. 그곳은 여자가 있을 곳이 아니라고 했다. 그녀는 일주일 내내 졸랐고, 결국 그는 더 이상 대꾸하지 않았다. 그녀는 그의 침묵을 틈타 서둘러 필요한 것을 모두 준비했다. 친하게 지내는 혼자 사는 이웃 여자가 아이들을 봐

주기로 했다.

　부둣가에서 리타 할머니는 결심을 굳히고서 프란시스코 옆에 앉았다. 거룻배 소리가 가까워져 오는데도 아직 날이 밝지 않았다. 그녀가 먼저 일어나 배에 오르고서는 배 한가운데에 앉더니 그가 앉도록 옆자리를 맡아 놓았다.

　"당신은 지금 너무 위험한 일을 하는 거야. 악마에게 굴복하는 거라고." 그것이 프란시스코가 여행 중에 한 유일한 말이었다.

　할머니와 나는 안마당의 절반을 청소했고, 할머니는 잠시 멈추고서 몸을 곧게 폈다.

　똑바로 세운 쟁기 자루 꼭대기에 왼손을 얹고, 그 위로 턱을 괴고서 말을 이어 갔다.

　"애야, 그 황무지를 보자마자 몸이 오싹했단다⋯. 어딜 둘러봐도 베여 나간 마호가니 나무통만 보였어. 그들은 순식간에 대여섯 그루를 베었는데⋯. 나는 프란시스코에게 그 땅이 어떻게 되는 거냐고 물었어. 그러자 그가 내게 그게 무슨 말이냐고, 무슨 일이 일어나겠느냐고, 아무 일도 안 일어난다고, 그렇게 그대로 남는 거라고 대답했지. 그런 멍청한 걸 묻기 시작하면, 당장 그날 오후로 나를 되돌려 보내겠다고 말했어. 벌목 노동자들은 열심히 일했어. 몇몇이 밑동을 자르는 동안, 다른 노동자들이 베어 낸 나무통을 도로에서 끌어내면 수로까지 끌고 갈 수 있었어. 수로도 직접 파 강물을 끌고 와서 그 나무통들을 바지선에 실어 아트라토강으로 보낼 수 있었지. 그 주의 금요일, 그러니까 부차도로 돌아가기 전날 나는 처음으로 그 수로를 보았어. 거기에 500개쯤은 되어 보이는 나무통이 둥둥 떠 있었어. 정말로 죽어 있었어. 프란시스코는 산에 있는 나무에 비하면 500개쯤은 아무것도 아니라고 말했어. 동물들은 다른 서식지를 찾으면 되니까, 그게 다였어. 나는 마을 하나를 통째로 새로 지을 만큼의 그렇게 많은 나무가 왜 필요한 건지 궁금했어."

집 안으로 들어가다가 할머니는 이야기를 멈추고 치마 주머니에서 필터 없는 담배를 꺼내 땋은 머리를 만지작거리면서 성냥을 찾았다. 그러고는 숫돌에 성냥을 그어 불을 붙이고서 입에 담배를 물고 두어 번 빨아 담배 끝에 불을 붙였다. 얼굴의 주름 사이로 과거가 흩어졌다. 할머니는 짙은 연기로 부엌 안을 뿌옇게 만들고는, 담배를 혀 옆으로 물고서 부정확한 발음으로 말을 이었다.

"거기에 두 번 더 갔지. 마지막은 1957년 2월 첫 주였어. 벌목은 점점 더 깊은 산속에서 이루어졌고, 더 많은 동물이 살 곳을 찾아 이리저리 미친 듯이 뛰어다니는 게 보였어. 다람쥐, 원숭이, 새, 거미, 뱀, 모두가 벌목 노동자들처럼 산속을 돌아다녔어. 그 마지막 날 어느 벌목 노동자가 엽총을 두 발 쏘았어. 여기저기 나뭇가지 사이에서 우리는 나무늘보가 나무에서 떨어지지 않으려고 한 팔로 자기 몸무게를 지탱하다가 곡예라도 부리듯이 여러 번 굴러떨어지는 걸 보았어. 나무늘보가 움직이지 않자, 총을 쏜 남자가 다가가서는 팔을 잡고 흔들다가 눕혔어. 새끼 두 마리가 죽은 어미의 젖을 빨고 있었는데, 죽은 어미는 여전히 새끼들을 꼭 껴안고 있었지. 네 할아버지가 웃으면서, 새끼들 불알을 잘라 혼내야겠어,라고 말하자 모두에게서 웃음이 터져 나왔어. 바지선이 우리를 강 쪽으로 실어나를 때 나는 생각했지 '이 사람은 내 남자가 아니야.' 도대체 나는 이 벌목 노동자와 뭘 하고 있는 거지?"

"그래서 할머니는 어떻게 하셨어요?" 내가 물었다.

"아무것도. 이미… 난 임신한 몸이었어."

세 번째 임신한 몸으로 리타 할머니는 물가에 아스파라거스를 심을 준비를 하고 있었다. 출산 후에 빨리 뱃살을 빼고 기운을 차릴 수 있게 해 줄 식물이었다. 한적한 강변에서 잡초처럼 자라고 있었지만, 그녀는 손수 아스

파라거스를 심기로 했다. 그녀는 구멍 안에 그걸 넣었고, 자기가 가진 모든 걸 주문으로 불러내면서, 무엇을 원하는지 속삭였다. 그러고 있는데, 이상한 존재가 나타났다는 걸 분명하게 느꼈다. 할머니는 서둘러 기도했다. 눈이 있어서 가져온다면…. 그러고서 구멍에 흙을 한 줌 넣었다. 손이 있어서 가져온다면…. 그러자 거센 물소리가 더 세차게 느껴졌고…. 저를 해치지 마옵소서, 아멘. 그렇게 기도하자, 아니 확신하자 아무것도 두렵지 않았다. 필요한 게 있어요? 그녀는 고개를 돌리지도 않고 물었다. 아니다, 하지만 네가 내 마당에 어떤 풀을 심어서 내 밭농사를 망칠지 궁금하구나, 하고 시어머니 아만다가 대답했다. 우리 할머니는 한마디도 하지 않았다.

우리 할머니는 프란시스코와 시어머니 두 사람을 참고 견디는 것보다 프란시스코 하나만 참아 내는 게 더 낫다 싶었고, 그래서 전혀 주저하지 않고 그를 따라 카카리카에 가서 살자는 그의 제안을 받아들였다. 할머니는 평일 밤에는 그를 거의 보지 못할 것이고, 그마저도 그가 너무나 피곤한 나머지 목욕하고 나서 저녁 식사를 한 후에는 곧장 잠을 잘 것이라는 사실을 알고 있었다. 금요일이 되면 강을 거슬러 올라가 일요일까지 자기 어머니와 함께 지낼 터였다. 할머니는 그 평화를 즐길 작정이었다. 할머니는 단지 밭이 있는 집, 아니면 적어도 땅이 있는 집에서 살게 해 달라고 부탁했다. 카카리카는 조그만 마을이었고, 아트라토강으로 향하는 투르보* 해안에 살고 있는 사람들, 그리고 파나마 국경 지대의 이민자들과 사람들, 내륙 산지의 사람들이 지나치는 곳이었다. 그래서 언제든지 멋진 이야기를 주고받을 수 있는 사람이 곁에 있었다. 그때마다 아이들은 조심스럽게 다가와서 어른들의 대화를 엿듣지 않는 척하려고 애썼다.

아직 학교에 갈 나이가 되지 않은 할머니의 아이들은 이제는 개 두 마리를 예뻐하고 친하게 지냈다. 리타 할머니는 날마다 식사하고 남은 것을 먹이로 주고, 목욕을 시켜 진드기를 제거했다. 아이들은 무리를 지어 길거리를 돌아다녔고 심부름을 하면서 산딸기를 먹었다. 아이들은 두 마리의 개를 각각 치코와 린티라고 불렀는데, 개들은 귀신 같은 모습이었지만, 이제는 예전의 처량하고 가련한 솜털 대신 반짝이는 갈색 털을 뽐냈다. 집 앞에서 아이들과 놀 때는 힘차게 짖곤 했다.

*　안티오키아의 항구도시.

3월과 4월 사이에 건조했던 때가 있었다. 아트라토강과 인근 개울에는 물고기가 넘쳐 났다. 아이들은 생선 한 토막으로 시작해서 종류별로 바꿔 가면서 여러 생선을 맛보았고, 그렇게 배불리 먹을 수 있었다. 남은 찌꺼기는 다음 날 아침에 닭들에게 모이로 던져 주었다.

성주간에 유지되는 침묵이 강 위로도 내려앉았고, 밭에 씨를 뿌리거나 산속에서 사냥하거나 나무를 베는 작업도 중지되었다. 성목요일과 성금요일에는 배마저 다니지 않았는데, 프란시스코는 이런 세세한 것들을 잊어버려서 주말을 어머니가 아닌 리타와 지내게 되었다. 하지만 그는 불평하지 않고, 아내의 커다란 배를 역광으로 볼 수 있는 순간을 마음껏 즐겼다. 할머니의 피부 아래에서 파도가 보이는 것 같을 때면, 그의 얼굴에 겸연쩍은 미소가 아로새겨졌다. 조용하고 평온한 날들이었다. 그런데 갑자기 거센 바람이 불어와 동네 집들의 지붕을 흔들고 땅바닥에서 가벼운 물건을 들어 올렸다.

토요일 밤부터 일요일 점심때까지 쉬지 않고 비가 내렸다. 강물은 빠르게 불어났다. 모두가 두려움에 떨었다. 강물이 집 입구의 계단 네 단 중 세 단까지 차올랐다. 그러자 프란시스코는 할머니에게 태어날 아기에게 주려고 뜨던 침대 시트, 옷, 손모아장갑과 모자를 들어 올리라고 했다. 강물이 거실 바닥의 틈 사이로 새어 올라오고 아이들은 겁에 질렸다. 에바는 세 시간 늦게 태어난 쌍둥이 동생 에스테반을 달랬다. 마르코스는 자기 어머니의 다리를 붙들고 큰 소리로 울면서 거의 무릎까지 차오른 물을 애써 외면하면서 어머니 얼굴을 쳐다보았다. 프란시스코는 커다란 나무 테이블 두 개를 거실 한쪽 구석에 단단히 고정한 뒤 그 위에 두꺼운 널빤지를 깔았다. 그리고 그 위로 리타와 아이들을 올려 주었다. 치코! 린티! 마르코스가 개들이 더는 짖지 않는다는 걸 알아차리고 애처롭게 울면서 개들의 이름을 외쳤다.

프란시스코는 천식을 앓고 있어서 개들을 뒷문에 있는 유창목에 묶어 놓았었다. 허리까지 물이 차오르자 그는 복도로 걸어가 심호흡을 하고서 잠수해서는 손을 뻗어 밧줄 하나를 잡고 두어 번 잡아당겼다. 하지만 물살 때문에 밧줄이 팽팽해졌고 그 바람에 린티는 질식하고 말았다. 또 하나의 밧줄은 중간이 끊어져 있었다. 아이들은 개들의 이름을 부르짖다가 잠들었다. 아이들은 나무판자 위에서 거의 물에 떠다니고 있었다.

3개월 후 분만실 침대에 누운 리타는 전에 없이 프란

시스코가 미웠다.

그녀는 그 생각을 그만하려고 애쓰기 시작했다. 눈물을 흘리지 않으려고 번갈아 가며 잠깐씩 아이들에게 젖을 물렸다. 젖꼭지 하나를 한 아이에게 잠깐 물리다가 금방 다른 젖꼭지를 물렸다. 그렇게 그녀는 두 아이에게 솜씨 있게 젖을 먹였는데, 쌍둥이를 낳은 후 그래야 한다는 걸 너무나 잘 알게 되었기 때문이다. 그녀는 젖 하나에서는 물이 나오고 다른 젖에서는 진짜 젖이 나와서, 쌍둥이에게 계속 같은 쪽 젖을 물리면 쌍둥이 하나는 서서히 굶어 죽었을 것이라고 말했다. 아기들에게 젖을 끊는다는 건 또다시 슬픔과 비탄에 빠진다는 뜻이었다.

그녀는 그 부활주일을 생생하게 기억했다. 그날, 그 건조한 날씨에 벌목 노동자들은 목재를 강으로 던져 넣고 둑을 만들었다. 나무줄기와 가지가 뒤엉켜 강폭이 좁아지는 바람에 강은 시한폭탄이 되었고, 결국 강물이 넘쳐 흘러서 밭과 농장을 모조리 휩쓸어 버렸다. 그렇게 사람들의 집을 앗아 갔으며 아이들을 비탄에 잠기게 했다. 쌍둥이는 부차도에서 시어머니의 무자비한 손에서 태어났다. 출산 후 40일 동안 몸조리를 하고 나서 그녀는 다시 아이들을 데리고 배를 타고 아트라토강을 거슬러 킵도로 갔다. 집 안의 먼지를 털어 내고 다시 기운을 차린 뒤 빵집 오븐과 삶과 자유를 되찾았다. 다섯 입이 그녀가 강해지길 바라고 있었다.

　나는 레몬 나무 옆에 버팀대를 세워 균형을 잡아 버티게 해 놓고서 나무를 이식한 구멍에 흙을 메웠다. 호세 씨는 삽으로, 나는 손으로 했다. 레몬 나무는 너무나 예뻐서 분명히 가지가 잘렸는데도 우아한 빛을 잃지 않았다. 나는 삯을 치렀다. 가시에 찔린 팔이 아프고, 오른쪽 눈썹 위로 베어 나온 피 한 줄기가 말라붙어 있었다. 그 상태로 나는 두 발짝 뒤로 물러나 레몬 나무를 바라보았다. 의심할 여지 없이 리타 할머니와 똑같았다. 상처 입고 빼앗기고 옮겨 심겼지만, 흠 하나 없이 완전무결했다. 언제든 다시, 다시 뿌리를 내릴 수 있어, 하고 나는 생각의 나래를 따라 큰 소리로 말했다. 그러는 동안 눈물이 끊이지 않고 흘러나와 모든 게 뿌예 보였다. 변화무쌍한 바다처럼 수많은 기억이 내 머릿속을 스치고 지나갔다. 내가 아팠을 때 배를 문질러 주는 할머니를 보았다. 그리고 어느 날 오후 오른손에 마체테를 들고 조그만 언덕 위로 걸어 올라가는 할머니를 보았다. 할머니는 무릎까지 내려오는 치마 밑으로 무릎까지 올라오는 장화를 신고 있었는데, 장화는 밝은색이 아니라 항상 어두운색이었다. 그리고 할머니가 쉬지 않고 뿜어 대는 담배 연기 뒤로 일하고 있는 할머니를 보았다. 또한 흰머리를 손수 땋고 있는 할머니도 보았다. 우리가 식사하라고 부르면 손사래를 치는 할머니도 보았다. 불운이 계속되던 시절에 집안 분위기를 정화하기 위해 약초를 반죽하는 할머니도 보았다. 또한 안마당 한쪽 구석의 레몬그라스 사이에서 혼잣말하는 할머니도 보았다.

할머니는 흐름에 맞서 생명을 주었고, 수많은 시체가 떠다니는 강변에서 쌍둥이를 낳았으며, 밀림 약탈자와 한 몸이 되었지만, 둘이 함께 지나온 길에 씨앗을 뿌리면서 저항했다. 바라던 때 마음 편하게 돌아가신 할머니는 내 손을 잡고 안마당으로 데려가 레몬 나무의 뿌리에 흙을 더 많이 뿌리게 했다. 어느 순간 나는 다시 울고 싶었지만, 리타 할머니가 사람이 죽었을 때 말고 다른 것 때문에 운 적이 있었을지 궁금해졌다. 그래서 나는 멈췄다. 그리고 부엌으로 돌아갔다. 싱크대 위의 격자창으로 스며드는 헤적인 흙냄새는 내 영혼의 향유였다. 나는 나뭇가지 하나로 신발 밑창에 묻은 진흙을 털어 내면서 슬쩍슬쩍 눈을 들어 연거푸 레몬 나무를 찾았다.

개구리

Las ranas

후안 가브리엘 바스케스

Juan Gabriel Vásquez(1973~)

현재 라틴아메리카에서 가장 주목받는 소설가 중의 한 명으로, 『추락하는 모든 것들의 소음』(2011)으로 스페인의 알파과라 소설상(2011)과 국제 IM-PAC 더블린 문학상(2014)을 받았다. 1997년 『사람』을 시작으로 『보고자들』(2004), 『코스타과나의 비밀 이야기』(2007) 등 지금까지 장편소설 일곱 편을 발표했다.

대사와 장관, 그리고 몇몇 장군의 공식 연설이 끝나고, 빨간 베레모를 쓴 한국 소녀 합창단이 국가를 부른 다음, 참전 용사들과 그들의 가족은 스파클링 와인이 준비된 초록색 천막으로 이동했다. 그 어린 합창단은 기념행사라는 불가해한 관성의 법칙에 따라 조직되었다. 살라사르는 세 커플에 둘러싸여 있었는데, 그 세 커플은 자기들이 지금까지 몇 잔이나 마셨는지 이제 셀 수 없는 지경에 이른 것이 분명했다. 참전 용사들이 '콜롬비아 대대'의 영웅들을 기리며 엄숙하게 건배하고는 전쟁에 대한 기억을 마구 쏟아 내고 있었기 때문이다. 그들이 폭소를 터뜨릴 때마다 손에 든 잔이 흔들렸다. 하늘에는 구름이 잔뜩 끼어 있었지만, 갑자기 소나기가 쏟아질까 봐 걱정하는 사람은 아무도 없었다.

　살라사르는 바로 거기에 있었다. 수많은 세월 동안 그런 참전 용사들의 수많은 모임에서 그랬던 것과 마찬가지로. 그래, 거기에서 그 무리의 일원이 되어, 맞춤옷을 입고 있는 두 여자 사이에 서 있었지만, 두 여자는 그에게 눈길조차 주지 않았다. 그는 몇몇 남자가 서로 등을 손으로 툭툭 치며 인사하는 걸 보았다. 그들은 포크촙 힐 전투와 불모 고지* 전투에 대해 말했고, 그들 인생의 한 시기―몇 주 혹은 몇 달―에 있었던 즐겁고 재미난 일화들을 이야기했는데, 아마도 실제로는 아무 재미도 없는 일화였을 것이다. 여자들은 자기들끼리만 말했는데, 그들의 립스틱 향내 나는 말들이 살라사르의 얼굴 바로 앞으로 지나갔다. 그룹의 다른 쪽에 있던 키가 가장 큰 사람, 그러니까 나머지 사람들이 트루히요라고 부르는 사람은 자기가 어떻게 한국에 가야겠다고 결심했는지

---

*　포크촙 힐 고지는 강원도 철원 인근에 있는 고지(현재는 비무장지대)로 한국전쟁의 격전지였다. 이곳이 돼지 주둥이와 같다고 해서 '포크촙'이라는 별명이 붙었다. 그리고 불모고지는 경기도 연천군 북방 천덕산 진지 중의 하나였다. 콜롬비아군은 이 두 고지에서 중공군과 치열한 전투를 벌였다.

이야기하고 있었다. 한 번도 듣지 못했던 곳이었다고, 지도에서 어디에 있는지 확인하는 것에 자기 목숨이 달렸었더라도 제대로 확인할 수 없었을 거라고, 하지만 자기는 다른 4000명의 콜롬비아 군인들처럼 그곳으로 떠나 공산주의자의 위협을 저지하려는 위대한 국제적 노력에 협력했다고 말했다.

"우리는 모두 영웅이 되고자 했어요." 트루히요가 말하자 나머지 두 사람이 고개를 끄덕였다. "학교에 있는 신부는 우리에게 항상 똑같은 말을 반복했어요. 한국이 어디에 있든 그건 상관없다고. 공산주의자들을 죽이기 위해서라면 어디든 좋은 곳이라고요." 무리에서 너털웃음이 터졌다. 그때 트루히요는 살라사르를 쳐다보았다. "그런데 당신은 어떻게 갔죠? 자진 입대인가요, 아니면 징병된 건가요?"

"자진해서 입대했어요." 살라사르가 대답하기 전에 다른 목소리가 말했다. "이 사람은 가장 간절히 그곳에 가고 싶어 했지요. 실제 나이보다 몇 살을 올려서 겨우 떠날 수 있었어요."

살라사르는 세월의 흐름이 남자의 얼굴을 어떻게 바꾸어 놓았는지 알아차리고는 다시 한번 깜짝 놀랐다. 조금

전에 말한 사람은 구티에레스 중위였다. 출발 전 5개월 동안 살라사르와 함께 훈련을 받은 사람이었다. 앞으로의 전투 생활에 익숙해지도록 그들은 그 5개월 동안 딱딱한 야전 침대에서 자고, 야전 텐트에서 함께 식사했다. 그 5개월 동안 뭐가 뭔지도 모른 채로 전장을 미리 경험했었다. 그 5개월 동안 그들이 한국에 대해 받은 정보라고는 신문에 실린 게 고작이었는데, 장교들 역시 그들처럼 아는 게 거의 없었기 때문이다. 그렇게 5개월 동안 그들은 시민의 삶, 그러니까 〈무대 공포증〉*에 나오는 마를렌 디트리히를 보러 가는 사람들의 삶과는 동떨어져 있었다. 그동안 그들, 즉 '콜롬비아 대대'를 이룰 미래의 병사들은 흰 벽을 뛰어넘고 진흙탕의 연병장을 포복했는데, 그때도 항상 양손으로 소총을 쥐고 있었다. 그리고 5개월 동안 기병 학교의 사격 훈련장에서 사격 연습을 하고, 요란한 총소리를 내며 식당 유리창을 깨뜨렸으며, 장교들의 음식을 함께 나누어 먹었는데, 모두에게 골고루 돌아갈 만큼 음식이 충분하지 않았기 때문이다. 한 번 이상 음식을 나누어 먹은 사이이며, 어느 정도 친하게 지낸

---

* 1950년 개봉한 앨프리드 히치콕의 범죄 스릴러 영화.

유일한 장교가 바로 구티에레스 중위였다. 그는 군인 집안 출신으로, 가족의 사랑을 듬뿍 받는 아들이었다. 그의 인상은 당시 이미 험상궂었지만, 50년이 지나면서는 좀 먹은 풍경이 되어 버렸다. 머리카락은 빠지고, 얼굴에는 검버섯이 피고, 슬퍼 보이는 관자놀이에는 파랗게 핏줄이 불거져 나왔으며, 발톱 자국처럼 주름이 깊게 패어 있었다.

"아, 두 사람이 함께 있었던 거예요?" 트루히요의 아내가 물었다. 다른 사람보다 훨씬 젊었다. 두 번째, 아니면 세 번째 아내일까?

"반세기 전의 일입니다." 살라사르가 말했다. "하지만 함께 있었다고는 말할 수 없어요. 나는 우리 중위님의 명령을 받는 병사였으니까요. 정말이에요."

"우리는 기병 부대에 함께 있었어요. 그 후로 다시는 만나지 못했지만요." 구티에레스 중위가 말했다. "그런데 난 살라사르를 잊을 수 없어요. 탈영병들을 찾는 걸 도와준 사람이거든요."

"탈영병이라고요?" 트루히요의 아내가 물었다.

"아침에는 누가 있는지 점호를 하지 않았어요. 하지만 밤에는 누가 없는지 점호를 했지요." 구티에레스 중위가 말했다. "기억나요, 살라사르?"

"물론이지요, 기억납니다." 살라사르가 말했다. 그건 사실이었다. 그는 기억했다. 완벽하게 기억했다. 중위는 시간을 가리지 않고 아무 때나 막사에 나타났다. 단 한 마디 하지 않아도 살라사르는 알 수 있었다. 사냥하러 가자는 것이었다. 그들은 술집에서 탈영병들을 찾아냈고, 사창가에서 거의 벌거벗은 그들을 질질 끌고 나와 기병학교로 데리고 가서 꿀물을 먹여 술에서 깨게 했었다. 그들은 그날 밤에도 똑같은 일을 반복할 것임을 잘 알고 있었다. 그러던 어느 날, 엔리케스 소령—중위는 엔리케스 소령을 기억하고 있을까?—이 머리를 굴려 그들을 정렬해 놓고는, 한국에 가고 싶지 않은 병사는 모두 한 발 앞으로 나오라고 명령했다. 중대의 3분의 1이 한 발 앞으로 나왔다. 그런데 포장한 땅에서 천둥과 같은 군홧발 소리가 나면서 불길한 징조를 예고했다. "무서워서 똥 싸고 있군. 물론, 이건 전혀 놀랄 일이 아니야." 중위가 살라사르에게 말했다. "너희들은 전쟁터로 간다. 이제 알겠지!"

"하지만 우리는 싸우러 가는 게 아닙니다." 살라사르가 말했다. "우리는 점령군으로 파견되는 겁니다."

"그래? 그렇게 들었나?" 중위가 말했다.

"소령님이 그렇게 말씀하십니다." 살라사르가 말했다.

"음, 좋아." 중위가 미소 지었다. "소령님이 그렇게 말씀하신다면, 틀림없이 명백한 사실일 거다."

그래, 나 역시 그 순간에 깨달았어,라고 지금 살라사르는 생각하고 있다. 탑 앞으로 갑자기 돌풍이 불어오자 국기들이 마구 펄럭였고, 소녀 합창단원들의 빨간 베레모가 바람에 날아갔다. 합창단원들은 공연한 법석을 떨면서 새끼 고양이 같은 비명을 지르고, 얼굴 전체가 빛나도록 환한 미소를 지으며 그 모자를 주우러 쫓아갔다. 탑은 한국 정부가 콜롬비아 정부에 선물한 기념물이었다. 처음부터 이곳에 있었던 것은 아니었다. 오랫동안 교통체증이 심한 로터리에서 자리를 차지하고 있었고, 그 기념물이 무엇을 의미하고 기념하는지 모르거나 잊은 통행인들은 왜 그게 거기에 있는지 의아해했다. 살라사르는 매주 그곳을 지나갔다. 아내와 함께 지나기도 했고 어떨 때는 아이들과 함께 지나기도 했다. 그는 그때마다 받는 질문의 무게에 짓눌렸다. 그는 대답하지 않았다. 그건 그가 말하고 싶지 않은 이야기였기 때문이다. 그의 아내는 작년 말에 세상을 떠났고(암이었고, 세상을 떠나기 전 열 달을 앓았는데, 그 열 달이 마치 10년과도 같았다), 한국

전쟁에 관해 콜롬비아 정부가 콜롬비아 국민에게 들려준 공식적인 이야기 이상은 결코 알지 못했다. 사실 그건 살라사르가 하는 이야기와 대략 일치했다. 그녀가 살라사르에게 한국전쟁에 관해 물을 때면, 그는 대충 둘러대면서 이렇게 대답했다. "잘 기억이 나지 않아. 너무 오래전의 일이라서." 물론 그녀는 이해했고, 그의 아이들 역시 이해했다. 누군가가 전쟁터에 있었다면, 누군가가 정말로 전쟁터에 있었다면, 그걸 호들갑스럽게 떠벌릴 용도로 기억하고 싶지 않은 게 정상이고, 그가 개인적으로 기억하는 것만으로도 충분하기 때문이다. 대화가 중간에 막히면 그의 아내는 아이들에게 그에 관한 존경과 찬미의 말을 했는데, 그건 인생의 다른 순간에는 쉽게 나오지 않는 말이었다.

"그 불쌍한 애들 말이에요." 트루히요가 말하고 있었다. "절대로 그애들을 전쟁터에 보내지 말았어야 했어요."

"왜요?" 그의 아내가 물었다.

"보충병들도 마찬가지였어요." 구티에레스가 말을 끊었다. "보충병들은 개판이었죠. 아무것도 몰랐어요. 무기 인도식에서 그들의 얼굴이 어땠는지 봤어야 해요. 당신들은 무기 인도식에 참석했었어요?"

아, 무기 인도식. 그래, 살라사르 역시 그걸 기억했다. 그 행사를 치르기 위해 콜롬비아 대대는 모두 푸엔테 데 보야카*로 거의 두 시간 동안 불편하기 그지없는 화물 열차를 타고 이동해야만 했다. 그곳에서, 장마철에 내린 비로 불어난 테아티노강 주변에서, 시몬 볼리바르**가 스페인군과 싸워 승리를 결정 지은 그 장소에서 돌을 던지면 닿을 곳에서, 지금은 비둘기들의 안식처가 되고 만 나팔을 불면서 볼리바르의 승전을 기념하는 동상 바로 앞에서, 몬시뇰 카르모나는 콜롬비아 대대에게 축복을 내렸고, 특히 75밀리미터 무반동 소총을 축성했다. (옆에 있던 사람의 소총에 성수 한 방울이 떨어지자 살라사르는 또다시 비가 내릴 거라고 생각했었다.) 몬시뇰 카르모나가 말했다. "제군들은 외국 땅으로 간다. 그리스도의 죽음으로 기름을 부은 민주주의를 수호하기 위해서 간다. 제군들은 전체주의라는 괴물의 위협을 받은 우리 가족을 지

---

* '보야카 다리'라는 뜻. 다리가 크지는 않지만 19세기 초 독립 전쟁 승리의 상징물로 기리는 곳이다.

** 콜롬비아, 베네수엘라, 에콰도르, 페루, 볼리비아를 해방시켜 남아메리카의 '해방자'라고 불리는 정치인.

키러 간다. 제군들은 선발대이며, 제군들의 가슴은 콜롬비아의 적들과 콜롬비아가 수호하는 이상에 맞서는 적들을 박살 낼 성벽이다." 그러고서 모두가 버스를 향해 걸어갈 때, 살라사르는 어느 장교가 다른 장교에게 말하는 소리를 들었다.

"이게 꼭 필요한 건지 모르겠어."

"뭐가?"

"세상 반대편으로 가서 우리 가족을 지킨다는 것 말이야. 여기에서 우리는 이미 우리끼리 서로 죽고 죽이고 있잖아."

"그건 다른 문제지."

"글쎄, 누군가 나한테 그 이유를 설명해 줬으면 좋겠어." 말을 시작한 장교가 말했다. "내가 보기에는 아주 단순해. 우리를 그곳으로 보내는 이유는 우리를 먼 곳에서 죽이려는 거야. 그래야 여기서 죽일 사람이 너무 많아지지 않으니까."

보고타로 돌아왔을 때는 겨우 오후 5시였지만 이미 어두워져 있었다. 그날 여정은 길었다. 기차 안, 그러니까 출발 무렵 완전히 캄캄해진 기차 안에서는 한마디도 들리지 않았다. 그런데 기차역이든 마을로 난 도로든 불 켜진 장소를 지날 때마다 불빛은 병사들의 돌처럼 굳은 얼굴을 일순 비추어 어슴푸레하게 그려 보였으며, 잠깐 그들에게 현실 세계를 보여 주었다. 마치 노란 불빛이 긴장한 우거지상과 찌푸린 입술을 만들어 내고는 다시 그것들을 어둠 속으로 돌려 놓는 것 같았다. 그때 살라사르는 두려움과 공포가 다양한 표정을 만든다는 것을, 아니 목을 만지거나 머리를 의자에 기대어 아무것도 없는 눈앞의 의자 등받이를 바라보는 방식으로 드러난다는 것을 깨닫고 황홀해했다. 그러고서 장교들이 말한 것을 생각했다. 여기, 그러니까 푸엔테 데 보야카에서 두 마을 떨어진 곳에서 정권의 명령을 따르는 경찰이 적들의 목을 베었으며 군대가 여자들을 강간하면서 사욕을 채웠다는 내용이었다. 그런 동안 그들은 '조선'이 조용한 아침의 나라를 뜻하며, 이 거대한 분쟁의 원인은 38선이라는 존재하지도 않는 장소에서 일어난 사건 때문이라는 것을 알게 되었다. 천연색 지도 위로 검은 선 한 개가 그려져 있었다.

"난 무기 인도식에 있었어요." 살라사르가 말했다.

"아, 그랬군요. 하지만 거기서 우리는 보지 못했던 것 같아요, 그렇지 않나요? 난 당신이 기억나지 않아요. 전투 깃발 인도식에서는 당신을 본 기억이 나요. 당신도 거기,

그러니까 볼리바르 광장에 있었어요. 그렇죠, 살라사르?"

"무기 인도식, 그리고 전투 깃발 인도식이 있었군요."
하며 그때까지 입도 벙긋하지 않던 어느 여자가 끼어들
었다. "무언가를 줄 때면 정말 장황하게 건네줘요. 이 나
라에는 아무것도 남아 있지 않다는데, 그건 전혀 이상하
지 않나 봐요."

"그래요, 거기 있었어요." 살라사르가 말했다.

"거기에 모두가 있었어요." 트루히요가 말했다. "심지
어 우리 어머니도 있었어요."

모두가 웃었다.

"우리 어머니도 있었지요." 구티에레스가 말했다. "그
리고 내 아내도 있었어요. 그때는 아직 아내가 아니라 약
혼자였지만요. 하지만 거기 있었어요. 부대의 사기를 북
돋우려고."

그제야 비로소 살라사르는 자기 왼편에 있는 여자가
구티에레스의 아내라는 것을 알았다.

"단 한 명의 군인 사기를 북돋기 위해서 있었지요." 그
녀가 말했다. "부대원들에게는 눈곱만큼도 관심이 없었
어요."

이를 드러내 보이고 손바닥을 치는 것으로 보아 이 그

룹의 이번 웃음은 다소 과장되게 느껴졌다. 살라사르는 이 여자에게 무언가 특별한 게 있다고, 사람들이 예의 바른 태도로 반응하게 하는 무언가 미묘한 것이 있다고 생각했다. 바로 옆에 있었기 때문에 그는 그녀를 주의 깊게 쳐다보지 않았었다. 이제는 아주 잘 가꾼 백발처럼 보이지만 한때 금빛으로 물들었을 머리카락과 광대뼈 위의 우아하고 매끈한 피부, 그리고 똑바른 어깨선을 눈여겨보면서, 바로 옆에 오랫동안 서 있었지만, 살라사르는 지금이라도 인사를 해야겠다는 거스를 수 없는 충동을 느꼈다. 여자는 힘주어 악수하는 것으로 화답하면서 팔찌에서 딸랑딸랑하는 소리가 나자 자기 이름을 말했다.

"메르세데스 데 구티에레스예요." 그렇게 말했는데, 어디선가 들어 본 듯한 목소리였다. "만나서 반가워요."

"그래요, 사실대로 말해야 해요." 그때 트루히요가 말했다. "메르세데스 부인은 애인과 함께 있으려는 이유만으로 그곳에 있었던 건 아니에요. 그녀의 성 때문에도 그곳에 가야만 했지요."

"그게 무슨 말이에요? 왜 가야만 했던 거죠?" 그의 아내가 물었다. "성이 어떻게 되죠?"

트루히요는 화난 듯 오만상을 찌푸렸다. 그는 어린 여

자아이에게 말하듯이 대답했다. "믿기 힘들겠지만, 메르세데스 부인은 데 레온 장군의 딸이야. 이제 주님의 품 안에서 편히 쉬시길. 세상이 시작되었을 때부터 조국의 영웅이자 모든 대통령의 자문 위원이셨어."

"당시 대통령도 포함되지요." 구티에레스가 말했다.

"물론이지요." 트루히요가 말했다. "그 이전 대통령도 포함되고요." 그러고서 구티에레스의 아내에게 고개를 돌렸다. "메르세데스 부인, 내게는 당신 아버님을 알게 된 것이 크나큰 영광이었습니다. 그분은 군대에서 내가 되고 싶었고 원했던 전부입니다. 그런 남자 아래서 자란 것은 엄청난 특권이었을 겁니다."

"음, 그런데 그리 쉽지는 않았어요." 그녀가 말했다. "상상해 보세요. 외동딸이었으니까요. 나는 러시아 첩자보다 더 감시를 받으며 자랐어요. 때로는 내가 집을 떠나려고 결혼했다는 생각이 들기도 해요."

아무도 구티에레스를 쳐다보지 않았다. 트루히요가 말했다.

"전쟁에서 돌아온 다음에 결혼했죠, 그렇죠?"

"당신들이 한국에 갔을 때, 나는 열여덟 살이었어요." 메르세데스가 말했다. "전투 깃발 인도식 전날 우리는 약혼했어요. 그리고 돌아오자마자 결혼했지요."

그래서 이 여자가 낯설지 않구나, 하고 살라사르는 생각했다. 틀림없이 거기에서, 전투 깃발을 인도하는 엄숙한 행사에서 보았었다. 그녀는 모든 병사를 한눈에 내려다볼 수 있는 높은 위치에, 그러니까 귀빈석에 앉아 있었다. 그녀는 자기 아버지 옆에, 그리고 그녀 아버지는 대통령 옆에 앉아 있었다. 볼리바르 광장은 수비대 군인들로 가득 차 있었고, 경찰들이 광장을 에워싸고 있었다. 그리고 광장의 틀을 이루는 널찍한 거리에는 병사들의 친척들이 일요일 미사 때나 입는 최고로 좋은 옷을 입고서 얼굴을 아프게 할 정도로 쉬지 않고 내리는 보슬비를 견디고, 추위를 견디고 있었다. 한기가 손과 발에 사정없이 스며들어 그들을 괴롭혔고, 그 확 트인 공간에 바람이 불 때면 목이 뎅강 잘려 나갈 것 같았다. 멀리서, 녹색 숲색깔의 부대원 사이, 그러니까 있어도 그만 없어도 그만인 자리에서 살라사르는 구티에레스 대위가 의사당* 계단으로 다가가서 라우레아노 고메스** 대통령에게서 전

---

* 보고타 중심지에 있는 볼리바르 광장의 한쪽에 국회가 있고, 다른 한쪽에 대성당이 있다.

** 콜롬비아 보수당 지도자로 1950년부터 1951년까지 대통령으로 재임했다.

투 깃발을 건네받는 모습을 보았었다. 그리고 아마도 그때 거기에, 그러니까 구티에레스 중위와 결혼할 그 젊은 여자가 아마도 그때 그 계단에 있었을 것이라고 짐작했다. 모두가 지켜보는 가운데 고메스 대통령은 웃지도 않고 눈을 맞추지도 않은 채 중위와 악수했고, 살라사르는 이 깡마르고 성마른 표정의 사람이 국가 전체를 세계 대전에 파견할 만큼의 권력과 권위를 지녔었다는 사실이 믿어지지 않았다. 대통령은 깃대를 구티에레스 중위에게 건네주었고, 그는 양손으로 그 나무를 꽉 움켜쥐었다. 그런데 그 순간 대성당 뒤편에서 돌풍이 불어와 거의 그것을 낚아챌 뻔했다. 대통령이 무어라고 말했다. 살라사르는 무슨 말인지 제대로 알아듣지 못했지만, 모든 사람이 손뼉을 치기 시작했다. 중위 옆에 함께 있던 두 부사관이 차렷 자세를 취했고, 그 세 명은 수행단 앞에 서서 산디에고 광장을 향해 행진하기 시작했다.

"그래서 낯이 익은 것 같아요." 살라사르가 메르세데스 데 구티에레스에게 말했다.

"왜요?"

"음, 한 시간이나 행사를 했는데… 우리는 의사당 앞에 정렬해 있고, 당신은 거기에 있었으니까요. 당신이 거기에 있었다고 생각해요."

"그래요, 잠시 거기 있었어요."

"우리는 당신들 앞에 한 시간, 아니 한 시간 이상 있었어요. 대통령이 기억나요. 그리고 데 레온 장군도 기억난다고 생각해요. 메르세데스 부인, 당신을 어디선가 본 것 같았어요. 아마도 그래서 그럴 겁니다."

"맞아요." 메르세데스가 말했다. "내가 생각해도 다른 이유는 없을 것 같군요." 그녀는 잠시 말을 멈추더니 이렇게 덧붙였다. "그 후로 당신은 한국으로 갔을 테니까요."

"맞습니다."

"모든 사람이 그랬듯이 말이에요." 메르세데스가 말했다.

"그래요." 살라사르가 말했다. "모두가 그랬던 것처럼 말입니다."

그날 그의 옆에서 행진한 한 병사는 금방이라도 부서질 것같이 비쩍 마른 젊은이였다. 철모는 그의 머리에 쓰기에는 너무 커 보였다. 넥타이는 제대로 매여 있지 않아서 매듭이 점차 풀리면서 결국 셔츠 단추를 드러내 보였다. 살라사르는 며칠 전에 훈련받다가 쉬는 시간에 그와 간단한 대화를 나누었었다. 그래서 그의 가족 역시 보야카 출신이며, 그가 열 살 때 고아가 되었다는 사실을 알게 되었다. 그는 한국에서 번 돈으로 대학 학비를 댈 계획이었다. "아마도 미국으로 공부하러 갈 수 있을 거야." 그 청년은 그에게 이렇게 말했었다. "전투에서 눈에 띄게 두드러지면 미국인들이 학비를 내준대. 동료들이 그렇게 말해." 살라사르는 그 청년이 마음에 들었다. (그는 그를 앳된 소년으로 보았다. 그러나 사실 둘 사이의 나이 차이는 미미했다.) 그러나 이후로는 그 소년병을 만나지 못하다가 열흘이 지나 다시 만났다. 그날 군대 병력은 보고타에서 여러 대의 버스를 나눠 타고 출발했고, 산지를 내려가 부에나벤투라 방향으로 갔다. 거기 태평양 해안의 항구에는 그들을 한국으로 데려갈 미국 군함 에이킨 빅토리호가 기다리고 있었다. 버스에서 살라사르는 다른 병사와 함께 앉았고, 목적지로 가는 동안 그가 흐느끼는 소리도 내지 않고 우는 것을 보았다. 그것은 바로 두려움의 눈물이었다. 그들이 카우카강을 따라 내려갈 때, 마침내 그 병사는 잠이 들었다. 사고가 난 순간에도 그는 잠들어 있었다. 그 주에 내린 비로 언덕 중턱의 지반이 약해져 있었고, 커브를 돌다가 운전사가 버스를 제대로 제어하지 못하면서, 결국 버스는 아스팔트를 덮고 있던 젖은 흙 위로 미끄러졌고, 도로에서 벗어나 10미터 아래에 있는 어도비* 벽과 충돌했다. 희생자는 없었지만, 몇 명이 중상을 입었다. 그리고 병사 중 두 명은 사고로 혼란스러운 틈을 타서 탈영했다. 그중 한 명이 미국으로 공부하러 갈 계획인 병사였다. 다른 병사는 사고가 난 순간 본능적으로 탈영을 결심했는데, 그 결심에 가장 놀란 사람은 그 누구보다도 그 자신이었다. 그 사람이 바로 살라사르였다.

방금 구티에레스 중위의 아내인 메르세데스는 그에게 '모든 사람이 그랬듯이'라고 말했다. 그러고는 그들 모두에게 포도주를 한 잔씩 새로 가져다주겠다고 했다. "난 술이 필요해요." 그녀는 말했다. "술 없이 그 많은 것을 떠올릴 수는 없어요."

"제가 함께 갈게요." 트루히요의 아내가 말했다.

"아과르디엔테**는 없을까?" 트루히요가 말했다.

"물어볼게요." 그의 아내가 대답했다.

이제 살라사르는 그토록 수없이 찾아갔던 그 기억을

---

* 점토와 짚으로 빚어 햇볕에 말린 벽돌.
** 콜롬비아에서 가장 대중적인 술로, 사탕수수로 만들고 아니스 향을 약간 첨가한다. 백색의 증류주로 약 35도의 독한 술이다.

떠올렸다. 그는 비가 심하게 내리던 어느 밤 울창한 수풀 사이로 뛰어가는 자기 모습, 그리고 눈에 보이지 않는 나뭇가지들이 갑자기 어둠 속에서 툭 튀어나와 얼굴을 할퀴지 않도록 손을 펴서 이마 앞에 대고 뛰는 자기 모습을 보았다. 달리면서 비에 젖은 나무들을 비추는 불빛을 지나치고, 공중으로 튀어오르는 물방울을 지나쳤다. 또한 도와 달라는 외침과 고통의 비명도 뒤로했다. 이후 며칠 동안 그는 게릴라처럼 산속에 숨어 있었다. 그동안에도 혼란스러운 머리로 결정을 내리려 하면서, 살라사르는 자기가 실수했다고, 그러다가 아니라고, 자기가 옳았다고, 그리고 마침내 동료 중의 누군가는 죽은 몸으로 한국에서 돌아올 거라고, 신문에서 그 이름을 읽으면, "내가 바로 이렇게 될 수도 있었어."라고 말할 수 있을 것으로 생각했다.

마침 메르세데스가 양손에 잔 하나씩을 들고 돌아와 있었다. 그녀는 긴 손가락에 낀 반지 사이로 잔을 가지런히 들고 있었다. 살라사르는 엄숙한 분위기를 순간적으로 조금이나마 깨 주는 그런 자유로운 태도가 마음에 들었다. 트루히요의 아내는 자기 남편에게 아과르디엔테를 보지 못했다고, 하지만 여기 새로 포도주 잔을 갖고 왔다고 말했고, 그는 그녀를 쳐다보지도 않고 포도주 잔을 받았다. 그러면서 그는 에이킨 빅토리호가 호놀룰루에 잠시 체류했을 때를 떠올렸다. 그곳에서 군함의 보일러가 심각한 고장을 일으켜서 탑승한 사람들은 예정보다 이틀을 더 머물러야만 했다. 병사 중에서 네 명이 사창가에 간 다음에 실종되었다가 카와이아하오 교회 옆에서 모습을 드러냈고, 그들은 나중에 군용기를 타고 한국에 가야만 했다. 그 후에는 군사 법정에서 재판을 받았다. "그 중 한 사람을 알아요." 트루히요가 말했다. "부에나벤투라에서 합류한 군인 중의 하나였어요. 불모 고지에서 전사했어요. 그런데 슬픈 건 그게 아니라, 그가 콜롬비아를 떠나기 전부터 살해 협박을 받았다는 걸 모두가 알고 있었다는 거예요. 그 작자는 군인이 될 자격이 없는 놈이었어요."

"당신들 중 그 누구도 태어날 때부터 그렇게 되도록 정해지진 않았어요." 메르세데스가 말했다. "자, 누가 눈 속에서 싸우는 법을 알고 있었는지 볼까요?"

"적어도 한둘은 동상으로 손가락 하나를 잃었어요." 구티에레스가 말했다. "미국인들의 말을 귀담아듣지 않아서 생긴 일이었어요. 당신도 눈 속에서 싸워야만 했나요,

살라사르?"

"예." 살라사르가 대답했다. "하지만 파파사네스와 싸웠어요."

참전 용사들이 폭소를 터뜨렸고, 그러자 합창단원들이 그들을 쳐다보았다. 파파사네스는 전선 근처에서 사창가를 관리하던 땅딸막한 남자들이었다. 그곳에서는 낡은 C-7 폭탄 상자를 가지고 임시로 만남의 장소를 세웠고 홀쭉한 한국 여자들은 50센트에 몸을 팔았다. 살라사르는 시간이 흐르면서 이런 행사에서 그런 장소를 언급하면 대화 주제를 바꿀 수 있고, 남자들만 연루된 주제 뒤로 눈에 띄지 않도록 숨을 수 있다는 것을 배웠다. "가장 말을 많이 하는 사람이 행동은 가장 적게 하지요." 최근에 열린 어느 기념 행사에서 한 참전 용사가 한 말이었다. 그래서 그는 그렇게, 그러니까 짧고 수수께끼 같은 말을 바탕으로 인생을 살면서, 약간의 정보만 흘렸다. 그러면 나머지 사람들은 그 정보가 암시하는 의미를 알아차릴 수 있었고, 나머지 그림은 자신들의 상상력으로, 그리고 자신들의 기억으로 메울 수 있었다. 살라사르는 때때로 이런 말을 흘리면서, 잠시나마 자기가 정말로 거기에 있었다고, 맥주를 마시면서 미국인의 자동 전축으로 프랭크 시나트라 레코드를 틀고 있었다고 믿고 싶었다. 그러나 진실은 전쟁터에 가지 않으려고 이곳에서 애쓰면서 빌어먹을 일로 간신히 입에 풀칠하며 살았다는 것이었다.

"아, 당신도 그런 사람 중의 하나였다는 말이군요." 메르세데스는 말했다. 그녀는 그 암시를 이해했을 뿐만 아니라, 음흉한 미소를 지으며 그의 말을 평가하기까지 했다.

"하지만 단지 외출하거나 휴가 나갈 때만 그랬지요." 살라사르가 말했다.

그때 무언가가 머리에 퍼뜩 떠올랐다. 메르세데스의 얼굴에서, 그 냉소적이고 미묘한 웃음 위로 갑자기 어두운 그림자가 지나갔다. 아무것도 아니었다. 그저 그녀 피부 위로 빛이 움직인 것뿐이었다. 그녀의 눈 색깔과 같은 빛이었다. 그때 아마도 살라사르는 이미 짐작했었던 것 같다. "이제는 정말로 비가 올 것 같군요." 하고 누군가가 말했다. 트루히요는 구티에레스와 함께 최근에 죽은 참전 용사들에 대해 말하고 있었다. 메르세데스의 얼굴에서는 이미 미소가 사라진 상태였다. 그녀는 발밑을 내려다보고 있었다. 마치 풀밭 사이에서 무언가를 잃어버린 것 같았다. 그리고 굳어진 입술에 나이를 짐작게 하는 수

직의 주름살이 나타났다. 다른 사람들은 '얼버무리기 수업'을 떠올리고 있었다. 그 수업 시간에 가장 노련하고 잘 훈련받은 장교들은 중공군에게 체포되었을 때를 대비해 어떻게 해야 하는지를 가르쳤었다. 메르세데스는 풀밭에서 자기가 잃어버린 것, 가령 동전이나 귀걸이 한 짝, 혹은 불편한 기억 같은 것을 찾고 있었다. 그녀의 남편은 자기가 경험한 가장 위험한 임무에 대해 말했다. 야간 정찰이었는데, 거기서 스물다섯 명의 병사들이 눈 덮인 광활한 들판을 지나 서로 대치하는 양 군대 사이의 중간 지대에 도착해야만 했다. 바로 그때였다. 구티에레스는 눈에서는 발소리가 들리지 않는다면서, 고지 반대편에서 중공군을 만날 수도 있다는 두려움에 대해 말했다. 바로 그 순간, 그러니까 그 그룹의 관심이 야간 정찰 이야기에 집중되어 있을 때, 메르세데스는 다시 눈을 들었고, 살라사르는 그녀가 찾고 있던 걸 찾았다는 것을 알았다. 마치 지난 50년이란 세월이 무너지면서 그녀가 다시 그의 앞에, 그러니까 살라사르의 앞에 있는 것 같았다. 그녀는 그의 이름이 살라사르라는 것을 모르고, 그 역시 그녀 이름이 메르세데스라는 것을 모른 채 두 사람은 20세기 중반의 어느 날 오후에 커피를 마시면서, 보고타 중심가에서, 주정뱅이들이 모여드는 어느 가게에서 시간을 죽이고 있었다. 그곳은 평판이 좋지 않은 장소였는데, 메르세데스는 검은 숄로 머리를 가리고 있었지만 마치 보석처럼 빛나고 있었다.

"우리가 발견한 건 죽은 중공군 둘이었어요." 구티에레스가 말했다. "죽었는데, 꽁꽁 얼어 있었어요."

"그런데 앞이 보였나요?" 트루히요가 물었다.

"탐조등이 켜져 있었죠." 구티에레스가 대답했다. "그리고 구름이 껴 있었어요. 마치 새벽이 밝아오는 것처럼요."

그가 얻은 일자리는 참으로 이상했지만, 그 시기에는 그것조차 거부할 수 없었다. 살라사르는 교육도 받지 않았고 경험도 없는 젊은이인 데다 탈영병이었다. 그래서 그는 어쩌다가 한 번씩 동쪽 평원지대로 윌리스 오버랜드 지프를 운전해 내려갔고, 황마 자루를 메고 과티키아 강변을 돌아다녔다. 자루에서 삐져나온 황마 실이 팔의 피부를 할퀴기 일쑤였다. 일은 항상 똑같았는데, 일주일에 한 번은 그 일을 해야 했다. 살라사르는 그 지역 두 아이의 도움을 받아 살아 있는 개구리로 그 자루를 가득 채웠고, 그 일의 대가로 아이들에게 음료숫값을 주었다. 그러고서 보고타로 돌아와 그것들을 3페소에 시내 임상 검사실에 팔았다. 두 번째로 임상 검사실에 갔을 때, 그는 용기를 내어 무슨 용도로 개구리가 필요한 것이냐고 물었고, 임신했는지 알아보기 위해 여자들이 스물네 시간을 기다린다는 말을 들었다. 어쩌면 살라사르는 개구리에게 인간의 오줌을 주사하면 알을 낳는다는 사실에 소스라치게 놀랐을 수도 있었다. 그 대신 그는 매주 임상 검사실에 똑같은 불안감을 안고 방문하는 여자 손님이 그토록 많다는 사실에 놀랐다. 그는 임상 검사실에 개구리들을 놔두고는 다른 개구리들을 수거해 나왔는데, 그건 그가 이해할 수 없는 이유로 소용이 없는 개구리들이었다. 그러고는 도시를 가로질러 북쪽 습지로 가서 개구리들을 풀어 주었다. 그곳은 코문 다리* 거의 다 가서 있었는데, 그 누구의 관심도 끌지 않고 윌리스 지프를 세워둘 수 있는 장소였다. 그런 식으로 그는 4개월, 아니 아마도 5개월 동안 삶을 꾸려 갔다. 그는 임상 검사실 접수구에서 지급을 기다리던 것을 떠올렸고, 잡지를 통해 최근에 죽은 콜롬비아 사람들이 누구인지 알았으며, '내가 바로 그렇게 될 수도 있었어.'라고 생각했다는 것도 기억했

---

* 보고타에서 30킬로미터 떨어진 곳에 있으며, 1796년에 세워졌다.

다. 또 그는 비야비센시오*에 있었을 때를 떠올렸다. 불모 고지에 대한 소식이 도착했을 때였다. 나중에, 그러니까 콜롬비아 군인을 실은 마지막 배가 돌아왔을 때는 더는 그 일을 하지 않았고, 대신 다음 일을 하고 있었는데, 아마도 투우장을 청소하는 일로 기억했다. 그러나 그는 오랫동안—아마도 수십 년 동안—회색 눈에 밝은색 머리카락의 그 여자를 기억하지 못했다. 그즈음의 어느 날 그녀는 그에게 다가와 손에 아주 커다란 지폐를 들고서 그를 믿어도 좋으냐고 물었다.

"중간 지대에서 말입니까?" 트루히요가 물었다. "당신이 지휘하고 있었어요?"

"적어도 지도는 갖고 있었지요." 구티에레스가 말했다. "우리 계획은 중공군의 손안에 있는 진지까지 가는 것이었어요. 스물다섯 명의 콜롬비아 병사들은 무릎까지 눈속에 파묻혔고, 각자 전투복 위에 흰색의 재킷과 바지를 걸치고 있었어요. 그리고 각자 손에 랜턴을 들고 있었는데, 그걸 켤 필요는 없었어요."

"탐조등이 켜져 있었기 때문이군요." 트루히요가 말

* 콜롬비아 중부의 도시.

했다.

"그렇습니다." 구티에레스가 말했다.

살라사르는 급히 주변을 둘러보았지만, 아무도 없었다. 이상한 일이었다. 회색 눈의 여자는 친구도 없이, 혹은 직원이나 보호자도 없이 보고타 중심가를 혼자 걸어다니는 종류의 사람이 아니었기 때문이다. 더 이상의 설명이 없어도 이해할 수 있었다. 그 역시 그 조그만 병에 무엇이 있는지 묻지 않았다. 그 여자의 손에서 마치 마술할 때의 카드처럼 그게 나타나는 걸 보았기 때문이다. 임상 검사실에서 이미 이런 뻔뻔한 아가씨들에 대해 들었었다. 바로 때를 기다리지 못하고 골치 아픈 일에 연루된 여자들, 그러니까 임신한 여자들이었다. 다른 시절이었다면 아마도 몇 주를 기다려서 혈액 검사를 하고 그들이 가장 두려워한 것을 확인할 수 있었다. 아니, 두려워한 것을 두려워하지 않아도 된다는 사실을 확인할 수 있었다. 그러나 이제는 몇 시간이면 알 수 있었다. 살라사르는 그 병을 받지 않았다. 거기에, 그러니까 두 사람 사이에, 그것도 대낮에 모두가 보는 앞에, 8번가 한복판에 황갈색 액체가 든 병이 있었다. 여자는 외투의 커다란 주머니에 그 병을 다시 넣어야만 했다. "왜 임상 검사실로 가져가지 않죠?"

"그래서 내가 당신에게 돈을 주는 거예요." 여자가 말했다. "당신이 가져가라고."

"하지만 난 거기서 일하지 않아요." 살라사르가 말했다. "난 단지 개구리만 갖다줍니다."

여자는 어설프게 검은 가방을 뒤지더니 지폐 한 장을 더 찾았다. 그녀의 눈에는 애원하는 무언가가, 어린애 같은 무언가가 서려 있었다.

"제발 부탁이에요." 그녀가 말했다.

구티에레스는 그들의 발소리—조용한 밤에 스물다섯 명의 발소리—가 들리지 않도록 어떻게 했는지 말했다. "그렇게 사람이 많으면 눈에서도 소리가 나거든요." 그가 말했다. 그는 이야기하다가 연극을 하듯이 말을 멈추었고, 트루히요는 군의 지시문을 생각해 냈다. 이구동성으로 그들은 마치 공모자처럼 소리쳤다. "마루하에게 보내 줘!" 그게 암호였다. 그러자 포격 관측병은 일제 폭격 명령을 내려 그들의 흔적을 감추었다. 이내 적은 겁을 집어먹었다.

"무서워 죽을 것 같지 않았어요?" 트루히요의 아내가 물었다.

"나머지 사람들은 모르겠지만, 난 그랬어요." 구티에레스가 말했다.

"우리 남편은 그런 이야기를 한 번도 해 주지 않았어요." 트루히요의 아내가 말했다.

"무슨 소리야? 당연히 해 줬지." 트루히요가 말했다. "그것도 수천 번은 해 줬을 거야." 그러고서 그는 다른 사람들을 쳐다보았다. "하지만 작전에 대해 말해 줘도, 아내는 듣다가 곧 잠들어 버리죠."

"당신들에게 총을 쐈나요?" 그녀가 물었다.

"그게 계획이었어요." 구티에레스가 말했다. "모든 군사 작전은 적의 위치를 탐지하고 그들이 어떤 무기를 가졌는지 알아내는 것이거든요. 우리는 그들이 우리에게 총을 쏘기를 바랐어요. 우리에게 필요한 것은 그들이 사격하는 것이었어요."

"정말 무서워요." 트루히요의 아내가 말했다.

살라사르는 임상 검사실로 돌아갔지만, 직원들이 점심 먹으러 가는 바람에 임상 검사실이 닫혀 있었다. 자신이 전혀 예상하지 못한 상황에 처해 있다는 걸 깨달았다. 그는 노동자들로 가득한 싸구려 식당에서 꿀물 한 잔과 부잣집 여자의 오줌이 들어 있는 병을 놓고 무언가를 먹고 있었다. 새 지폐 하나로 계산을 치르고는 십오 분 넘게 기다리는 동안 사람들을 쳐다보았다. 그런데 어떤 사람이 시사주간지 『크로모스』를 놔두고 나갔고, 살라사르는 사진을 보며 눈을 즐길 수 있었다. 한국에 대해 말들이 많았지만, 살라사르는 그 어떤 기사도 읽지 않았다. 단지 사진만 뚫어지게 바라보면서 그 장면을 기억했고, 사진의 설명문을 눈여겨보았다. 그리고 자기가 그곳에 있다고 상상하려고 애썼다. 그가 임상 검사실에 다시 갔을 때 막 문을 열고 있었다. 흰 가운을 입은 한 여자가 병을 받고서 그의 이름을 적었다. 살라사르는 그걸 넘겨주면서 자기 이름이 그때까지 그 어느 때보다도 더 가치 있다고 생각했다. 살라사르는 자기 이름을 빌려주었고, 그 덕택에 다른 사람은 자기 이름을 밝히지 않아도 되었다. "당신은 개구리를 가져오는 사람이군요." 가운을 입은 여자가 말했다.

"그렇습니다." 살라사르가 말했다.

"한번 지켜보지요." 여자는 가벼운 미소를 지으면서 말했는데, 그 미소는 선고 같기도 했고 비웃음 같기도 했다. 살라사르는 상관하지 않았다. 그 오줌이 자기 애인의 것이었어도 대수롭지 않게 여겼으리라고 생각했다. 그때 그는 자기가 이렇게 묻는 말을 들었다.

"볼 수 있어요?"

"뭘 말이죠?"

"어떻게 하는지 말이에요. 난 항상 개구리를 가져오기만 했지, 그다음에 어떻게 되는지는 한 번도 보지 못했거든요."

"그다음에 무슨 일이 일어날지 우리는 결코 알지 못해요." 구티에레스가 말했다. "그런 일은 예고 없이 시작되거든요."

포화는 깊은 밤에 시작되었고, 눈에 보이지 않는 곳에서 끝나지 않을 듯 몇 초간 계속되었다. 번쩍이는 불빛과 귀청이 떨어질 것 같은 소리 속에서 병사들은 포탄이 어디에 떨어질지 정신을 똑바로 차리고 관측해야 했고, 동시에 두려움과 공포를 이겨 내고 머리를 양쪽 어깨 사이로 숙이지 않아야만 했다. 정보 장교들이 측정하고 관찰하면서 결론을 끌어낼 것이었다. 그 모든 것에 구티에레스는 목숨을 걸었던 것이다. 그러나 거기, 절대적 어둠 속에서, 그것도 흰 눈에 무릎까지 다리가 묻힌 상태로 그는 결론이나 적군의 규모가 아니라 목숨을 구할 방법만 생각했다.

"또한 보고타에 두고 온 애인도 생각했지요." 그때 그가 말했다. "돌아가면 결혼해야 한다고, 그녀가 이미 만들어 둔 웨딩드레스를 입지 못하게 할 순 없다고 생각했어요."

바로 그때 너무나 가까운 곳에 폭탄이 떨어지면서 귀가 먹먹해졌다. 대기가 뒤흔들리더니 귀에서 휘파람 소리가 나기 시작했고, 자기가 다친 건지 생각하기도 전에, 어느 동료의 귀를 찢어 놓을 듯한 비명이 들렸다. 그는 누가 그 비명을 질렀는지 즉시 알아차리지 못했다. 극심한 고통은 사람의 목소리를 일그러뜨리기 때문이다. 하지만 그 소리는 분명 그의 오른편에서 들려왔다. 구티에레스는 무턱대고 그 비명을 따라갔다. 갑자기 밤눈이 조금 전처럼 맑지 않아졌거나 막사의 탐조등이 꺼졌기 때문이다. 적어도 두려움으로 엉망이 된 그 세상 한복판에서는 그래 보였다. "10미터 떨어진 곳에서 그를 찾았는데, 그 10미터가 내게 영원히 끝나지 않을 거리처럼 느껴졌어요." 구티에레스가 말했다. "그건 마치 끝도 없는 들판을 가로지르는 것과 같았어요."

"누구였어요?" 트루히요가 물었다.

"예페스였어요." 구티에레스가 말했다. "부에나벤투라

에서 마지막으로 자원 입대한 병사 중 하나였지요." 그는 잠시 쉬었다가 다시 말했다. "포탄에 다리 하나가 날아간 거예요."

"어머 끔찍해라." 트루히요의 아내가 말했다.

"그 사람들은 우리에게 도움이 된 게 아니라 문제만 만들었어요." 트루히요가 말했다. "그러니까 마지막에 합류한 사람들이 그렇다는 거예요. 제대로 훈련받은 병사들이 아니었어요."

"그래서 어떻게 했죠?" 트루히요의 아내가 물었다.

"어깨에 들쳐 메었어요. 다른 방법이 없었거든요." 구티에레스가 말했다. "그나마 다행히 작은 소년병이었어요. 게다가 말랐고요. 그냥 힘줄만 있는 거나 마찬가지였어요. 60킬로그램, 그 이상은 나가지 않았어요. 그래도 눈밭에서는 모든 게 더 무겁게 느껴지지만요."

"당신 남편은 영웅이에요." 트루히요의 아내가 메르세데스에게 말했다. 눈을 크게 뜨고서 존경한다는 표정으로 웃고 있었다. "그런데 당신은 어떻게 이걸 알았어요?"

"신문을 통해서요." 메르세데스가 말했다.

"신문이라고요?" 트루히요의 아내가 말했다.

"그는 은성 훈장을 받았어요. 그게 모든 신문에 나왔

거든요." 메르세데스가 말했다. 하지만 말씨는 바뀌어 있었다.

"괜찮아?" 구티에레스가 말했다.

"지금 몇 시죠?" 그녀가 물었다. "집에 가야겠어요."

"3시 정각이에요." 살라사르가 말했다. "결과는 한 시간 후에 나와요."

"한 시간 후에 나오는군요." 그녀가 되풀이해서 말했다.

"나중에 다시 와도 괜찮아요." 살라사르가 말했다. "내가 여기서 기다리고 있을게요."

그들은 전날 살라사르가 점심을 먹었던 바로 그 싸구려 식당에 있었다. 그는 그녀가 계획했던 대로 일이 되지 않았다는 것을 깨달았다. 의심의 여지 없이 그녀는 두 사람이, 신원을 모르는 두 사람이 거리 한복판에서 다시 만날 것이고, 살라사르는 그녀에게 결과를 건네주고 각자 자기 갈 길을 갈 거라고 생각했다. 불쾌하고 거북해하기보다 그녀는 초조해하고 있었다. 그녀 또한 너무 일찍 도착했었다. 아마도 초조하고 불안하고 성급한 나머지 그랬을 테지만, 실험 결과는 아직 나오지 않았다. 그래, 그것, 초조함이었다. 여자(하지만 그녀는 여자라기보다는 소녀에 불과했다)는 창백했다. 아니, 살라사르에게 그렇게 보인 것일 수도 있었다. 또한 손에서 약간의 떨림이 감지된다고 생각했다. 그녀는 그 손으로 담배를 입으로 가져갔고, 고급 라이터로 불을 붙이려고 했다. 라이터는 은으로 만든 상자 안에 들어 있었고, 옆면에 사자와 문장이 보였다. 젊은 여자는 마침내 담배에 불을 붙이는 데 성공했다. 힘껏 들이마셨다가 연기를 내뱉었는데, 입술의 움직임에는 절망감과 훌륭하고 예의 바른 태도가 뒤섞여 있었다. "오, 주님."이라고 말하면서 두 손으로 머리를 부여잡았다. 옆 테이블 사람들이 궁금하다는 눈으로 쳐다보았다. "내가 어쩌다가 이런 일을!"

"무슨 일이죠?" 살라사르가 물었다.

"난 여기에 있어서는 안 되는 사람이에요." 젊은 여자가 말했다. "여기, 이곳에 당신과 함께 앉아 있으면 안 되는 사람이라고요."

살라사르는 자기가 그녀보다 두어 살 위일 것으로 추측했지만, 확신할 수는 없었다. 그때 갑작스럽게 보호 본능이 발동했다. 혼란에 빠져 외로이 있는 이 젊은 아가씨에게 아무 일도 없게 해야 한다는, 설명할 수 없는 사명감이 생긴 것이었다. 여기에 혼자, 이곳에 자기 같은 사람과 앉아 있는 그녀의 안녕을 위해. '제발 울지 말아요.'

라고 그는 마음속으로 말했다.

"걱정 말아요." 그가 말했다. "지금 당장 임상 검사실에 가서 결과를 받아 올게요. 당신은 여기서 기다려요. 아니면 다른 곳에 있어도 괜찮아요. 내가 결과를 넘겨주고 나면, 앞으로 우리는 절대, 다시는 만나지 않을 거예요."

젊은 여자가 얼굴에서 두 손을 떼자, 살라사르는 다시 회색 눈을 보게 되었다. 두 눈은 몹시 불안해 보였고, 아치형의 눈썹 아래로 슬픈 표정을 짓고 있지만, 울지는 않았다.

"당신은 좋은 사람이네요." 그녀가 말했다. "고마워요."

"어떻게 하는지 말해 줄까요?"

"뭘 말이죠?"

살라사르는 자기가 왜 그 말을 했는지 잘 몰랐다. 아마도 침묵을 메우기 위해서였을 것이다. 침묵은 초조한 여자의 적이기 때문에서였을 것이다. 그러나 그는 전날 오후에 본 개구리들에 대해 말하고 있는 자기 목소리를 들었다. 개구리들의 하얀 배, 툭 튀어나온 눈, 그리고 그 눈은 부드러운 몸에 주삿바늘이 들어가도 바뀌지 않는다고 말했다. 여자는 정떨어진다는 표정을 지었지만, 이내 어린 소녀 같은 미소가 비쳤다. "그 이야기는 하지 말아요. 정말 오싹해요." 그녀가 말했고, 살라사르는 계속 주삿바늘에 관해 이야기하면서, 그게 축축한 피부에 들어간다고, 그런 다음에 개구리 다리에, 아마도 그걸 엉덩이라고 부르는 것 같은데, 거기에 인식표를 두른다고, 다른 개구리와 헛갈리지 않게 그렇게 한다고, 그러면서 정작 그런 일이 일어나면 얼마나 끔찍한 참화일지 생각해 보라고 말했다. 그런 다음 하루를 기다리면 되는 거라고 했다. 살라사르는 다시 말하기 시작했다. 하지만 아마도 곧 그렇게 오래 기다릴 필요가 없어질 거라고, 몇몇 사람들이 실험을 하고 있다고⋯.

"내 남편은 한국에 있어요." 여자가 그의 말을 끊었다. "그래요, 내 남편이 아니라 약혼자예요." 그러고서 말했다. "그는 거기서 목숨 걸고 세상을 구하고 있고, 나는 이런 지저분한 일을 하고 있어요."

"전선에 있나요?"

"난 하느님께 용서받을 수 없는 몸이에요."

"전선에 있어요?" 살라사르는 다시 물었다. "콜롬비아 군인은 점령군으로 갔어요. 그런데 그가 전선에 있나요?"

"어디에 있는지는 모르겠어요." 젊은 여자가 말했다. "하지만 얼마 전에 상을 받았어요. 아마도 별인 것 같아요. 신문에 나왔어요."

"몰랐어요." 트루히요가 말했다. "알았어야 했는데, 몰랐어요."

"우리가 모든 걸 알 수는 없습니다." 구티에레스가 말했다.

"그토록 오랜 세월이 흘렀는데도, 아직도 깜짝 소식을 접하게 되네요." 트루히요가 말했다. "그래서 나는 이런 행사에 오는 게 좋아요."

"그런데 환영회는 어땠어요?" 트루히요의 아내가 물었다. "영웅을 어떻게 환영했나요?"

"좋았어요." 구티에레스가 말했다. "우리는 모두 영웅처럼 환영을 받았어요. 왜 그런지 알아요? 우리가 마지막으로 도착한 군인들이었거든요."

"하지만 당신 경우는 무언가가 더 있었어요." 그녀가 말했다.

"우리는 전쟁에서 이겼습니다." 트루히요가 말했다. "우리 콜롬비아 군인들은…."

"잊을 수 없는 게 있습니다." 구티에레스가 말을 중단시켰다. "줄지어 서 있던 어머니들이요. 부에나벤투라부터 칼리까지 세상의 모든 어머니가 나와서 자기 아들이 돌아왔는지 두 눈으로 확인하려 했습니다. 몇몇은 돌아오지 못했어요. 물론 절대 돌아오지 못할 테지요. 아무도 그 사실을 그 어머니들에게 말해 주지 않았습니다."

"불쌍한 어머니들." 여자가 말했다.

"우리는 보고타에 도착해서 정렬한 채로 볼리바르 광장으로 갔습니다." 트루히요가 말했다. "난 그 음악을 잊을 수가 없어요."

"〈콰이강의 다리〉였지요." 살라사르가 끼어들었다. "군악대가 그 곡을 연주하며 우리를 환영했지요."

그러자 메르세데스가 고개를 들었다. 갑작스러운 동작이었다. 전기가 통한 인형 같았다. 살라사르는 그녀의 눈을 들여다보았고, 그 안에서, 그 회색 눈 안에서 예전에 보지 못했던 것을 보았다.

"아, 그래요?" 그녀가 서슴지 않고 말했다. "당신이 그걸 어떻게 알죠?"

그녀는 즉시 후회했다. 그리고 또 다른 경솔한 말이 새어 나올까 봐 두렵다는 듯이 입술을 깨물었다. 그렇지만 이미 새어 나온 말이었다. 그것도 그 자리에서, 즉 모든 사람이 보는 앞에서 새어 나온 것이다.

살라사르는 말하지 않았다. 다른 때에도 그랬던 것처

럼 제대로 기억이 나지 않는다고 말했다. 그는 수많은
다른 전투에 참전한 군인들이 휘파람으로 불던 그 곡조
를 기억했다. 그 곡의 진짜 제목은 '보기 대령 행진곡'이
지만, 한국에서 돌아온 참전 용사들은 전쟁이 이미 기억
의 일부가 되었을 무렵 콜롬비아에서 개봉한 그 영화부
터 떠올리곤 했었다. 그는 이런 이야기를 전혀 말하지 않
고서, 맹수가 옆을 지나갈 때까지 숨을 꾹 참고 있는 사
람처럼 침묵을 지켰다. 회색 눈은 그를 증오하고 있었다.
그가 알고 있다는 것을 알고 있기에 증오했다. 회색 눈의
여자는 그가 한국에 결코 있어 본 적이 없었기 때문에 그
를 증오했고, 남아서 개구리를 팔았기에 증오했으며, 어
느 날 오후 시내 중심가의 임상 검사실에서 손에 결과지
를 들고 나왔기에 증오했고, 젖은 폰초 냄새와 펠트 모자
냄새를 풍기는 더럽고 추잡한 곳으로 들어가 테이블에
팔꿈치를 괴고 양손을 입술에 올려놓은 채 기다렸기 때
문에 그를 증오했으며, 또한 그녀가 결과가 담긴 봉투를
개봉하고서 그 종이에서 세상에서 가장 아름다운 말을
보았을 때 그곳을 떠나지 않고 남아 있었기 때문에 그를
증오했다. 그 말은 그 순간 그녀가 보길 바랐던 유일한
단어이자 그녀에게 삶을 되돌려 주고 그녀에게 다시 시

작할 수 있도록 해 준, 아니, 아무 일도 없었던 것처럼 계속 살아갈 수 있게 해 준 말이었다. 그녀는 그 싸구려 식당에 그가 남아 촌스러운 나무 테이블 옆에 서서, 그녀가 혼자서는 그 일을 할 수 없다고 느꼈기에 그녀와 함께 있어 주고 그녀의 힘을 북돋아 주었다는 것 때문에 그를 증오했다. 그리고 살라사르가 그녀의 얼굴에 피어오른 안도하는 표정을 직접 지켜본 증인이었고, 그녀의 포옹을, 그녀의 부적절한 포옹을, 다시 만날 것임을 알았다면 젊은 여자가 절대로 하지 않았을 그 포옹을 받아들였기 때문에 그녀는 그를 증오했다.

"아, 미안해요." 그때 메르세데스가 말했다. "당신 역시 전쟁터에 있었지요. 너무 당연한 건데."

"그렇습니다, 부인." 살라사르가 말했다. "거기에 있었습니다. 당신 남편처럼 은성 훈장을 받지는 못했지만, 거기에 있었습니다."

"너무 기분 나빠 하지 말아요, 살라사르." 구티에레스가 끼어들어 말했다. "그녀가 한 말은…."

"도착해서 나는 당신 남편처럼 13번가로 행진했습니다. 그리고 당신 남편처럼 〈콰이강의 다리〉를 휘파람으로 불었습니다."

"그렇게 흥분하지 말아요." 구티에레스가 말했다.

하늘은 어두워졌고, 천막은 비워지기 시작했다. 참전 용사들과 그들의 가족은 주차장 쪽으로 나갔고, 침묵이, 확 트인 공간의 침묵이 그들 사이로 훅 불어왔다. 탑 앞에 있던 한국 여자아이들도 보이지 않았다. 활발하게 대화를 나누는 그룹도 없었다. '너무 많은 세월이 흘렀어.' 살라사르는 생각했다. 너무 오랜 세월 동안 속이고 왜곡하며, 감동적인 것들을, 즉 의심이 생기기도 전에 의심을 없애 버릴 수 있는 감동적인 것들을 기억하면서 살아 왔다. 그러자 아주 강렬한 피로가 어깨 위를 덮치고 있다는 것을, 밤새 눈 속을 끌고 가던 몸처럼 무거운 피로가 덮치고 있다는 것을 느꼈다.

"아니에요." 그때 그는 자기 자신이 그렇게 말하는 소리를 들었다.

"아니라니요, 뭐가 아닌가요?"

"아니에요, 난 13번가로 행진하지 않았어요." 살라사르가 말했다.

"여보, 그만 가요." 메르세데스가 말했다.

"난 다른 군인들과 함께 그 노래를 휘파람으로 불지 않았습니다."

"피곤해요." 메르세데스가 말했다. "제발 이제 가지 않을래요?"

"무슨 소린지 모르겠어요." 트루히요가 말했다. "그게 무슨 뜻이죠?"

갑자기 살라사르는 안도할 가능성을 엿보았다. 그러나 그것은 비록 그가 나락으로 떨어질지라도 진실을 제대로 밝힘으로써 느낄 안도감이었을 뿐 아니라, 힘이 아니고는 안 될 수밖에 없는 무언가였다. 그것은 바로 나머지 사람들을 데리고 갈 힘, 그들을 끌고 가서 절벽으로 떨어뜨릴 힘, 허공에서 떨어지는 동안 영웅적인 기억을 가진 모든 삶을 되돌아볼 수 있는 힘이었다. 그것은 자살을 이야기하는 어느 우화와 같았다. 자살자는 옥상에서 떨어지면서, 불 켜진 창문 너머로 다른 사람들의 삶을 보았다. 그 이야기에서 그 불쌍한 사람은 다른 사람들의 삶, 그들의 웃음과 위안과 사소한 행복을 힐끗 엿보면서, 그런 방식으로 목숨을 끊는 것이 실수라는 것을 깨달았지만, 그 깨달음은 아스팔트 바닥에 떨어져 결국 죽음을 맞이할 수밖에 없는 순간, 다시 말해 너무 늦게 찾아왔다.

살라사르는 실존하지 않는 그 사람이 불쌍하게 여겨졌다. 그러고서 그는 자기가 말하는 소리를 들었다.

여호와의 증인 신도들의 반가운 방문

Grata visita de los testigos de Jehová

존 베터

John Better(1978~)

콜롬비아 바랑키야 출신으로 작가이자 언론인이다.『16개의 희박한 대기』
로 흐르헤 가이탄 두란 국가 단편 문학상을 받았다. 작품집으로는『비상구』
(2006),『눈먼 이과나』(2009),『꼬마 허수아비를 찾아서』(2017),『연옥』
(2020) 등이 있다. 최근에는 극히 짧은 분량의 단편인 플래시 픽션flash fiction
을 발표하기도 했다.

일요일 아침: 시인 월리스 스티븐스*는 53년
전 세상을 떠났다. 그날이 우울한 일요일이었는지, 숙취
에 시달린 날이었는지에 대해서는 이제 더 이상 알 수 없
을 것 같다.

집 안이 텅 비어 있어서 그녀는 어느 방에서인가 잠들
어 있다. 그녀의 코 고는 소리가 마치 항아리 깨지는 소
리처럼 내 귀에 들려온다.

빛이 거실 안으로 가득히 쏟아져 들어온다. 텔레비전
에서는 차풀린 콜로라도**가 티니실린 알약을 먹고 성냥

* Wallace Stevens(1879~1955). 미국 출신의 모더니즘 시인이다.
** 1973년부터 1979년까지 멕시코에서 방영된 텔레비전 코미디 연속극

갑 안으로 들어가 숨는다. 잠시 후, 그는 원래 크기대로 돌아와 마법의 경적을 울려 쿠아히나이스처럼 유명한 악당을 옴짝달싹 못 하게 만든다. 경적을 한 번 울리면, 상대를 마비시킨다. 두 번 울리면, 굳어졌던 몸이 다시 풀어진다. 그때 전화벨이 울린다. 한 번, 두 번, 세 번.

"여보세요?"

"오, 내 사랑."

"응….'

"그거 생각해 봤는데, 한번 해 볼까 해."

"잘 생각했어. 늘 그랬지만, 넌 정말 결단력이 있는 여자야."

"의심이 들지도 않고 두렵지도 않아. 그리고 지금은 아무 느낌도 없어. 오늘 내로 그 망할 자식을 없애 버릴 거야. 나한테 무기가 있거든."

"난 언제나 네 편이야. 아무 느낌도 들지 않는다는 건 구체적인 경지에 도달했다는 뜻이니까, 놈의 목덜미에 한 방 쏴 버려."

"그런데 오늘따라 목소리가 좀 이상하네."

이름이자 동명의 주인공.

"감기에 걸려서 그럴 거야."

"아냐, 아냐, 아냐. 뭔가 좀 이상한 것 같은데. 빌어먹을, 너 누구야? 당장 데르비 바꿔!"

전화를 잘못 걸었다고 말하기 전에 끊어 버리는 것이 가장 좋은 방법이었겠지만, 다른 날보다 유독 일요일에 일이 꼬이는 사람들도 있는 것 같다. 다이너마이트로 가득 찬 통이 면전에서 터진 걸 보면, 쿠아히나이스한테도 일요일은 그다지 재수 좋은 날은 아니었던 듯하다.

두 여자가 우리 집 대문 앞에 나타났다. 깔끔한 차림의 여호와의 증인 신도 두 명이었다.

"안녕하세요?" 둘 중 더 나이 들어 보이는 여자가 말했다. 쉰 살이 조금 넘어 보이는 그 여인은 하늘하늘한 밀짚모자를 쓰고, 나비 무늬가 그려진 예쁜 옷을 입고 있었다. 그녀의 옆에는 허리께까지 금발 머리를 늘어뜨린 이십 대 여자가 서 있었다. 두 여인 모두 엄청나게 큰 가죽 가방을 들고 있었다. 나는 그들에게 안으로 들어오라고 했다. 그러면서 바닥에 떨어져 있는 담배꽁초와 거실 한복판에서 불알을 훤히 드러낸 채 드러누워 자고 있는 고양이, 집 안에 배어 있는 술 냄새, 그리고 방에서 누워 자고 있는 샌디의 요란한 코 고는 소리—소리가 얼마나 크

던지 유리창이 다 흔들릴 정도다―등에 대해 미리 양해를 구했다.

"죄송합니다, 죄송합니다! 잠시 실례하겠습니다!"

두 여자는 내게 아름다운 말씀을 전해 드리려고 온 것뿐이니까 아무 걱정 하지 말라고 했다. 나는 그녀들을 플라스틱 의자에 앉힌 뒤, 잠시 기다려 달라고 양해를 구했다. 나는 까치발을 하고 샌디가 자고 있는 방으로 들어가, 음식을 준비하라고 그녀를 흔들어 깨웠다. 나는 냉장고 문을 열어 아과르디엔테 병을 꺼내 한 모금 들이켰다. 그러곤 화장실로 들어가 손가락에 콜게이트 치약을 묻혀 입 안에 넣고 우물거렸다.

나는 다시 거실로 돌아왔다. 아과르디엔테 탓인지 속이 화끈거리면서 갑작스럽게 하늘로 날아갈 듯 기분이 솟구쳤다. 샌디의 코 고는 소리가 아무리 요란해도 낙관적인 생각과 행복한 기분을 사라지게 할 수는 없었다.

"어서 말씀해 보세요." 내가 말했다.

"죄송합니다만, 성함이 어떻게 되시죠?"

"전 윌리스 스티븐스라고 합니다."

금발의 여인은 가방에서 한 묶음의 잡지를 꺼내 동료에게 건네주었다.

"윌리스 씨, 이런 곳에서 살고 싶지는 않으세요?" 그녀는 그중 한 잡지의 표지를 가리키며 말했다.

어릴 적에 나는 『나의 성경 이야기』라는 책을 가지고 있었다. 겨자색의 하드커버에 제목이 빨간 글씨로 인쇄된 작은 책이었다. 특히나 천국에 관한 그림을 볼 때면 황홀한 기분에 젖었지만, 묵시록에 나오는 그림을 보고 있으면 심란하기 그지없었다. 그들이 건네준 '파수대'라는 이름의 잡지에도 그런 그림이 실려 있었다. 여러 인종이 섞여 있는 에덴동산에는 푸르른 계곡과 초원이 펼쳐져 있었다. 거기서 사자와 양 사이의 유토피아적인 화합이 암시하는 환상적인 향연이 열리고 있었다. 정말 그런 곳이 이 세상에 존재한다면 더할 나위 없이 매력적인 관광지가 될 것 같았다. 그런 곳에서 다시 태어나 먼저 저 세상으로 가 버린 사랑하는 이들과 다시 만날 수 있다면 그보다 더 큰 기쁨이 어디 있으랴. 그래서인지 나는 여호와의 증인 신도들이 언제나 마음에 들었고, 그들이 일요일마다 입고 다니는 화려한 예복과 늘 차분하게 이야기하는 여인들과 꽃다운 나이의 젊은 여인들을 보고 있으면 내 마음도 환해졌다.

"그럼 윌리스 씨, 이 구절을 한번 읽어 보시겠어요?" 금발 머리의 젊은 여자가 성경을 건네며 물었다. 펼쳐진 곳은 「마태복음」이었다.

나는 텔레비전의 소리를 껐다. 자고 있던 고양이 비스킷이 일어났다. 녀석은 늘어지게 기지개를 켜더니 냉소적인 눈빛으로 우리를 쳐다보았다. 그러더니 나이 든 여자가 앉아 있던 의자에 오줌을 갈기고 밖으로 나갔다.

"아, 저런 괘씸한 녀석이 다 있나! 저 고양이 녀석이 영 버릇이 없어서요." 내가 말했다.

"괜찮아요, 윌리스 씨." 금발 머리의 여자가 나서며 말했다.

나는 약간 더듬기는 했지만, 그 구절을 다 읽었다.

"그걸 읽고 무슨 생각이 드셨나요?" 나이 든 여자가 물었다.

평소 나는 읽은 것을 제대로 해석하는 데 서투른 편이었지만, 이번만큼은 분명하게 말했다.

"하느님은 좋은 분이시라는 뜻이죠."

"맞아요, 윌리스 씨." 금발 머리의 여자가 속삭이듯 말했다. 그녀는 다리를 꼬고 있어서 치마가 무릎 위로 약간 올라가 있었다.

"하느님은 알파와 오메가요, 처음이자 마지막이시죠."

나이 든 여자가 덧붙여 말했다.

텔레비전 화면에서는 꽃병이 탁자에서 떨어져 박살 나려던 찰나 차플린 콜로라도가 마법의 경적을 불어 멈추게 했다. 두 여자는 어설픈 슈퍼히어로의 행동을 보고 미소를 지었다.

나는 잠시 양해를 구하고 주방으로 갔다. 다시 냉장고에서 아과르디엔테 병을 꺼내 벌컥벌컥 들이켰다. 그 바람에 눈에 술이 튀었다. 다시 거실로 돌아가자, 두 여인은 텔레비전을 보면서 계속 웃고 있었다. 그런데 화면에는 허공에 떠 있는 꽃병의 영상이 고정된 것처럼 꼼짝도 하지 않았다.

"아무래도 텔레비전이 고장 난 것 같은데요." 내가 넌지시 말했다.

하지만 그들은 아무 대답도 하지 않았다. 나는 이상한 느낌이 들어 그녀들 곁으로 가까이 다가갔다. 두 여자는 마치 석고 인형처럼 딱딱하게 굳어 있었다. 고개를 돌려 보니 언제 들어왔는지 비스킷이 거실 한복판에 있었다. 그런데 녀석도 마치 박제된 것처럼 크지도 작지도 않은 쥐 한 마리를 입에 문 채 빳빳이 굳어 있었다. 그뿐 아니라, 벽시계도 멈춰 있었다. 시계는 오전 9시 15분을 가리키고 있었다. 하지만 분침과 초침이 멎어 있었다. 샌디의 코 고는 소리도 더 이상 들리지 않았다. 집 안에 있는 모든 것이 멈추어 버린 듯했다. 나는 겁에 질린 채 50까지 숫자를 세었다. 이건 말도 안 되는 악몽이야. 나는 속으로 중얼거렸다. 악몽에서 깨어나는 건 시간문제일 뿐이야. 암, 그렇고말고. 시간문제일 뿐이라고. 조금만 있으면 모든 게 정상으로 돌아올 거야….

나는 셔츠를 걸치고 거리로 나갔다. 하지만 밖도 마찬가지였다. 모든 것이 멈추어 있었다. 나는 가게로 갔다. 가게 주인은 깜짝 놀란 표정으로 닭을 잡고 있었고, 안주인은 빨간색 제복을 입은 자에게 맥주 판매 대금을 건네고 있었다. 나는 가게 안으로 들어가 위스키 한 병과 안주거리 몇 개를 집어 들고 나왔다.

집으로 돌아가는 길에 주변을 둘러보니, 거리에 돌처럼 굳어 버린 사람들이 꽤나 많이 보였다. 정원에서 물을 주고 있는 여인, 하늘 높이 공을 던진 꼬마 녀석, 집에 들어가기 위해 계단을 오르는 이웃집 남자. 모두 딱딱하게 굳어 있었다.

혹시나 하는 마음으로 집 안으로 들어섰지만, 달라진

건 하나도 없었다. 나는 금발 머리 여자에게 다가가 어젯밤 우리 집에서 열린 파티가 절정에 이른 순간, 샌디가 썼던 관을 그녀의 머리에 씌웠다. 그러곤 위스키 병을 따서 컵에 반쯤 따른 다음, 물처럼 단숨에 들이켰다.

"이제 어떻게 하지?" 나는 속으로 물었다.

"지금으로서는 할 수 있는 게 아무것도 없어. 기다리는 수밖에 없을 거야." 나는 속으로 대답했다. "일단 인내심을 갖고 기다리자고. 그러면 언젠가 모든 것이 정상으로 돌아올 테니까. 인내심, 인내심, 인내심을 갖고…."

xxxxxxxxxxxxxxxxxxxxxxxx이xxxxxxxxxxxxxx
xxxxxxxxxx모든xxxxxxxxxxxxxxxxxxxxxxxxx
xxxxxxxxxxxxxxxxx것xxxxxxxxxxxxxxxxxxxx
xxxxx의xxxxxxxxxxxxxxxxxxxxxxxxxxxxxx
xxxxxxxxxxxxxxxxxxxxxxxx한xxxxxxxxxxxxx
xxxxxxxxxx복판에xxxxxxxxxxxxxxxxxxxxxxx

그 현상이 일어나고 시간이 얼마나 지났는지 모르겠다. 시계는 여전히 같은 시간을 가리키고 있고, 빛은 영원히 사라지지 않을 것처럼 온 세상을 환히 비추고 있다.

그 일이 일어나고부터 밤은 오지 않는다. 그런데 이상하게도 거울에 내 모습을 비춰 볼 때마다, 수염이 더 길어져 있고 하얗게 세어 있다. 샌디가 잠들어 있는 방에는 그 후로 한 번도 안 들어갔다. 나는 이따금씩 금발 머리 여자를 동네 보건소에서 슬쩍해 온 휠체어에 태워 산책을 나가곤 한다. 반면 나이 든 여자는 그 자리에 그대로 두었다. 그녀는 계속 텔레비전 화면에 나오는—허공에 둥둥 떠 있는—꽃병을 응시하고 있다. 나는 식료품점에서 음식을 가져와 끼니를 때우고, 술도 마시고 있다. 지금 이 '순간' 나는 바다로 이어지는 도로를 따라 오토바이를 몰고 있다. 나는 천천히 달리고 있다. 바람 한 점 불지 않는다. 하늘에는 밝은 태양이 떠 있지만, 덥지도 춥지도 않다. 나는 시간이 멈춰 버린 도로를 달리고 있다. 그 순간, 무언가 내 뒷머리를 강하게 내리친다. 나는 오토바이에서 떨어진다. 그게 전부다.

*

나는 바랑키야*에 있는 어느 오래된 병원에서 눈을 떴

* 콜롬비아 북부 아틀란티코주의 주도.

다. 샌디는 색안경을 끼고 나를 바라보고 있다.

"이봐, 내가 언제부터 여기 있었던 거지? 그 빌어먹을 놈의 오토바이에서 떨어진 것까지는 기억이 나는데."

"오토바이라고? 살면서 세발자전거도 타 본 적이 없는 사람이 무슨 오토바이. 아직 술이 안 깬 모양이네."

"누가 나를 여기 데려온 거지?"

"누구긴, 나지. 손에 열쇠를 쥔 채 집 대문 앞에 쓰러져 있더라고. 열쇠로 문을 열기는커녕, 제대로 손을 뻗지도 못한 것 같던데."

"정말 이상하네. 정확히 말하자면, 정말 어처구니가 없어. 그나저나 당신이 힘들겠구먼."

"괜찮아. 이젠 나도 어지간히 익숙해져서. 이런 일쯤이야 거저먹기지, 뭐."

"그런데… 거기 들고 있는 건 뭐지?" 나는 샌디가 손에 들고 있는 중간 크기의 검은색 가방을 가리키며 물었다.

"그때 당신을 일으키려고 하는데, 머리에서 몇 미터 떨어진 곳에 이게 있더라고."

"부메랑이로군…."

"응. 무슨 영문인지 모르겠지만, 당신은 이런 것에 머리를 맞고 병원에 실려 와서는 이번 주 내내 의식이 없었어. 그런데 이게 어디서 나온 건지 아는 이가 아무도 없더라고. 어쩌면 당신이 전생에서 던진 건지도 몰라.”

“와, 그거 말 되네! 그런데 아직도 정신이 멍해. 오늘이 무슨 요일인지도 모르겠어.”

“일요일이야.” 샌디는 대답하고 나서, 내 옆에 앉았다. 그녀는 안경을 벗고 말없이 나를 빤히 바라보았다. 병실의 벽시계는 오전 9시 15분을 가리키고 있었다.

새

El pájaro

후안 카르데나스

Juan Cárdenas(1978~)

하베리아나 대학에서 철학을 공부하고, 1998년 스페인으로 건너가 콤플루텐세 대학에서 수학했다. 대표 작품으로 '또 다른 목소리, 또 다른 지역' 문학상을 받은 『계층』(2013), 『꾸미기』(2015), 호세 마리아 아르게다스 소설상을 받은 『지방의 악마』(2017) 등이 있다. 2017년 '보고타 39'가 선정한 라틴아메리카 최고의 젊은 작가 중의 하나이다.

첫째 날

우선 새에게 일어나고 있는 일을 설명하고자
한다. 아니면 내가 잊어버릴 수 있으니까. 새는 매일 저
녁에 온다. 해가 지기 시작할 때 온다. 체더치즈처럼 흐
늘거리는 태양은 죽은 소나무의 파란색 가지에서 솟아
나는 곰팡내 나는 안개로 둘러싸인다. 새는 잠시 공중을
선회하고 나서 내려앉아 독이 든 고기 조각을 쪼아 먹는
다. 그러면 관리 기관의 지시에 따라 우리는 그 새를 유
인하기 위해 정원 흙벽에 그대로 놔둔다. 새는 크지도 작
지도 않으며, 검은색이다. 핑크빛 고무 같은 날카로운 부

리로 고기 조각을 모아 삼키면서 과장되게 움직인다. 아내와 나는 독이 효력을 발휘하기를 기다린다. 다시 말하면, 새가 독에 중독되어 죽을 때까지 기다린다. 하지만 이런 일은 일어나지 않는다. 독은 그 새를 죽이는 게 아니라 오히려 말을 많이 하게 만든다. 새는 아주 오래된 테이프에 녹음된 것처럼 늘어지는 목소리로 말한다. 우리는 그 '목소리들'이 어디서 유래하는지 몇 시간에 걸쳐 논의했다. 하나의 목소리가 아니기 때문이다. 그건 수많은 목소리이다. 내 아내는 몇몇 새가 다른 동물의 소리를 흉내 낼 수 있다는 말을 들었고, 그것들이 아주 오래전의 목소리라고, 지금과 다른 시대의 목소리지만 인간이 아직은 존재했을 시대라고 말한다. 이 새의 노랫소리는 아마도 우리가 아직 보존하고 있는 몇 안 되는 흔적 중 하나일 것이며, 우리 이전에 말을 하고 사상을 만들 수 있는 비슷한 종이 있었다는 증거일 것이다. 그 종은 불가사의하게도 지구에서 사라졌고, 과학자들은 수중에 있는 몇 안 되는 증거들을 어떻게 해석해야 할지 모른다. 그래서 우리는 우리 역시 어디에서 왔는지, 어느 동물의 후손인지 알지 못한다. 어느 순간 시계들이 다시 돌아가기 시작했어,라고 내 아내는 말하면서, 죽은 소나무 쪽을 바라본다. 마치 다른 사람들이 알지 못하는 걸 알고 있는 것처럼. 그녀는 상당히 미신적이다. 반면에 나는 새가 죽지 않고 독이 효력을 발휘하지 못할까 봐 두렵다. 우리 집 마당에 오는 다른 동물들은 그렇지 않기 때문이다. 동물이나 새에 대해 관리 기관의 지침서는 감염 위험이 아주 높으며, 따라서 모든 동물은 살해되어야 한다고 강조한다. 말하기 지치면, 그리고 독이 묻은 마지막 고기 조각을 먹으면, 새는 날아 올라간다. 파란색과 빨간색 누에고치 안에서 우는 우리 아기는 아직 그곳에서 계속 부화하고 있다. 아기의 울음과 새의 출발은 어느 정도 동시에 일어나지만, 거기에 인과 관계가 있는지, 아니면 두 개의 관련 없는 사건이 시간상 겹친 것인지는 알 수 없다. 우리보다 앞선 다른 이들에게 그랬듯이, 우리는 우리를 소개疏開하겠다는 약속을 받았다. 별문제가 없다면 우리는 새로운 행성으로 가게 될 것이다. 그동안 우리는 중요하거나 큰일은 하지 않으면서 기다린다. 합리적으로 생각하면, 지금 우리는 행복하다. 어떤 밤에는 동네를 돌아다니거나 죽은 소나무 숲을 산책한다. 때때로 춤추러 가기도 한다. 관리 기관은 우리가 이전할 장소에 지금과 유사한 집을 갖게 될 것을 보장한다고 말한다. 소개될 경우에도 재산법은 엄격히 지켜진다.

둘째 날

　　　오늘 여성 조사관들이 아기를 살펴보러 왔다. 대개 그들은 고치의 바깥쪽만 살펴서 점액이 새지는 않았는지, 도톰한 명주 꽃잎이 조직과 색상을 제대로 유지하고 있는지 확인한다. 파란색과 빨간색의 대비는 매우 정확해야 하는데, 그건 특수 파장의 길이를 감지하는 장치로 측정한다. 색상에 미세한 변화가 있어도 아기의 생명을 위험에 빠뜨린다. 그러나 오늘 여성 조사관 중의 한 명은 라텍스 장갑을 낀 팔을 상부 외음부를 통해 고치 안쪽까지 밀어 넣었다. 그리고 검사를 끝내고 걱정스러운 표정을 지었다. 이상한 점은 없었나요? 그녀가 물었다. 나는 급히 그 새에 대한 것을 말하려고 했지만, 모두 말하지는 않았다. 아내가 내 다리를 꼬집어서 입을 다물게 했기 때문이다. 가령, 그 동물이 말을 한다고 말할 수는 없었지만, 매일 저녁 그 새가 날아가면 우리 아기가 울었다는 말은 할 수 있었다. 그들은 아무 의견도 말하지 않았다. 그저 공식 용지에 그 내용을 적었고, 며칠 내로 박멸 전문가가 와서 새 문제를 처리할 것이라고 알려 주었다. 아내는 내게 화를 냈다. 그녀는 내가 경솔해서 소개자 목록에 우리 이름이 제때 올라가지 못할 수도 있고, 그보다 더 나쁜 일이 생길지 누가 알겠느냐고 한다. 그리고 해가 지고 새가 찾아올 때까지 그날 내내 내게 말하지 않았다. 오늘 유독 새는 말이 많았다. 평소처럼 오래된 녹음테이프의 목소리로 숲 한가운데에 있는 도시의 옛터에 대해 말했다. 그리고 옛터 한가운데에 있는 정원에 대해 말했다. 또한 정원 한가운데에 있는, 황금 열매가 주렁주렁 달린 나무에 대해 말했다. 그 이미지가 내 아내를 흥분시켰던 것 같다. 내 성기를 애무하기 시작했기 때문이다. 그렇게 우리의 더듬이와 구멍과 허파꽈리가 펼쳐지고 엉켰으며, 우리 분비액이 바닥으로 흘러내렸다. 그러는 동안 새는 우리를 지켜보았고, 녹음된 목소리로 이렇게 말했다. "우리는 각자 자기가 어떤 벌을 받아야 하는지 알아야 하며, 그것을 다른 사람이 받는 벌과 혼동하지 말아야 한다." 아기가 울기 시작했지만, 우리는 생식기로 교접하는 행위를 멈추지 않았다. 섹스는 불안을 잠식한다.

셋째 날

밤이 세상을 덮으면 우리는 자전거를 타고 산책한다. 우리와 세 가족을 제외하고는 우리 동네의 모든 사람이 소개되었다. 관리 기관은 이제 가로등을 켜려고도 하지 않아서, 거의 어둠에 묻혀서 이렇게 다니는 건 그다지 즐겁다고 말할 수는 없다. 내 아내는 더 길게 산책하자고 말한다. 언덕을 내려가 북적대고 떠들썩한 도시로 들어가자고 한다. 물론 '북적대고 떠들썩하다'는 건 말하자면 그렇다는 것이다. 그건 완전히 쓸쓸하고 적막한 우리 동네와 시내 중심가의 거의 텅 빈 거리가 보여주는 아주 작은 대조를 표시할 때만 사용하는 말이다. 시내 중심가에는 적어도 블록마다 한두 사람은 있기 때문이다. 우리는 술 파는 가게에 들러 나방 날개로 만든 싸구려 담배를 산다. 내 아내는 고급 담배보다 그걸 더 좋아한다. 조금만 피워도 머리가 핑 돌고 수다스러워지기 때문이다. 빙빙 도는 머리로 자전거를 타는 건 아주 재미있다. 우리는 깔깔거리며 웃는다. 그것보다 더 좋은 계획이 없기에, 우리는 클럽에서 춤을 추며 하루를 마감한다. 플로어에는 두세 커플이 있지만, 그 공간은 엄청나게 커

보인다. 음악이 깊고 무겁게 메아리쳐서 우리가 극렬하게 요동치며 춤을 추다 보면 방향 감각을 잃고 만다. 텅빈 클럽에서 그렇게, 다시 말해 많은 사람의 열기 없이춤추는 건 다소 우스꽝스럽다. 내 아내는 방금 담배를 씹어 먹었다. 그래야 더 효과가 좋기 때문이다. 나는 테이블에 앉아서 잠시 쉬었지만, 그녀는 그러지 않는다. 그녀는 춤추고 싶어 한다. 잠시 후 나는 그녀가 옆 커플과 교접하는 걸 본다. 세 쌍의 더듬이는 아름답고 섬세한 나뭇가지 모양을 이루는데, 그것들이 색색의 조명 아래서 꽃을 피우기 시작한다. 이내 무지갯빛 포자의 유백색 구름이 그 공간으로 흩뿌려진다. 자기 테이블로 술을 가져가던 어느 남자가 전속력으로 플로어를 가로지르다가 바닥에 흘린 달콤한 생식 분비액에 미끄러진다. 엉덩방아를 찧고는 아주 멋지게 재주를 넘는다. 춤추던 사람들이웃으면서 그를 도와 일으켜 준다. 포자 구름은 색색의 광채가 나는 붉은 개울물처럼 모든 육체에 스며들어 공기의 밀도를 바꾸고, 그래서 음악은 더 천천히 소리를 내기 시작한다. 내 아내가 테이블로 돌아오지만, 아직 더듬이가 펼쳐져 있고 분비액이 뚝뚝 흘러내린다. 당신은 좋은 여자야,라고 그녀는 내게 말하면서 담배를 씹는다. 아주 오만해서 나는 단지 그 태도가 남성적이라고밖에 설명할 수 없다. 당신은 항상 올바르고 점잖게 행동하지만, 때때로 아주 경솔해. 어제 당신은 조사관들에게 아주 심각한 실수를 범했어. 나는 용서해 줄 수 있어?라고 묻는다. 그녀는 그렇다고, 나를 용서하겠다고 대답한다. 그러면서 중요한 건 소개 시간이 될 때까지 기다리면서 즐겁게 보내는 거라고 말한다. 난 당신 거야,라고 나는 말한다. 그러자 그녀는 무뚝뚝하게 자기도 내 것이라고 응답한다. 내 소유물이라는 것이다. 공기는 너무나 답답하고 무거워서 음악은 제대로 퍼지지 못하고, 춤추는 사람들은 아주 천천히, 정말 천천히 움직인다.

넷째 날

　　　　오늘 정오에 우리는 마당의 테이블에 앉아 통조림을 땄다. 파리, 식용 개미, 소금물에 절인 벌레 통조림이다. 숙취 해소에 제격인 식품이다. 단백질을 많이 함유하고 있기 때문이다. 요즘 며칠 내가 좀 이상했어, 정말 진심으로 사과하고 싶어,라고 생각지도 않게 아내가 말했다. 그리고 긴 침묵 후에, 그러니까 씹는 소리와 빨아 먹는 소리만 한참 들린 끝에, 나도 모르게 새 때문에, 새가 떠드는 말에 영향을 받았어,라고 그녀는 덧붙였다. 그나마 다행인 것은 관리 기관이 그 문제를 완전히 처리하도록 저녁때 박멸 전문가를 보낸 것이었다. 우선 우리는 몇 가지 서류를 작성해야만 했다. 그게 골치 아프고 귀찮은 부분이었다. 박멸 전문가는 쉽게 인내심을 잃었고, 우리가 질문하면 짜증을 냈다. 그런 다음 그는 우리에게 독을 보관하고 있는 병을 보여 달라고 했다. 그는 그 액체를 시험관에 넣고서 한참 동안 검사했다. 마침내 그는 우리가 가진 독은 최적의 상태이며, 관리 기관의 규정에 부합한다고 알려 주었다. 그런데도 효력이 나타나지 않으면, 그 동물에게 이상이 있기 때문입니다,라고 그는 말했다. 우리는 마당에서 기다렸고, 항상 시간을 엄수하던 새는 해가 질 무렵 평소처럼 정확하게 도착했다. 내 아내는 그 새가 정원의 흙벽에 내려앉는 걸 보자 흥분했다. 나는 어떻게 그녀가 녹아 버린 초콜릿 과자 같은 두 눈을 크게 뜨는지 보았고, 더듬이로 그 녹은 것이 드러나지 않도록 하려고 얼마나 애쓰는지 보았다. 눈에 띄지 않게 잠복하는 데 온 신경을 쓰는 바람에 그 박멸 전문가는 내 아내의 분비물을 눈치채지 못했다. 그때 새는 독이 묻은 고기 조각을 쪼아 먹었고, 매일 저녁때처럼 오래된 녹음테이프 같은 목소리로 말했다. 새는 자신이 어디에서 왔는지 기억했다. 한가운데 정원이 있는 폐허가 된 도시였다. 나는 폐허가 된 도시의 심장부 중의 심장부에 황금색 열매가 열리는 나무에 둥지를 틀어요,라고 새는 말했다. 이미지에 정신이 팔린 아내는 그 폐허가 어떤지, 특히 과일 맛이 어떤지 알고 싶어 했다. 먹을 수 있는 과일 같은 건 이미 수백 년 전부터 존재하지 않았다. 단지 그 화석 몇 개만이 박물관에 보존되어 있어서 과거에 그런 게 존재했다는 사실을 우리는 알고 있었다. 새는 계속해서 이렇게 말했다. 과일은 땅으로 떨어지고, 우리는 황금 배설물로 씨앗을 사방에 뿌린다고. 이렇게 말하고서 새는 방금 한 말을 실제로 보여 주려는 듯이 잠깐 낮게 날아올랐고, 그렇게 배설물이 마당 전체에 고르게 퍼지게 했다. 박멸 전문가는 그 상황을 이용해 정확하게 가격해서 새를 떨어뜨렸다. 새는 바닥에서 마지막으로 날아오르려고 시도했지만, 그럴 수 없었다. 날개가 부러져 있었다. 이제 새는 필사적으로 멀쩡한 날개 하나를 퍼덕이며 뒤뚱뒤뚱 걸을 수밖에 없었고, 무슨 일이 일어났는지 이해하지 못한 채 우리를 쳐다보았다. 박멸 전문가는 빗자루로 쓸어서 일을 마쳤다. 그러고서 새의 사체를 검은색 비닐봉지에 담았다. 나는 안도했다. 반면에 아내는 끔찍스러워하며 벌벌 떨었다. 그런데 놀랍게도 이번에는 아기가 울지 않았고, 나는 그것을 우리 모두에게 더 좋은 시절이 올 신호로 받아들였다. 박멸 계약 서류 작성을 마감하면서, 우리 셋은 앉아서 흙으로 만든 음료를 마셨다. 아내는 충격을 숨길 수 없었고, 그래서 나는 박멸 전문가에게 이런저런 말을 건네려고 애쓰면서 그의 관심을 다른 곳으로 돌렸다. 나는 그에게 언제 소개되느냐고 물었고, 그는 내가 준 나방 날개 담배에 불을 붙이고서 빈정거리는 표정으로 웃었다. 나는 피가 얼어붙을 것 같았다. 부인, 나 같은 사람들은 소개하지 않습니다,라고 그는 말했다. 나는 놀란 표정으로 그를 바라보았다. 분명히 우리 앞에 있는 그 사람은 냉소주의자, 농담꾼이었다. 당신들은 언제 소개됩니까?,라고 그는 똑같은 말투로 물었다. 내년입니다, 우리는 다음 차 수에 떠날 것입니다,라고 나는 단호하게 말했다. 정말 행운아군요, 나 같은 사람들에게는 절대로 새 주택을 공급하지 않을 겁니다. 절대 그런 일은 없을 겁니다,라며 그는 담배 연기를 내뿜으면서 말했다. 그럴 리가 없습니다, 하고 난 못마땅하다는 듯이 말했다. 농담이 아닙니다. 두 달 전에 우리에게 통신문을 보내 통보했습니다, 하고 그는 계속 말했다. 정말 유감이군요, 나는 그에게 그렇게 대답할 수밖에 없었다. 내가 할 수 있는 말은 그것이 전부였다. 내내 입을 다물고 있었던 내 아내는 그에게 화가 치밀지 않았느냐고, 관리 기관과 맞서려는 마음은 들지 않았느냐고 물었다. 그러자 박멸 전문가가 어깨를 으쓱했다. 아무 소용이 없습니다, 하고 그는 말했다. 그리고 나는 새가 며칠 전에 우리 각자가 짊어져야 할 형벌에 대해 말했던 것을 떠올렸다.

다섯째 날

　　오늘 처음으로 아기가 고치에서 나왔다. 30분 동안 온 집 안을 돌아다녔다. 그래, 손으로 더듬으며 다녔다. 아직 눈을 뜰 수 없었기 때문이다. 체중, 피부색, 크기를 비롯해 아기는 모두 정상이다. 나는 그 아이의 발달 과정에 흡족해했다. 내가 다시 고치에 넣자, 예상했던 것처럼, 명주 색깔이 초록과 오렌지 색조로 바뀌었다. 내 아내는 새에게 일어난 일로 여전히 충격을 받은 상태였고, 우리의 작은 계획에는 관심이 없었다. 때때로 아기가 오로지 내 것인 양 행동한다. 나는 그녀를 참아야만 한다. 모든 것을 참고 기다려야만 한다.

여섯째 날

새벽의 곰팡내 나는 안개가 플라스틱 타는 냄새를 우리 창문까지 실어 왔다. 우리가 어린 소녀였을 때 이후 느끼지 못한 냄새였다. 근처의 산에서 밤새 타 버린 것의 향내였다. 틀림없이 누군가가 온기를 유지하기 위해서 그랬을 것이다. 과거의 기억을 불러일으키는 그 기이한 향내에 영감을 받아, 내 아내는 죽은 소나무 숲을 산책하자고 했다. 우리는 수정과 돌처럼 굳어 버린 자잘한 거북이 딱지로 가득한 길을 조용히 걸었다. 나무는 죽었지만, 숲은 여전히 아름다운 곳이다. 청록색 포자식물의 나뭇잎이 가지에 얽혀 있다. 이것 봐, 이 행성은 이 곰팡이 덕분에 남아 있게 될 거야, 하고 내 아내는 말했다. 이 무한한 포자로부터 새로운 삶의 형태가 발전할 것이라는 말이었다. 나는 과학이 그런 모든 환상을 부정했고, 이곳에서 살아가는 건 완전히 불가능하다고 알려 주었으며, 그래서 소개 계획에 착수했던 것이라고 말했다. 하지만 그녀는 계속 말했다. 이 포자는 어디로 가지? 그리고 우리가 지금 만든 포자는? 얼마 전에 우리가 교접했을 때 이 포자 은행이 흩뿌려지기 시작했다는 사실을 눈치채지 못했어? 나는 그녀의 말이 옳다고 동의할 수밖에 없었다. 바로 그때 우리는 부스럭거리는 발소리를 들었다. 나무들 사이로 눈먼 노파의 모습이 나타났다. 나무줄기의 결을 만지며 나아가고 있었다. 안녕하세요, 할머니,라고 난 말했다. 그러자 할머니는 미소를 지었다. 수천 번 기운 오래된 동물 가죽을 입고 있었고, 대체로 단정하지 못하고 더러운 행색이었다. 척수는 이끼로 가득했고, 엉덩이의 깃털은 하얀 바구미로 뒤덮여 있었다. 이 할머니는 그 어떤 소개 계획안에도 포함되지 않은 게 분명했다. 틀림없이 감염되었을 것이다. 우리는 안전거리를 유지했지만, 버릇없이 굴고 싶지는 않았다. 우리는 도와주겠다고 자진해서 제안했고, 먹을 걸 원하는지 물어보았다. 노파는 웅크리고 앉아서 쉬었다. 나는 아주 먼 곳에서 왔어요,라고 그녀는 숨을 몰아쉬며 말했다. 내 새를 잃어버렸어요. 오랫동안 그 새를 찾고 있어요. 혹시 당신들은 그 새가 여기로 지나가는 걸 보지 못했나요? 아주 똑똑하고 다정한 검은 새예요. 사람들과 이야기하는 걸 좋아해요. 우리 둘은 입을 다물었다. 거짓말할 수 없었고, 그렇다고 사실을 말해 줄 수도 없었다. 내 아내는 주머니에서 식용 개미가 가득 담긴 비닐봉지를 꺼내 노파에게 주었다. 그러자 노파는 또다시 고맙다는 미소를 지으며 그것을 받았다. 당신들은 정말 친절하고 좋은 젊은이들이군요. 미안하지만 이제 난 계속 길을 가야 해요. 그 새를 찾아야 하거든요, 하고 할머니는 말했다. 그러고는 힘들게 일어나서 화석이 되어 버린 나무 줄기를 붙잡고서 다시 길을 떠났다. 우리 역시 똑같은 길을 계속 갔지만, 방향은 반대였고, 그렇게 숲속으로 점점 더 깊이 들어갔다. 저녁의 햇빛이 수정 속에서 분해되었고, 거기서 반사된 빛이 길을 가득 채웠다. 이곳 너무 예쁘지 않아? 나는 아내의 기분을 살피면서 말했다. 아주 예뻐, 우리가 떠나야 한다는 사실이 너무 아쉬워, 이렇게 대답하면서 그녀는 다정하게 미소 지었다.

성인 열전

El libro de los santos

파트리시아 엥헬

Patricia Engel

콜롬비아계 미국인 작가. 뉴욕 대학에서 프랑스어와 예술사를 공부했다. 작품『삶』(2010)으로 펜/헤밍웨이 소설상 최종심에 올랐고, 2017년에 콜롬비아 국가 문학상인 콜롬비아 소설 도서관상을 받았다. 또한『바다의 핏줄』(2016)로 2017년 데이턴 문학 평화상을 받았고,『무한한 나라』(2018)가『뉴욕타임스』의 베스트셀러로 선정되었다. 현재 마이애미 대학에서 문학창작을 가르치고 있다.

여자 친구

    내 친구 파올라는 미국인 남자 친구를 사귀었다. 그가 그녀의 새로운 가슴 성형에 돈을 대 준 사람이었다. 그녀는 미국인 남성과 콜롬비아 여성을 연결하는 온라인 소개팅 업체를 통해 그를 만났다. 소개팅 업체와 면담을 하려면 먼저 사진을 보내야만 했다. 파올라는 가슴 성형을 위해 그렇게 했다. 나는 이것으로 그녀를 판단했음을 인정한다. 그러니까 소개팅 업체에 내 사진을 보냈을 때, 나는 오로지 사랑할 대상만을 찾고 있었다. 성형수술도, 돈도, 비자도 내 목표가 아니었다. 그러나 이것은 부분적으로만 사실이다. 나는 스물다섯 살이었고, 내가 열여섯 살 때부터 관계를 맺어 온 유부남 안셀모가 직전에 나를 버린 터였다. 그는 내 고등학교 영어 선생님이었다. 내가 소개팅 업체에 가입한 것은 그때까지도 그를 잊을 수 있는 다른 방법을 찾지 못해서였다.

나는 부모님과 함께 살았다. 부모님은 결혼해서 30년 동안 함께 살고 있었다. 그들은 서로서로 사랑했다. 어머니는 노인들 집으로 찾아가 그들을 돌보는 일을 했다. 아버지는 컨벤션 센터 옆에 있는 호텔에서 짐을 옮기는 직원이었다. 내게는 오빠가 있을 수도 있었지만, 두 살 때 폐렴으로 죽었다. 내가 태어나기 전이라서 우리는 만날 기회가 없었다. 우리 부모님은 우리 아파트의 모든 방에 그의 사진을 두었고, 그래서 그는 여전히 우리와 함께 있는 것 같았다. 다시 말해서, 영원한 아기였다. 가끔 나는 이것이 내가 결코 아이를 원하지 않았던 이유가 아닐까 생각한다.

나의 선생님은 내가 임신할까 봐 두려워했다. 그는 이미 아이가 둘이나 있으니 콘돔을 사용해야 한다고 주장했다. 그때까지 나는 처녀였다. 첫 경험은 학교의 보급품 창고에서 이루어졌다. 그는 그 공간을 너무 잘 알고 있는 것처럼 보였고, 그래서 혹시 이전에 이곳에서 다른 사람과 해 본 게 아닐까 하는 생각이 들었다. 그는 젊은 선생님, 그러니까 그런 걸 다루는 영화에서나 볼 수 있는 그런 부류의 선생님이 아니었다. 그 당시 그는 거의 쉰 살에 가까웠다. 나이로 따지면 나는 그보다는 그의 아이들에 더 가까웠다. 하지만 그는 날씬했고 부드러운 목소리의 소유자였다. 나를 보고 똑똑하다고 말해 주었지만, 나는 그것이 사실이 아니라는 것을 알고 있었다.

그는 칼리로 가는 수학여행을 인솔했다. 나는 부모님에게 수학여행을 가게 해 달라고 했지만 부모님은 여행비를 내줄 수 없었다. 그러자 그가 대신 내주었고, 나는 부모님에게 장학금을 받았다고 거짓말했다. 나는 다른 두 여자애와 함께 쓰던 방을 몰래 빠져나와 그의 방으로 갔다. 그 수학여행에서 나는 임신했다. 그는 토하다가 기절할 때까지 나에게 엄청난 양의 아과르디엔테를 마시게 했다. 그다음 날 나는 피를 흘리고 또 흘렸다. 그리고 다시는 그런 일이 일어나지 않았다.

소개팅 업체와의 면담에서 여자 담당자는 내가 남자에게 무엇을 바라는지 물었다. 나는 남자가 친절하고 인내심 있으며 섬세해야 한다고 말했다. 그녀는 살며시 웃었다. 나는 남자가 좋은 직장에서 일하고 집을 갖고 있어야 하며 전에 결혼한 적이 없어야 한다고 덧붙였다. 그녀는 고개를 끄덕였지만, 결혼한 적이 없어야 한다는 점에 대해 다소 융통성이 있느냐고 물었다. 나는 그렇다고 대답했다. 그녀는 내게 해외로 이주해서 결혼할 의향이 있는지도 물었다. 나는 그렇다고 답했지만, 사실 한 번도 생각해 본 적이 없는 문제였다. 그건 내가 직장을 그만두어야 한다는 걸 의미하는 말이었을 것이다. 나는 낮에 문구점에서 계산원으로 일하고 밤에는 때때로 어머니를 도와 그녀가 맡고 있는 노인들을 보살폈다.

그 여자는 내 대답을 받아 적었다. 그러고는 내 사진을 더 찍고서 그녀의 '책' 안에 넣을 것이라고 말했는데, 그건 웹 사이트를 의미했다. 일종의 인명록으로, 회비를 낸 미국인 남자는 콜롬비아 여자의 사진을 훑어보고서 세 명까지 소개를 요청할 수 있었다. 나는 나도 남자 인명록을 볼 수 있느냐고 물었다.

"아니요." 그녀가 말했다. "이제 당신은 기다리기만 하면 됩니다. 손톱을 칠하고 머리도 단장하고 예쁘게 하고 있으세요. 그리고 기다리세요."

남자 친구

　　나는 변태가 아니다. 전과도 없다. 담배를 피우지 않지만, 가끔 맥주를 마신다. 보통은 형 집으로 가족이 모일 때 마신다. 노름도 하지 않는다. 직장 동료 몇이서 한 달에 한 번 포커 나이트를 조직할 때를 제외하면 말이다. 나는 포르노를 보지 않는다. 단지 나는 미리 이용료를 지불한 유료 케이블 채널에서 틀어 주는 포르노만 보는데, 사실 하드코어는 아니기에 그게 포르노라고 생각하지는 않는다. 나는 교회에 다닌다. 그러나 전통적인 교회는 아니다. 히피 목사가 시작한 작은 교회이다. 나는 그의 설교를 좋아하고, 가끔 성경 공부를 하러 가기도 한다. 우리 가족은 무신론자다. 그들은 내가 여자를 찾으려고 교회에 다닌다고 말한다. 그 말이 완전히 틀린 것은 아니지만, 나는 거기에서 한 명도 찾지 못했다.

　나는 두 번 이혼했다. 첫 번째는 사람들 말대로 내 '고등학교 때의 여자 친구'와 결혼했지만, 그녀는 5년 후에 나를 떠났다. 자기가 여자를 더 좋아한다는 것을 깨달았기 때문이다. 두 번째 결혼은 여기 해링턴의 어느 바에서 만난 여자와 했다. 그런데 그녀는 지독한 술꾼이었다. 천하고 추잡하게 싸운 다음 날 아침에 섹스를 하고 싶어 해서 나는 그녀가 전날 밤에 했던 도저히 용서할 수 없는 모든 말을 떠올려 주었다. 하지만 그녀는 결코 내 말을 믿지 않았다. 이혼한 후 그녀는 내 집을 차지했다. 나는 새집을 샀다. 살던 집보다 더 작았다. 그리고 시내와 큰길에서도 멀리 떨어져 있다. 나는 구두쇠가 아니지만, 항상 절약하며 살았다.

나는 홈디포* 지점을 관리하는 일을 하는데, 어느 공급업자가 소개팅 업체에 대해 알려 주었다. 그는 그곳에서 자기 아내, 그러니까 아름다운 콜롬비아 아가씨를 만났다. 내가 '아가씨'라고 말하는 건, 그녀가 서른 살이 안 되었기 때문이다. 난 그게 적절한 용어라고 생각한다. 난 이제 막 마흔이 되었고, 나와 함께 살 여자를 찾고 있다. 나는 다른 나라 여자들과 사귄 적이 없다. 내 아내들과 그 사이에 사귄 모든 여자 친구는 죄다 뉴욕주 출신이었으며, 배경도 나와 비슷했다. 그러니까 몇 세대에 걸쳐 이 지역에 뿌리를 둔 사람들이었다. 어쩌면 그들은 나의 먼 사촌일 수도 있었다.

---

* 가정집과 관련된 제품과 설비를 제공하는 미국 기업.

솔직히 말하자면, 웹 사이트에 있는 여자들은 모두 비슷해 보였다. 금발로 염색한 여자들을 제외하고는 모두가 검은 머리였다. (나는 결혼을 두 번 해 봐서 염색 머리가 어떻게 보이는지 잘 알고 있다.) 대부분 화장을 짙게 했지만, 난 그다지 신경 쓰지 않는다. 내가 선택한 처음 두 아가씨는 프로필에 영어를 한다고 했지만, 우리가 이메일을 주고받기 시작하면서 그것이 사실이 아님을 알았고, 나는 그들의 선생님이 되고 싶은 기분도 아니었다. 세 번째 아가씨는 이메일이 없었다. 그녀의 '알림'에 '전화 통화만 가능'이라고 써 있었다. 첫 통화에서 나는 곧 그녀의 목소리가 마음에 들었다. 그녀는 영어 문장을 천천히, 그리고 분명하게 말했다. 마치 평균대를 걷는 나이 어린 체조 선수 같았다. 나는 그녀가 신중하고 생각이 깊은 게 좋았다. 그건 그녀의 성격을 말하고 있었다. 아마도 내가 틀렸을 수도 있지만, 그때는 바로 그렇게 생각했다.

나는 두 달 뒤에 메데인으로 날아갔다. 소개팅 업체를 통해 우리가 여러 장의 사진을 주고받은 뒤였다. 인터넷을 통해 사람들이 하는 것처럼 더러운 건 없다. 그녀의 사진은 아마도 부모님이나 친구들이 찍은 것 같았다. 공원 벤치에 앉아 있는 사진이었거나, 아기 사진이 있는 소파에서 찍은 사진이었다. 나중에 그녀는 그 아기 사진이 죽은 오빠의 아기 때 사진이라고 내게 알려 주었다. 또한 사촌의 결혼식에 가려고 우아하게 차려입은 사진도 있었다. 내가 보낸 사진은 스냅 사진으로, 우리 형 집에서 바비큐 파티를 할 때의 사진, 강에서 낚시하는 사진, 직장 복도에서 찍은 사진이었다. 나는 양복을 입은 사진도 하나 찾아냈는데, 두 번째 아내도 찍혀 있어서 그녀를 오려 내고 사진을 보냈다.

그녀는 공항으로 나를 마중 나오지 않을 것이었다. 내가 부모님을 먼저 만나는 것이 올바른 순서라고 그녀는 말했다. 나는 꽃다발을 들고 그녀의 집에 찾아갔다. 거실에 둘러앉자 음료수와 커피, 그리고 곁들여 먹을 달콤한 과자를 내왔다. 나는 내내 그녀를 지켜보았다. 어머니를 도와 먹을 걸 내오는 모습, 마치 부서지기라도 할 것처럼 부드럽게 아버지를 어루만지는 모습을 보았다. 나는 그녀가 그렇게 조심스럽게 나를 만지기를 바랐다. 나는 그날 밤 그녀를 저녁 식사에 데려갔다. 그녀는 춤을 추고 싶어 했지만 나는 춤을 출 줄 몰랐다. 그래서 우리는 기묘하고 섬뜩한 나무들이 서 있는 예라스 공원의 벤치에 앉았고, 그녀는 내가 용기를 내서 물어보기도 전에 자기에게 키스해도 된다고 말했다.

아내

　　우리 어머니는 어렸을 때 학교에서 아내와 어머니가 되고 가정을 꾸려 가는 법을 배웠다. 내가 학교에 갔을 때는 그런 수업이 교과과정에서 사라졌지만, 몇몇 학부모는 돈을 들여 자기 딸에게 전문가에게서 개인 교습을 받게 하여 어떻게 가정을 꾸려 가는지뿐만 아니라 더 세련되고 고급스러운 지식을 배우게 했다. 예를 들어, 외국식 식사 모임에서는 어떻게 먹어야 하는지, 몇몇 코스 음식은 어떻게 차려야 하는지, 어떻게 하면 무릎과 발목을 모으고 손을 무릎에 올려놓는 앉은 자세를 유지할 수 있는지를 배웠다. 그러나 나는 그런 수업에는 하나도 가지 않았다.

　우리는 아담하게 결혼식을 치렀다. 부모님과 친척 몇 명만 있었다. 교회에서 식을 치르고 나서 쾌적한 레스토랑에서, 그러니까 부모님이 감당할 수 있는 최고의 식당에서 점심을 먹었다. 남편 쪽에서는 가족도 친구도 오지 않았다. 그는 자기 결혼식을 이미 두 번이나 보았기 때문이라며 농담을 했다. 그런데 내가 웃지 않자, 그는 결혼식에 참석하려고 콜롬비아에 다녀가는 건 돈이 너무 많이 들기 때문이라고 했다. 그러면서 우리가 뉴욕으로 돌아가면 한 번 더 피로연을 치르자고 말했고, 그때면 그가 사랑하는 모든 사람을 내가 만날 수 있을 거라고 했다. 하지만 그런 파티는 없었다. 내가 도착한 지 몇 달이 지난 후에야 그들 모두가 나를 만나러 왔다.

그때까지 나는 미국에서 일을 할 수 없었는데 그는 어쨌든 절대로 일할 필요가 없을 거라고 말했다. 그러더니 내게 집안일을 맡겼다. 청소하고 쇼핑 목록을 작성하라는 뜻이었다. 우리는 토요일마다 함께 장을 보러 갔다. 나는 돈과 관련해서는 그가 아직 나를 믿지 않는다는 것을 알았다. 내가 그의 전 아내들이 잤던 데서는 절대 자고 싶지 않다고 말하자, 그는 침실에서 쓸 침대 시트와 담요와 베개를 새로 사 주었다. 그의 집에는 빈방이 두 개 있었다. 우리는 방 하나를 가구로 채워서 부모님이 나를 방문할 때 쓸 수 있게 했고, 그는 다른 방 하나는 아이가 생길 때까지 비워 두자고 주장했다.

나는 그와 함께 자는 게 성가시지 않았다. 그는 마르지도 않았고 뚱뚱하지도 않았다. 그러니까 중간이었다. 배는 부드러웠고, 근육은 처져서 물렁물렁했다. 하지만 옷을 입으면 근사했다. 그는 때때로 짧게 수염을 길렀다. 키스할 때 나는 개의치 않았다. 때때로 그는 내게 조금 더 다정하게 대해 달라고 부탁했다. 그는 문으로 들어서자마자 내가 키스해 주길 바랐다. 그리고 그의 애무를 받으면 욕망에 젖어 화답하기를 원했다. 그러니까 모든 것을 섹스로 이끌고 섹스를 약속하는 것으로 받아들이기를 원했다. 내가 별로 내켜 하지 않을 때면 그는 부루퉁해졌다. "나는 라틴계 여자들이 당연히 이런 것에 대해 더 잘 이해해 줄 거라고 생각했어."라고 말했고, 나는 그 말을 알아듣지 못하는 척했다. 우리는 종종 싸웠다. 그의 기질은 아주 끔찍하거나 지독하지는 않았다. 그는 일하러 가는 동안 두어 번 나를 집에 가두었지만, 나를 때린 적은 없었다. 그때까지도 나는 도망쳐야겠다고 생각하지 않았다.

나는 몸매를 유지할 수 있도록 헬스장 회원권을 사 달라고 했다. 그는 거기까지 운전해서 나를 데려다주는 걸 성가셔 했다. 그래서 내가 운전 면허증을 따게 해 주었고 새 차도 사 줬다. 사실 아주 낡은 차였지만 내 소유의 차란 것이 중요했다. 나는 30킬로미터 떨어진 체육관으로 차를 몰고 가서는 몇 시간 동안 있었다. 심지어 운동하지 않을 때도 그랬는데, 그저 다른 사람들을 만나고 이야기를 나누기 위해서였다. 그 사람들 중에서 몇몇은 남자였는데, 그들은 내가 결혼반지를 끼고 있고 그가 메데인을 세 번째 방문했을 때 사 준 에메랄드와 다이아몬드 약혼반지를 끼고 있었는데도 미소를 지으며 데이트 신청을 하기도 했다. 나는 항상 그 사람들에게 안 된다고 말했지만, 집으로 돌아와서 그들에 대해 생각하곤 했다. 우리 집은 모든 것에서 아주 멀리 떨어진 누런 들판 한가운데에 있었는데, 거기서는 단지 더 누런 들판과 멀리 있는 창백한 언덕만이 보였다. 그 어떤 것도 메데인과 비슷하지 않았다. 메데인은 진한 녹색을 띠고 푸르게 우거져 있고, 마치 아코디언처럼 산과 산이 서로 겹쳐 있다. 그리고 사방에서 향내가 풍기고 음악 소리와 웃음과 사람들의 목소리가 들려온다.

　그는 내게 컴퓨터를 사 주었고, 우리 부모님이 쓸 컴퓨터도 사 주었다. 그래서 우리는 화상 채팅을 할 수 있었고 막대한 전화 요금을 피할 수 있었다. 우리 부모님은 모니터로 내 모습을 볼 때마다 눈물을 흘렸다. 나는 그들이 늙고 있다는 걸 눈치챘다. 나는 해마다 방문하겠다고 부모님에게 약속했지만, 그는 매년 때가 좋지 않다고 말했다. 가끔은 컴퓨터로 파올라와도 이야기했다. 그녀도 결혼했지만, 그녀에게 가슴 성형비를 대 준 미국인과 한 건 아니었다. 그녀는 콜롬비아 남자는 모두 바람둥이에다가 최악의 남편이기 때문에 무슨 일이 있어도 절대 콜롬비아 남자와는 결혼하지 않겠다고 맹세하곤 했었지만, 결국 콜롬비아 남자와 결혼했다. 그녀에게는 딸이 하나 있었다. 때때로 그녀는 우리가 이야기하는 동안 젖을 먹였다. 파올라가 내 삶에 관해 모두 이야기해 달라고 부탁했을 때 나는 울기 시작했다.

"걱정하지 마. 이곳도 그리 낫진 않아." 그녀는 아기를 꼭 안으며 말했다. "네가 떠난 건 아주 잘한 일이야."

그녀는 내가 그를 사랑하는지 한 번도 묻지 않았다. 그 어떤 여자도 감히 다른 여자에게 그런 걸 묻지는 않을 것이다.

한번은 어머니와 아버지 앞에서 울었고, 순간적으로 세 사람이 컴퓨터 화면을 앞에 두고 함께 울었다.

어머니가 먼저 평정심을 되찾더니 뜻하지 않게 나를 꾸짖었다. "이제 마음 가라앉혀라. 넌 한 남자의 아내야. 그러니 약한 모습 보이지 마."

내가 새로운 결혼 생활을 위해 가족을 떠날 때 어머니는 성인 열전을 선물로 주었다. 침대 테이블 위의 우리 오빠 사진 옆에 항상 두던 책이었다. 어머니는 순교자들의 비극적인 삶에 대해 읽으면 위안이 되었다고 말했다. 그 책은 어머니 자신이 짊어진 짐을 더 쉽게 짊어질 수 있게 해 주었다. 가끔 밤에 남편이 잠든 사이에 나는 화장실에 들어가 불을 켜고 차가운 타일 바닥에 앉아 어머니가 준 책을 읽는다.

남편

그녀는 내가 고른 아가씨 중에서 가장 아름다운 아가씨는 아니었다. 나는 이 사실을 그녀에게 딱 한 번 말한 적이 있다. 나는 그녀가 이 말을 들으면 특별하게 느낄 거라고 생각했다. 가슴과 엉덩이, 그리고 여자라면 누구나 가진 두툼한 입술을 뛰어넘어, 그녀를 돋보이게 하는 훌륭한 자질이 있다는 걸 알고 있었기 때문이다. 그녀는 나를 노려보았다. 마치 삽으로 내 머리를 후려치고서 자기 손으로 파묻어 버리겠다는 듯한 표정이었다. 그러나 누구나 언젠가 한 번 정도는 배우자를 죽일 생각을 한다. 언젠가 우리 목사님이 내게 그렇게 말했다.

그녀는 나를 따라 우리 교회에 가지 않는다. 그녀는 자기 교회가 있다고, 그건 가톨릭교회라고, 그녀의 나라에서 우리가 결혼식을 올린 교회 같은 것이라고 말한다. 나는 과거에 그 어떤 종류의 교회에서도 다른 여자와 결혼식을 하지 않았고, 신부님이 내 이혼을 기꺼이 눈감아 주었기 때문에 가톨릭교회의 결혼 허락을 받을 수 있었다. 물론 아마도 같은 하느님이며 같은 주님일 테지만, 내가 보기에 가톨릭은 너무 의식에 치중한다. 일요일이 되면 나는 그녀를 그녀가 다니는 교회에 내려 주고 나서 내가 다니는 교회로 가 예배를 드린다. 대개 그녀는 그곳에서 스페인어를 하는 사람들과 어울리며, 미사가 끝난 다음 커피와 도넛을 먹는다. 그들은 대부분 동네 정원사와 식당 종업원이며, 여자와 어린이가 많다. 나는 홈디포에서 일하는 두 사람을 알고 있다. 그녀를 데리고 집에 돌아오면, 나는 그녀가 점심을 차릴 때까지 낮잠을 잔다. 우리의 일상은 늘 그대로이다. 그녀는 집을 예쁘고 훌륭하게 가꾸고 유지한다. 나는 그녀의 그런 점이 좋다.

내가 청혼했을 때, 그리고 그녀 부모님에게 허락을 받은 다음, 그녀는 걱정스러운 기색을 눈가에 내비치며 내게 물었다. 두 번이나 결혼에 실패한 내가 더는 누군가를 사랑할 수 없는 사람이 아니라는 것을 확신하느냐는 것이었다.

"당신은 틀림없이 나를 사랑할 수 있어요?" 그녀가 물었다.

"물론이지." 나는 말했다. "I already pretty much do."

"'pretty much'가 무슨 뜻이죠?"

그녀는 영어 실력이 좋았지만, 제대로 의미를 파악하지 못할 때도 종종 있었다. 나는 그것이 '기본적으로', '꽤 많이', '거의'를 뜻한다고 설명해야 했다. 그녀는 여전히 그 의미를 이해하지 못했다. 그래서 나는 그녀에게 뼛속까지 사랑한다고 말했고, 그녀는 그 말에 만족하는 것 같았다. 그녀는 우리가 두 번째로 데이트했을 때부터 나에게 사랑한다고 말했다. 나는 그녀가 나를 사랑한다고 주장하지만, 그녀가 사랑한다는 말의 무게를 이해하지 못해서 사랑한다는 말을 하는 게 아닐까 생각했다.

그녀는 나와 함께했던 그 어떤 여자보다도 피부가 까무잡잡했고, 특히 음부는 더욱 시커멨다. 그녀의 젖꼭지는 석류처럼 암갈색이었다. 우리가 사랑할 때면 항상 따분해하는 듯이 보였지만, 대개는 그게 나를 더 흥분시켰다. 처음 메데인에 있는 그녀를 방문했을 때, 나는 그녀를 내 호텔로 몰래 데려갔다. 그녀 부모님이 우리가 저녁식사나 영화를 보고 있다고 생각하는 동안, 우리는 포르노 영화처럼 섹스했다. 다시 말해서, 내 말은, 하드코어가 아니라 내가 본 그리 적나라하지 않은 포르노를 뜻한다. 그러고 나서 그녀는 옷을 입었고 립스틱을 발랐으며, 나는 그녀를 집으로 데려다주었고 그녀는 어린 소녀 방의 조그만 아가씨 침대에서 잤다.

가끔 나는 그 호텔 방에서 그 아가씨에게 무슨 일이 일어난 건지, 지금의 그녀가 정말로 그때 그 아가씨인지 생각한다. 그녀와 결혼하기 전에 우리 부모님과 형제들, 그리고 내 친구들은 그녀와 같은 아가씨들은 미국 바보를 어떻게 낚는지 잘 알고 있다고 이구동성으로 말했었다. 그들은 그녀가 내 재산을 모두 앗아 가서 나를 알거지로 만들 거라고 했다. 그걸 피하는 방법이 있어,라고 난 말했다. 예를 들어, 그녀 이름으로 신용 카드나 재산을 만들지 않는 것이었다. 그녀는 내가 결혼 선물로 준 수백 달러를 저금해 놓은 자기 명의의 은행 계좌가 있다. 난 절대 바보가 아니다. 이번에는 아니다. 하지만 나는 그 호텔 방에서의 섹스는 진짜라고 생각했다. 그녀는 가족을 만나고 싶으니 콜롬비아에 한 번 가자고 계속 부탁하고 있고, 가끔은 나도 우리가 가긴 가야 한다고 생각한다. 그 호텔의 같은 방에 또다시 머물면 그토록 나와 섹스를 즐겼던 그때 그 아가씨를 부활시킬 수 있을 것이다.

나는 이제 마흔다섯이고, 결혼한 뒤 10킬로그램 정도 쪘다. 나는 그게 그녀 잘못이라고 말한다. 그녀가 요리하는 모든 음식에는 강낭콩과 쌀이 함께 나오기 때문이다. 아마도 다른 여자들이 나를 쳐다보지 못하게 하려는 것일 수도 있다. 그녀는 질투하지 않지만, 나는 라틴 여자들이 그 누구보다도 소유욕이 강하다는 말을 들었다. 그래서 그냥 그녀가 그런 마음을 숨기고 있을지도 모른다고 생각한다.

그녀는 내가 집에 카메라 두 대를 설치했다는 사실을 모른다. 내가 원한다면 직장에서 그녀 모르게 그녀가 무엇을 하고 있는지 볼 수 있다. 한 대가 거실에 있어서 그녀가 대낮에 언제 소파에서 빈둥거리는지 볼 수 있다. 또한 대는 부엌에 있다. 그 이유는 내가 퇴근하고 집에 돌아오는 밤까지 그녀는 거의 아무것도 먹지 않았다고 맹세하곤 했지만, 최근 5년 동안 1~2킬로그램 정도 살이 쪘기 때문이다. 침실이나 화장실에는 카메라를 설치하지 않았는데, 그건 선을 넘는 행위라고 생각했기 때문이다. 나는 또한 그녀의 컴퓨터에 스파이웨어를 깔았다. 그녀가 컴퓨터로 무엇을 보는지 알고 싶었다. 카메라로 그녀를 관찰하는 동안 그녀가 컴퓨터 앞에서 몇 시간이고 시간을 보낸다는 사실을 알게 되었기 때문이다. 이제 나는 그녀가 단지 부모님과 이야기하거나 콜롬비아 뉴스를 볼 뿐만 아니라 다른 도시에 대한 사진과 정보를 검색하고 아파트 임대 정보를 시작으로 마이애미, 로스앤젤레스, 뉴욕의 일자리 목록까지 둘러본다는 것을 알고 있다.

그런 건 전혀 문제가 되지 않는다. 당신이 살면서 선택했을 수도 있거나, 아니면 지금이라도 선택할 수 있는 다른 길에 대해 궁금해하는 건 나쁠 게 없다. 환상을 갖는 건 전혀 나쁘지 않다. 나도 나만의 환상을 갖고 있다. 그 중에는 정말 상세한 것도 있다. 나는 그 환상을 그녀와 공유하지 않으며, 그녀도 자기의 환상을 나와 공유할 필요성을 느끼지 않는다. 그런 이유 때문에 나는 절대로 내 환상을 그녀에게 이야기하지 않았다. 그건 그녀가 나 몰래 바람피우는 것과는 다른 문제였다. 그녀는 내게 아무 해도 끼치지 않았다.

그녀가 알고 있는 나의 환상 중의 하나는 우리 둘이 아이를 갖는 것이다. 그녀가 그걸 아는 이유는 내가 항상 그것에 대해 이야기하기 때문이다. 결국 나는 그녀에게 언제 아이를 갖기로 마음먹을 거냐고 묻는다. 그녀는 결혼 후 내게 자기 피임약을 사 오게 했다. 그녀는 그것이 자기가 조금 살찐 이유이지, 오후 2시에 라틴아메리카 법정 드라마를 보는 동안 케이크를 조금씩 먹었기 때문이 아니라고 말한다. 때때로 나는 그녀의 뱃살을 보고 그녀가 임신했다고 속이면서 아이가 곧 나올 거라고 그녀에게 거짓말한다. 때로는 피임약을 버리고서 "이제 그만해! 이미 충분히 기다렸어! 피임약은 더 먹지 마!"라고 말해야겠다고 생각하지만, 그건 옳은 행동이 아닐 것이다.

엄마

내 딸과 나는 생일이 같지만, 나이는 서른다섯 살 차이가 난다. 배 속에 그 아이를 가졌을 때 때때로 나는 고등학교 영어 선생님인 안셀모와의 사이에서 태어났을 수도 있는 아이를 생각했다. 태어났다면 그 아이는 지금 열다섯 살이 되었을 것이다. 나는 그 아이를 우리 오빠처럼 죽어서 천국으로 간 어린아이로 생각한다.

내가 서른두 살이 되던 해에 남편은 내 피임약 값이 더는 보험으로 처리되지 않을 것이라고 말했다. 우리 주머니에서 비용을 치르려면 엄청난 돈이 들어갈 거야,라고 그는 말했다. 나는 그가 콘돔 사용을 거부한다는 것을 알고 있어서 내 나팔관을 묶겠다고 했다.

그는 겁에 질린 표정을 지었다. "왜 그래? 무슨 일 있어?"

나는 대답하지 않았다.

그러나 처음에는 임신하지 않았다. 그는 나를 임신시키려고 아주 자주 그 일을 했지만, 별 소용 없었다. 나는 그때까지 그가 그만한 정력을 가졌는 줄은 전혀 몰랐다.

1년이 더 지나서야 내 안에 그 아이의 생명 신호가 생겨났다. 그는 기뻐서 어쩔 줄 몰라 했고, 나 역시도 마찬가지였다. 이 아이가 나의 전부라고 생각했다.

그가 나를 버릴 것이라는 예감이 들었다. 아마 그건 예감이 아니라 의심이었을 것이다. 그리고 아마도 부분적으로는 내 잘못 때문이었을 것이다. 여러 면에서 나는 내가 어떻게 하느냐에 따라 그를 떠나게 만들 수 있다고 생각했기 때문이다. 나는 그를 사랑하지 않았다. 이것만큼은 확신했다. 처음 함께한 몇 달 동안 한때는 그를 사랑했는데, 그래야만 그가 나를 사랑하게 될 거라고 믿었기 때문이라고 생각한다. 그런 의미에서 사랑은 자석이다. 나는 안셀모를 사랑했고, 그 감정이 그로 하여금 7년 동안 나에게 끌리게 했다. 그는 내가 자기 인생을 망치고 있다고 말했고, 그가 내게서 벗어나려고 안간힘을 쓸 때조차 나에게 끌린 나머지 나를 버릴 수 없었다.

아마도 안셀모에 대한 나의 사랑은 결코 변하지 않을 것이므로, 내가 남편을 사랑하는 일은 절대로 없을 것이다. 남편은 나한테는 좋은 사람이다. 그는 가족이 아니라 나를 선택했다. 그의 어머니가 나를 시샘하는 걸 알 수 있다. 그래서 나는 시어머니가 그의 두 번의 결혼 생활이 파탄 난 데 부분적으로 책임이 있지 않을까 의심한다. 시어머니는 우리가 아직 신혼이었을 때 몇 번 우리 집에 왔었다. 그때마다 굶주린 하이에나처럼 나를 졸졸 따라다니면서, 내가 뭔가 잘못하기만을 기다렸다. 내가 요리하고 있으면 그녀는 음식 때문에 속이 안 좋다고 우겼다. 그리고 남편의 셔츠와 바지를 가리키면서 내가 다림질을 잘 못한다고 나무랐다. 냉장고와 장을 열고서 내가 산 제품의 품질이 형편없다고 투덜댔다.

나는 그녀가 남편의 형에게 어떻게 자기 아들이 나 같

은 '동물'과 결혼했는지 이해할 수 없다고 말하는 소리를 들었다. 나는 이 말을 남편에게 전했고, 그는 시어머니에게 따졌다. 물론 시어머니는 그 사실을 부인하면서, 나를 거짓말쟁이라고 부르며 몰아세웠다. 그러고는 왜 그렇게 필사적으로 여자를 찾으려 했느냐고, 그것도 제삼 세계 국가에까지 가서 매춘부를 찾아내 결혼했느냐고 따져 물었다. 내 남편에게는 이것이 결정적이었다. 그는 그 자리에서 자기 부모와 형을 내쫓았고, 나는 다시는 그들을 만나지 않았다. 그러나 그가 가끔 혼자 그들을 만나러 간다는 낌새를 맡곤 한다.

하지만 그 매춘부라는 여자는 그와 계속 살고 있다. 언젠가 늦은 밤 침대에서, 그러니까 우리가 나란히 베개를 베었을 때였다. 내 베개는 창문에 가까이 있었다. 그때 그는 내게 물었다. 내가 돈 때문에 남자와 잔 적이 있느냐고.

"아니." 나는 말했다. "당신은?"

그는 빙긋 웃었다. "아니." 그러고서 그는 말했다. "그런데 그렇게 할 생각은 있어?"

"아니." 나는 다시 말했다. "당신은?"

그는 대답하지 않았고, 나는 잠든 척했다.

나는 우리 아이를 낳을 때 우리 부모님이 곁에 있었으면 했지만, 그는 우리가 그 비용을 감당할 수 없다고 말했다. 작년과 재작년에 우리는 이미 그들을 보러 갔었고, 아기방에 많은 돈을 썼기 때문이다. 심지어 우리에게 필요할 거라고 그가 확신한 온갖 유아용 장비와 새 가구를 전부 들여놓았다. 때가 되어 분만실에 들어온 그는 내 손을 잡고서 내게 키스하려 했는데, 나는 고통스러워하며 그의 얼굴에 대고 비명을 질렀다. 나는 남편에게 아이 낳는 모습을 보여 주고 싶지 않았다. 나는 그에게 잔뜩 벌린 내 다리와 반대편에 있겠다는 약속을 받아 냈다. 나는 내 살이 찢어지는 장면을 보여 주고 싶지 않았다. 그것보다 더 은밀한 부분이 무엇인지 생각할 수조차 없었다.

우리가 딸아이를 데리고 집에 돌아왔을 때, 그는 내가 편히 자도록 아이를 안고 있었고, 아이가 울 때만 내게 데려와서 젖을 물리게 했다. 그는 평온했고 참을성 있었으며 다정했고, 내가 쉬는 동안에는 나를 돌봐주었다. 그는 나와 함께 있으려고 잠시 휴직했다. 어느 날 오후 낮잠에서 깼을 때 나는 부모님이 곁에 있는 것을 보았다. 꿈이라고 생각했다. 부모님은 바로 내 옆, 그러니까 매트리스에 앉더니 나를 껴안았다. 메데인의 내 침실, 그러니까 내가 이 집을 알기 전에 유일하게 알고 있던 집의 내 침실에서 잘 자라고 인사할 때와 똑같이 안아 주었다.

남편은 방에서 아기를 데려와 내 팔에 건네주었고, 나는 그 아기를 우리 어머니의 팔에 건네주었으며, 어머니는 아버지의 팔에 건네주었다. 그렇게 우리는 함께 있으면서 우리끼리 아기를 차례로 품에 안았다. 그동안 남편은 조용히, 그리고 차분하게 바라보고 있었고, 나는 우리를 함께 있게 해 준 남편에게 감사했다. 지금은 그 순간만큼 내가 그를 사랑한 적이 없다고 생각한다.

아빠

나는 거짓말하지 않을 것이다. 나는 그녀를 버릴 생각을 했었다. 몇 년 동안은 그녀가 아이를 가질 수 없는 거라고 생각했고, 그랬기 때문에 맨 처음에 내가 그녀의 어떤 점을 좋아했는지 궁금했다. 어떤 때는, 그러니까 삶이 평소보다 더 평범하다고 느껴질 때면, 그녀와 이혼하고 다른 여자와 결혼하는 것이 더 낫지 않을까, 어쩌면 너무 늦지 않았을까 하는 생각이 들었다. 네댓 번 결혼하는 사람들도 있다. 그건 놀랄 일이 아니다. 그 소개팅 업체를 다시 찾아가 그녀를 만난 것과 똑같은 방법으로 다른 젊은 여자를 찾을 수 있었을 것이다. 하지만 그녀는 믿을 만한 사람이었다. 내 지갑에서 20달러 지폐도 꺼내지 않았고, 시험 삼아 집에 두고 나온 지폐도 자기 주머니에 챙기지 않았다. 훌륭하고 올바른 여자다. 틀림없이 그녀 같은 여자가 또 있을 것이다.

그런데 그때 마침 그녀는 아이를 가졌다. 나야말로 아이를 가지려고 그녀보다 몇 배 더 열심히 노력했다고 생각한다. 다시 말하지만, 나는 쉰 살이 거의 다 되었다. 나는 내가 가진 모든 수단을 동원해 내게 남은 모든 것을 쏟아부었다. 그러나 그녀는 그 9개월 동안 아이를 배 속에 품고 다녔으므로 우리는 결국 평등하지 않았다. 그녀는 좋은 엄마이다. 마치 가장 친한 친구를 낳은 것 같았다. 그 조그마한 아기의 귀에 대고 온종일 속삭인다. 마치 인생의 모든 비밀을 이야기하는 것 같다. 사실 그렇게 했을 것이다. 그녀는 딸아이에게 스페인어로 말해야 한다고 주장하고, 나도 그게 좋겠다고 생각한다. 우리 딸이 노동 인구에 편입될 때 도움이 될 것이기 때문이다. 주님은 내가 배운 스페인어 몇 구절이 직장에서 도움이 되었다는 것을 알고 있다. 아내는 우리 딸이 할아버지, 할머니와 이야기할 수 있기를 바란다. 그녀는 우리 딸을 데리고 콜롬비아에서 여름을 보내겠다고 말한다. 그게 언제일지는 모르지만, 내 대답은 내가 죽기 전에는 절대 안된다는 것이다.

우리는 세례식을 했다. 그때까지 그녀 부모는 두 번 다녀갔다. 한 번은 내 돈으로, 한 번은 그들 돈으로. 그녀는 세례식에 우리 가족을 초대하자고 했고, 나는 그 말대로 했지만, 아무도 오지 않았다. 나는 형 집에 들러서 이게 도대체 무슨 일이냐고 물었고, 그는 자기와 부모님을 대신해서 우리 딸과 관계를 맺는 데 관심이 없다고 대답했다. 그들은 내 아내가 그들을 만나려 한 적이 한 번도 없으며, 단지 그녀 혼자서만 나를 독차지하고 사랑할 뿐이라고 했다.

"결혼은 원래 그런 거 아니야?" 나는 형에게 물었다.

"너도 곧 알게 될 거야." 그가 말했다. "아마도 우리는, 너의 네 번째 아내와 더 잘 지낼 수 있을 거야."

나는 아내에게 이런 대화에 대해 말한 적이 없다. 그녀가 알 필요는 없다. 우리를 이상하게 쳐다보는 동네 사람들만 해도 감당하기 힘들기 때문이다. 그리고 고속도로에서 제한 속도를 넘었다는 이유로, 혹은 아무 이유도 없이 경찰이 차를 멈춰 세우고는 거주 카드를 보여 달라고 하는 것도 항상 참기 힘든 일이다. 이제 그녀는 시민권자이다. 그녀의 영어는 '거의' 완벽하다. 그녀도 그렇게 말할 것이다. 그러나 유모차에 아기를 태우고 외출할 때면, 때때로 유모로 오해를 받는다. 마치 우리가 유모를 둘 형편이 되는 것처럼 말이다. 이런 일들을 당할 때면, 내 아내는 스페인어로 중얼거린다. 나는 "rosado como un marrano(로사도 코모 운 마라노)"와 같은 몇 단어를 알아들을 수 있다. 돼지처럼 불그스레한 놈이란 뜻이다. 나는 그 말이 그날 그녀를 기분 잡치게 만든 바로 그 백인에게 한 말일 거라고 매우 확신한다. 그리고 그 백인이 내가 아니길 진심으로 바란다.

아기가 태어나고 그녀 부모가 집에 돌아가고 내가 다시 직장으로 돌아가면, 나는 그녀가 일종의 우울증에 빠질 거라고 믿는다. 그녀는 집에서 혼자 배고프다고 울고 까탈 부리는 아이를 손으로 안고 어를 것이다. 우리 딸은 천사일 수도 있지만 안에는 악마가 들어가 있고, 우리가 온갖 방법으로 달래 봐도 우리 집을 자기 비명으로 꽉 찬 대성당으로 바꿀 수 있다.

우리 딸은 개신교 교회와 가톨릭교회 모두에서 세례를 받았으므로, 나는 그 아이가 귀신 들린 아기가 아니라 그 냥 정상적이고 평범한 아기라고 확신한다. 나는 점점 늙어 가고 있고, 아마도 이 모든 건 내가 받아들일 수 있는 것 이상으로 힘들 것이다.

나는 여전히 두 번째 아이를 낳자고 압력을 가하고 있다. 또 딸을 낳더라도 아무 불평도 없이 받아들이겠지만, 모든 남자는 아들을 원한다. 아내는 가끔 아들이 태어나면 어떻게 다뤄야 할지 모르겠다고 말한다. 그리고 남자는 상처를 주기 위해 태어난다고 말한다. 난 이런 의견을 어떻게 받아들여야 할지 몰라 입을 다문다. 길고 긴 침묵 후에 나는 그녀에게 가서 배 속의 아기가 어떤 남자아이든 당신은 환상적인 엄마가 될 거라고 말한다. 그러면 그녀는 미소를 짓고 나는 그녀의 얼굴과 머리카락, 그리고 마지막으로 입술에 키스한다. 그러면 그녀는 내가 그렇게 하도록 놔둔다.

여자

비둘기는 이미 모두 죽었다. 나는 딸을 메데인

의 예라스 공원으로 데려갔다. 내가 내 딸의 아버지와 종종 가던 곳이었다. 파올라와 안셀모와 함께 가던 곳이기도 한데, 아이스크림을 먹는 동안 나는 영어를 연습하면서 선생과 여학생의 관계인 척했다. 공원에서 내 딸과 나는 온 땅바닥에 깃털이 널려 있는 것을 보았지만, 새는 없었고, 모이 자루를 들고 새들에게 주려고 기다리던 나이 먹은 사람들도 없었다. 나는 다른 벤치에 앉은 한 여자에게 새들이 다 어디로 갔는지 물었고, 그녀는 그것이 그 지역의 비극이라고 설명했다. 관리인들이 화단에 새로운 종류의 비료를 뿌렸는데, 유독한 물질이 유출되어 새들이 모두 죽었다는 것이었다.

내 딸은 스페인어가 아주 유창하지 않아서 내가 들은 걸 다 알아듣지 못했다. 그래서 내게 새들이 모두 어디에 있는지 다시 물었고, 나는 딸에게 거짓말을 하고 있음을 깨달았다. 나는 새들이 방학을 맞아 할아버지와 할머니를 만나러 갔다고 말하고 있었던 것이다. 딸아이가 할아버지와 할머니를 만나게 하려고 우리가 뉴욕에 있는 집을 떠나 콜롬비아로 온 것과 마찬가지로. 내 딸은 이 말을 그대로 받아들였다. 나는 딸아이의 순진함을 이용하는 게 부끄러웠다.

우리는 며칠 전에 함께 메데인으로 날아왔다. 그것은 내 딸의 첫 번째 여행으로, 나는 내 나라를 보여 주고 싶었고, 딸이 아는 유일한 나라와 충분히 경쟁할 수 있는 나라임을 입증하고 싶었다. 그녀는 들판으로 둘러싸인 그 집에 끔찍할 정도로 집착했다. 우리가 마을의 경계를 넘을 때마다 딸아이는 울면서 집에 돌아가자고 했다. 해변이나 산, 혹은 나이아가라 폭포에도 감동하지 않았다. 오로지 그 시시한 집에 있고 싶어 했다. 나는 딸아이에게 내내 메데인의 영원한 햇살, 꽃이 만발한 강, 달콤한 공기와 맛있는 음식에 대해 자랑을 늘어놓았었다. 내가 누군가를 유혹하기 위해 그렇게 열심히 노력한 건 그녀의 아버지를 만났을 때가 마지막이었다.

2주 후에 우리를 만났을 때, 남편은 딸을 우리 부모님에게 맡기고 우리는 호텔에 묵자고 졸랐다. 우리 두 사람만의 시간이 필요하다고 했다. 그는 우리가 가지 못한 신혼여행이 될 수도 있을 거라고 했다. 신혼여행을 가지 못한 건 그가 나를 아내로 삼으려고 여행하느라 돈을 다 써버렸기 때문이었다. 우리는 호텔 방에서 몇 번이나 사랑을 나누었다. 하지만 남편은 평소보다 피곤해 보였다. 우리 어머니는 내게 남자는 쉰 살이 넘으면 빨리 늙는다고 알려 주었는데, 내 남편이 그런 것 같았다. 그러나 나는 아무 말도 하지 않았다. 남편을 기죽이고 싶지 않았기 때문이다.

유달리 그는 말이 없었다. 나는 그가 내게 무언가를 숨기고 있는 건 아닌지 궁금했다. 다른 여자가 있다고 의심할 근거는 전혀 없었지만, 그를 뉴욕에 홀로 남겨 두고 온 것을 후회하기 시작했다. 그러고서 내가 남편을 대부분의 시간 동안 사랑했는지 확신하지 못한다는 사실이 떠올랐고, 그러자 안셀모가 생각났다.

남편의 비행기가 하늘로 이륙하자마자 나는 집으로 돌아와 딸을 엄마에게 맡기고서 가게에 간다고 말했다. 나는 두 건물 사이의 한적한 골목길을 찾았다. 안셀모에 대해 내가 가진 유일한 것은 전화번호였고, 그 번호로 전화를 걸었다. 오래전에 외운 번호이고, 미국에서도 수없이 걸었지만 벨이 처음 한 번 울리기도 전에 끊어 버렸던 그 번호였다. 이번에는 기다렸다. 그의 목소리가 들렸을 때 나는 그가 훨씬 더 나이 들었다고 느꼈다.

나는 그에게 남편과 함께 있었던 바로 그 호텔에서 만나자고 했다. 우리는 방을 얻었고, 난 현금으로 계산했다. 한동안은 서로 상대방을 물끄러미 바라보기만 했다. 그는 내가 미국인과 결혼했으며, 뉴욕으로 이사했다는 소식을 들었었다. 나는 딸이 하나 있다고 말했다. 그의 아이들은 이미 성인이었다. 그는 할아버지였다. 우리는 키스했고, 옷을 벗기 시작했지만, 무언가가 나를 가로막았다. 나는 옷을 다시 입고, 가족이 있는 집으로 돌아가야만 한다고 말했다.

남자

나는 20년 전에 담배를 끊었다. 주된 이유는 직장에서 흡연을 금하는 규정을 만들었고, 추위 속에서 담배에 불을 붙이는 것이 지겨워졌기 때문이다. 나는 항상 건강했다. 흡연자라면 누구나 갖고 있을 기침하는 습관도 없었다. 나는 내 아픔과 고통이 노화의 증상일 뿐이라고 생각했다. 관절염은 우리 가족 모두에게 있는 병이었다. 내 머릿속에 마지막으로 떠오른 것은 암이었다.

그것은 폐에서 시작되었다고 했다. 아마도 오래전에 담배를 피웠기 때문일 수 있었다. 아니면 내가 직장에서 온갖 화학 물질과 쓰레기에 노출되었기 때문일 수도, 젊어서 건설 현장에서 일할 때 들이마셨던 먼지와 페인트

냄새 때문일 수도 있었다. 그때는 마스크에 대한 현재의 모든 안전 규칙이 제정되기 이전이었다. 의사는 이미 폐에서 뼈로 전이되었으므로 지금 원인을 찾는 건 아무 의미가 없다고 말했다. 4기였다. 의심의 여지 없이 나쁜 상황이지만, 꼭 치명적인 것은 아니다.

그들은 내게 4주간 공격적인 항암 화학 요법을 시행하고 이후 4주간 휴식을 취하고서 다시 4주간 항암 치료를 했다. 의사는 때때로 이런 치료를 이겨 내지 못하는 사람들도 있다고 솔직히 털어놓았지만, 내 예후는 좋다고 말했다. 그러고서 기적이 일어난다. 모두가 알고 있는 일이다. 개신교 교회와 가톨릭교회 사람들은 나와 내 아내를 위해 기도한다.

우리 딸은 이미 학교에 다니고 있어서 아내는 내가 치료를 받도록 데려다준 다음 집으로 돌아간다. 그러면 학교 버스가 도착하는 시간에 거의 정확하게 맞는다. 그녀가 병원에서 할 일은 별로 없다. 내 곁에 앉아 내 손을 잡아 주는 것이 전부이다. 심지어 그마저도 아플 때가 있다. 하룻밤 사이에 내 목소리는 힘없고 직직대는 소리가되었다. 말을 하면 아프다. 그래서 내 아내의 목소리는 우리 두 사람의 목소리가 된다. 그녀는 내가 괜찮아지면 우리가 갈 수 있는 여행을 계획한다. 그녀는 새로운 계획을 세워서, 우리가 나이 들어 은퇴하면 살 수도 있는 메데인에 부모님 앞으로 집을 사자고 나를 설득한다. 나는 좋다고, 원하는 것이면 뭐든지 하라고 말한다.

그녀를 이 나라에 데려왔을 때 운전 면허증을 발급받게 했는데, 그렇게 한 것이 나는 매우 기쁘다. 그것이 이제 내 목숨을 구하고 있기 때문이다. 내 가족에게 내가 아프다고 말한 사람은 바로 그녀였다. 나였다면, 아마도 그들에게 그 사실을 숨겼을 것이다. 그리고 이렇게 계속 살다가 죽으면, 그들이 죄책감을 느끼고 괴로워하는 모습을 위에서 내려다보며 즐겼을 것이다. 그런데 아내가 나 몰래 찾아가 그들에게 오라고 말해서, 소파에 파묻힌 채 토할 때 받칠 세숫대야를 옆에 두고 마치 내가 거의 죽기 직전인 것처럼 내 옆에 무릎을 꿇은 어머니를 나는 눈물 젖은 눈으로 바라보았다. 그녀는 어떤 사과도 하지 않았다. 오히려 자기가 병든 나를 용서한다는 듯이 행동했다. 그러더니 내 아내에게 우리를 위해 차를 내려 달라고 말해서 나는 이렇게 말했다. "하느님 맙소사, 엄마, 아, 아내는 빌어먹을 하녀가 아니에요!"

우리 딸에게 그들은 낯선 사람들이었고, 서로 인사를

나누었을 때 나는 그들이 화기애애해질 노력을 전혀 하지 않았다. 우리 어머니는 우리 딸에게 자기가 할머니라고 말했는데 우리 딸은 할머니는 콜롬비아에 계신다고 대답했다. 우리 어머니는 약간 쭈글쭈글해 보였지만, 나는 전혀 슬프지 않았다. 내 형은 모든 장면을 지켜보고만 있었다. 나는 병들어 전혀 쓸모없는 존재였고, 이 이상하기 그지없는 만남 동안 그는 통나무처럼 우람한 팔을 가슴 위로 교차해서는 입을 항문처럼 꼭 다물고 있었다.

"저건 개새끼야." 그가 나가자마자 나는 아내에게 말했다. "저들 모두 상종 못할 사람들이야."

아내는 아마도 약 때문에 내가 더 기분이 안 좋았을 거라고 말했다. 우리 딸은 소파 옆의 바닥에서 인형을 가지고 놀고 있었다. 때때로 나는 인형 하나가 내 다리 위로 올라오는 걸 느꼈다. 나는 잠이 들었다. 그리고 일어나 보니 내 몸 위에 온통 사람 인형과 동물 인형이 놓여 있었고, 옆에서 딸아이가 나를 바라보고 있었다.

"너와 네 친구는 모두 내 장례식에 온 거니?"

"아니야, 아빠. 우리는 아빠 생일 파티 하러 온 거야."

그때 나는 아내가 부엌 문을 가로질러 오는 것을 보았다. 그녀가 들고 있는 쟁반에는 케이크에 꽂은 불 켜진 촛

불이 타고 있었다. 작은 오렌지색 불꽃이 흔들리고 있었다. 마치 죽은 불쌍한 열대 새에서 뜯어낸 깃털 같았다.

그들은 "해피 버스데이"와 "생일 축하합니다"를 동시에 부르고 있었다. 내 아내와 내 딸이.

"난 정말 행복해." 나는 그들에게 말했다. 아내가 커피 테이블에 케이크를 내려놓고 내가 앉도록 돕는 동안 내 눈시울은 뿌옇게 흐려졌다. 사람 인형과 동물 인형이 옆에 있는 소파 쿠션으로 굴러떨어지고 있었다.

내 딸이 내 무릎 위에 올라탔다. 그녀의 어머니가 말했다. "조심해, 아빠 다치지 않게 조심해."

"난 정말 행복해." 나는 몇 번이나 말했지만, 그들은 노래 부르고 또 노래 부르느라 내 말을 들을 수 없었다.

으깨진 다이아몬드

Diamantes molidos

마르가리타 가르시아 로바요

Margarita García Robayo(1980~)

콜롬비아 작가로 2005년부터 아르헨티나 부에노스아이레스에 살고 있다.
『최악의 것들』(2014)로 2014년 쿠바의 '아메리카의 집'상을 탔다. 대표작으
로 『죽은 시간』(2017), 『생선 수프』(2018) 등이 있다. 그녀의 작품은 영어와
이탈리아어로 번역되었다.

넌 7시 30분 기차를 타고
할리우드로 갈 거라고 말하지
—에어로스미스, 〈크레이지〉

내가 스무 살이었을 때, 내 가장 친한 친구가 도시를 떠났다. 다시는 그 친구를 만날 수 없었다. 그녀 이름은 카롤리나였다. 떠난 이유는 그녀 오빠가 납치된 후 그녀 아버지가 미국에 정치적 망명을 신청해서 승인되었기 때문이다.

그녀 오빠는 한 달 동안 납치돼 있었는데, 석방 대가로 지불한 몸값은 카롤리나 가족에게는 그리 큰돈이 아니었다. 떠나기 조금 전에, 카롤리나의 가족은 친구들과 친척을 산베르나르도 군도에 있는 섬으로 초대했다. 그들은 평생 이탈리아 땅을 밟아 본 적이 없었지만, 그곳에 토스카나 양식의 맨션을 지었었다. 손님 중에서 나만 카롤리나의 친구였다. 나머지는 팔 아래에 올드 파 위스키 병을 끼고 다니는 노인네들이었다.

우리는 '알론드라(종달새)'라는 흰색 요트를 타고 그곳으로 갔고, 갑판에는 쿠바 음악 밴드가 진짜 쿠바 음악가들과 함께 연주하고 있었다. 그 당시에는 가짜 쿠바인이 많았다. 카르타헤나의 악사들은 억양을 조금만 조정해도 아바나에서 도망쳐 나온 사람 행세를 할 수 있었다. 그러면서 바람과 불운이 닥쳐 마이애미 방향에서 벗어나 이 엉터리 도시에 도착하게 되었는데, 이곳은 자기들이 살던 도시와 똑같지만, 무언가 숨기고 있고 인종 차별적이라는 점만 다르다고 했다.

몇 달 전 나는 어느 쿠바인의 입에서 그것과 비슷한 말을 들었다. 그는 망명자가 아니었다. 아니, 정반대였다. 나는 영화제에서 그를 알게 되었다. 나는 극장 좌석 안내원으로 일하고 있었고, 그는 죽어 가는 창녀에 관한 별로 대단치 않은 영화로 경쟁하고 있었다.

"이곳에는 기본적으로 배제의 정책이 있어요. 흑인들을 모두 숨겨 놓고 있어요." 그는 술 첫 잔을 마시고서 말했다.

우리는 도시 성벽과 맞닿은 술집에 있었다. 앞에는 바

다가 펼쳐져 있었고, 태양은 수평선 아래로 잠기려는 찰나였으며, 침이 가득한 혀처럼 습한 바람이 우리의 얼굴을 때렸다. 나는 커다란 고리버들 안락의자에 똑바로 앉아서 목을 쭉 빼고 양쪽을 쳐다보았다.

"어디 말이에요?"

나는 볼리비아 영화가 시작되자마자 극장 안의 내 자리를 박차고 나왔었다. 숨어 있는 흑인에 대해서 말하고 싶지 않았기 때문이다. 또한 창녀나 마약에 대해서도 말하고 싶지 않았다. 그리고 더럽고 꾀죄죄한 아이들이나 맥 빠지고 낙담한 어머니들도 마찬가지였다. 이런 것을 말하기 위해 이미 라틴아메리카 작품들이 경쟁했고, 나는 어쩔 수 없이 그 영화들을 봐야만 했다.

영화제와 대학을 오가면서 이런 걸 이야기하지 않는 사람을 찾기란 힘들었다. 모두가 절박하고 긴급한 어조로 그렇게 말하고 있었다. 세상이 왜 썩었는지 설명하려는 사람들의 말투였다. 그것이 내가 카롤리나와 함께 있기를 좋아했던 이유 중 하나였다. 카롤리나에게 세상은 멋지게 차려진 유리잔에 따르는 술과 같았고, 때때로 내게도 그랬다.

요트에서 카롤리나의 엄마는 마치 패션쇼의 우승컵인 것처럼 쿠바인들을 데리고 갑판을 돌아다녔다. 그녀 이름은 소라이다였지만, 모두가, 심지어 그녀의 아이들까지도 '무녜'라고 불렀다. 카롤리나의 아버지는 그곳에 없었다. 부동산 거래를 마무리하기 위해 플로리다로 갔기 때문이다. 카롤리나의 오빠는 아버지와 함께였다. 그리고 어린 여동생은 요트를 타면 뱃멀미를 해서 카르타헤나에 할머니와 함께 남았다. 아들을 거의 잃을 뻔했던 무녜는 아주 행복하고 자유로워 보였다. 그녀는 까무잡잡하고 근육질의 길 잃은 젊은이들을 만지작거렸다.

처음에 카롤리나는 짜증을 냈지만, 이후 럼주 몇 잔을 마시더니 더는 어머니에게 관심을 보이지 않았다. 그러고서 그녀는 코카인을 꺼냈다.

"해 봐." 그녀가 내게 말했다. "최상급이야."

사실대로 말하면, 나는 그때까지 코카인을 본 적이 없었다. 요트 파티에서도 카롤리나는 나를 코카인의 세계에 초대하지 않았었다. 하지만 언젠가는 그걸 알게 될 것이고, 그 차이를 이해하게 될 것이었다. 그녀에 따르면, 그날 저녁의 콜라에는 으깬 다이아몬드가 섞여 있었다. 내가 코카인에 대해 알고 있는 모든 건 전부 아버지가 들려준 이야기였다. 그는 세관에서 일했고 코카인 몇 톤을 압수했었다. 가끔 함께 저녁을 먹을 때, 아버지는 내게 가전제품이나 햄, 혹은 참치 통조림으로 가득한 컨테이너에 대해 말하면서, 그 물건 안이 마약으로 채워져 있었다고 이야기했다.

"크고 단단한 데다가 희고 빛나는 덩어리인데….." 경악스럽다는 아버지의 말투는 이내 재미있고 황홀하다는 어조로 변했다. 그리고 그는 코카인 중독자들이 결국은 퉁퉁 붓고, 땀범벅이 되고, 불임이 되고, 신경성 틱까지 오는 좋지 못한 상태가 된다는 끔찍한 도덕적 교훈으로 항상 이야기를 마무리했지만, 그것에 대해 이야기할 때면 그의 눈에서는 불꽃이 튀었다.

그래서 카롤리나가 작은 봉지를 건네주었을 때 나는 어떻게 해야 할지 몰랐지만, 내가 그걸 할 것임은 알고 있었다. 나는 화장실에 틀어박혀 그 봉지를 열고는 가루를 조금 집어서 손등에 놓았다. 그렇게 하는 걸 수많은 영화에서 보았기 때문이다. 그걸 코로 들이마시자, 머리 안이 활활 불타는 것 같았다. 눈 깜짝할 사이에 나는 화장실 밖에서 한 번도 본 적이 없는 남자와 〈말 타고 산으로 가요a caballo vamos pal monte〉*에 맞춰 춤추고

* 살사 음악으로, 우리에게 콤파이 세군도 혹은 부에나비스타 소셜 클럽의 노래로 널리 알려져 있다.

있었다. 그의 이름은 루시오였으며, 카롤리나 친척의 친구였다.

그 파티는 부분부분만 기억났다.

웃음소리가 커지기 시작했고, 바닷소리가 그 소리를 삼키고 있었다.

루시오는 손가락으로 내 등에 글자를 그리고는 알아맞혀 보라고 했다.

밤이 임박했지만, 수평선의 붉은 금은 사라지지 않았고, 때때로 나는 내가 깜박거리고 있다고 생각했다.

땀에 흠뻑 젖은 옷, 떡이 된 머리카락, 끈적끈적한 몸, 갈증. 몹시 갈증 났던 기억이 남아 있다.

우리가 섬에 도착했을 때 술 취하지 않고 멀쩡한 사람은 아무도 없었다. 섬에 발을 딛자마자, 무녀는 마림바 연주자와 해먹 안 깊숙이로 모습을 감추었다. 그 주말, 나는 산소보다 코카인을 더 많이 들이마셨고, 월요일에 집에 돌아와서는 방 안에 틀어박혀 꼬박 이틀을 잠만 잤다.

나는 3년 전에 카롤리나를 알게 되었다. 평생 친구로 지낼 거라고 말할 수 있는 그런 친구는 아니었다. 그녀는 내 첫 영성체나 열다섯 살 생일 파티에도 오지 않았으며, 우리는 같은 동네에 살지도 않았다. 그건 당연했다. 그녀는 부자였고 나는 그렇지 않았기 때문이다. 나는 럭키 스트라이크 담배의 행사 도우미로 일하면서 그녀를 만났다. 우리 아버지의 여자 친구가 여름 휴가철에 일할 수 있도록 구해 준 일이었다. 보수는 짭짤했다. 내가 하는 일은 치어리더처럼 라이크라 유니폼을 입고 술집을 돌아다니며 담배를 나눠 주는 것이었다. 새빨갛게 입술을 칠하고 미소를 잃지 않은 채 시시각각 담배 선전 문구를 내뱉었다. 그렇게 하면 우리에게 억누를 수 없는 일종의 흥분이 일어나는 것처럼. 나는 일을 해야만 했다. 대학에 입학하고 나서부터 우리 아버지가 복사비조차도 주지 않았기 때문이다. 너무나 당연한 소리지만, 카롤리나는 일할 필요가 없었다. 하지만 그 당시 그녀는 독립해서 혼자 마르베야 하숙집의 휑뎅그렁한 방으로 옮기겠다는 생각에 집착하고 있었다.

"왜 그러고 싶은 거야?" 나는 일하던 어느 날 밤에 그녀에게 물었다.

이미 우리는 술집 순회를 마친 상태였다. 우리는 방파제에 그녀의 미쓰비시 자동차를 주차하고는 차 후드에 앉아 담배를 피우면서, 만의 윤곽을 그려 내는 불빛들을 쳐다보았다.

그녀는 어깨를 으쓱했다.

"나도 잘 모르겠어."

카롤리나는 한 번도 독립한 적이 없었다. 심지어 일요일마다 집에서 먹는 점심 식사 자리에서도 독립하지 못했다. 그러나 머릿속으로는 이름뿐인 독립을 향해 큰 발걸음을 내디디고 있었다고 말했다. 그녀를 만난 지 6개월이 되었을 때, 그녀의 야망은 바뀌었다. 그녀는 국가 경제와 자신의 경제 상황을 해결하기 위해 실행 가능한 유일한 방법은 마약 소비가 아니라 마약 밀매를 합법화하는 거라고 확신했다. 코카인을 수출하는 것이었다. 코카 잎도, 코카 꽃도, 그것을 재배하는 값싼 노동력도 아니었다. 그런 게 아니라, 최적의 상태로 최종 제품을 수출하자는 것이었다.

"최고급 제품이야." 그녀는 내게 말했다. "우리는 바로 그걸 팔아야 해."

"아, 그래."

"우리 것은 '아카풀코 골드'*보다 더 좋아. 그러니 '콜롬비아 다이아몬드'가 될 거야. 이 이름 마음에 들어?"

"아니."

카롤리나는 대학에 가지 않았다. 시간이 너무 많이 남아돌아서 그녀는 코에 가루를 채우고 머리를 환상으로 채웠다. 그녀가 꿈꾸는 세계에서 우리 아버지는 실업자였고, 그녀 아버지는 외교부 장관이었다. 그녀 아버지의 사업은 잘 알려진 비밀이었다. 어떤 사람들은 그가 이제는 아니라고, 지금은 깨끗하다고, 그 사업에서 이미 발을 뺐으며, 그동안 모은 돈으로 부동산 사업을 시작했다고 말했다. 그는 호화로운 고급 아파트를 지었는데, 그건 평범한 직업을 가진 사람 그 누구도 살 수 없는 것이었다. 카롤리나의 오빠가 납치되자, 그건 일종의 묵은 빚 청산이고, 게릴라와는 아무 관련이 없으며, 사실은 칼리 사람들이 데려갔는데, 그들은 석방 대가로 돈 이외에도 나라를 떠날 것을 요구했다는 소문이 돌았다.

---

* 1960년대 미국 반문화 운동 시기에 널리 퍼졌던 멕시코산 마리화나.

"다른 방법이 없어. 그들 요구대로 해야 해." 어느 날 밤 우리 아버지가 말했다. "떠나지 않으면 그 청년의 머리를 셀로판지로 둘둘 말아 보낼 거야." 그렇게 말하며 검지로 목 베는 손짓을 하고서 맥주를 벌컥벌컥 들이켰다. 우리 아버지는 일종의 겉늙은 존 트라볼타였다. 그는 쾌남아처럼, 하지만 양심을 가진 사람처럼 행동하길 좋아했다.

카롤리나의 거의 모든 집착처럼 코카인 수출에 관한 생각도 이내 사라졌다. 어느 날 오후 그녀는 내게 말했다. 우리가 보카그란데 방파제 맞은편에 있는 학교로 그녀 여동생을 데리러 갔을 때였다. 우리는 일찍 도착했다. 그래서 카롤리나가 주차했고 우리는 차에서 내려 벤치에 앉아 기다렸다. 해변은 죽은 물고기로 덮여 있었다. 그 주에 크루즈 선이 그 도시에 도착했는데, 거기서 기름이 유출되었기 때문이다. 강렬하고 시큼한 썩은 냄새가 대기에 가득했다. 그 냄새가 내 위장 위쪽에 자리를 잡았고, 나는 토할 것만 같았다.

"내 사업이 잘 안 돼." 그녀가 말했다.

"안 좋아?"

그녀는 방금 사기를 당한 사람처럼 침울하게 고개를

끄덕였다.

"조사해 봤는데, 경쟁이 너무 치열해."

"아, 그래?"

그녀는 무언가를 사러 가판대로 갔다.

나는 해변 가까이 다가가 막대기를 집어 들고 죽은 물고기의 눈을 찔렀다. 눈알에서 피가 솟구쳐 나왔다. 카롤리나가 시원한 맥주 두 캔을 들고 돌아와서 내게 하나를 건넸다. 나는 토하지 않으려고 그것을 이마에 갖다 댔다. 그녀는 캔 맥주를 세 모금 만에 비우고서 트림을 했다.

*

카롤리나의 오빠 이름은 호르헤였다. 그는 우리보다 두 살 많았고, 나는 그와 딱 한 번 대화한 적이 있는데, 대화 주제는 킹콩에 관한 것이었다. 카롤리나는 화장실에서 화장하고 있었고, 나는 함께 외출하려고 그녀 방에서 기다리고 있었다. 전신 거울 앞에서 그녀가 가지고 있는 수백 켤레의 샌들 중 몇 켤레를 신어 보는 중이었다. 그때 호르헤가 들어와 침대에 벌렁 드러누웠고 케어 베어스 인형 일곱 개가 튀어나와 바닥으로 굴러떨어졌다.

"한 가지만 물어볼게. 너 영화 많이 보지?"

나는 어깨를 움찔했다.

"가끔 영화제에서 일해요."

"그런데 킹콩이 여자를 사랑한다는 게 있을 수 있는 일이야?"

"그게 무슨 말이에요?"

"그래, 나도 이해가 안 돼. 원숭이인데, 어떻게 여자와 사랑에 빠지는 거지? 말이 안 돼."

나는 웃으려고 했지만, 그는 심각하게 말하고 있는 것 같았다.

"영화 한 편만 추천해 줘." 조금 후에 그는 말했다. "좋은 걸로. 킹콩 같은 거 말고."

"〈도대체 율리엣이 누구야?〉*는 어때요?" 나는 말했다.

"모르겠어." 그가 대답했다. "율리엣이 어쨌다고?"

바로 그때 카롤리나가 화장실에서 나왔다.

"여기서 꺼져." 그녀는 자기 오빠에게 말했다.

그는 침대에서 일어나 그녀의 화장한 얼굴과 말총머리 모양으로 묶은 머리를 보더니 억지로 웃음을 참았다.

---

* 1997년에 제작된 멕시코 기록 영화.

"정말 볼만하구나." 그가 방에서 나갔고, 우리도 방을 나왔다.

호르헤는 보고타에서 한 학기 동안 산업 공학을 공부하고 집으로 돌아왔다. 그의 아버지 회사에서 그를 필요로 했기 때문이다. 그가 돌아오자 그는 그 지방의 삼류 대학에서 돈 주고 학위를 샀고, 그러고는 아버지 건설 회사의 경영자가 되었다. 납치된 날 그는 도시 외곽에 있는 경기장에서 트레일바이크 연습을 마치고 돌아오는 길이었다.

카롤리나는 보고타나 마이애미 또는 그녀가 원하는 곳이라면 어디든지 가서 공부할 수 있었지만, 그러고 싶지 않았다. 그녀는 예술 학교의 연극 과정에 등록했다. 첫 달에는 몹시 만족해서 얼굴이 완벽하게 홍조를 띠었다. 학교 계단에 다리를 벌리고 앉아 즐거운 듯이 연기하면서 땀을 흘렸던 것이다. 동료들은 그녀를 칭찬했지만, 그녀가 보기에 그들이야말로 모두 재능 있고 천재적이었으며 앤디 워홀처럼 아방가르드 예술가들이었다.

"50년 전에 앤디 워홀은 아방가르드가 아니었어." 나는 그녀에게 말했다.

석 달째가 되자, 그녀는 '더러운 히피들'에게 둘러싸여 있는 걸 더는 참을 수 없어 했다. 그녀는 기복이 심했다. 숭배하고 존경하다가도 몇 시간도 안 되어 경멸하기도 했다. 그녀의 소셜 맵, 즉 소통 지도에서 나는 아주 드문, 불변하는 변수였다. 말하기에 지칠 때면, 그녀는 내 눈을 똑바로 쳐다보며 이렇게 말했다. "때때로 나는 내가 널 만들어 냈다고 생각해." 그러면서 이렇게 덧붙이곤 했다. "그래서 넌 내 머릿속에서만 존재해." 나는 화가 나서 씩씩거리며 담배에 불을 붙였다.

카롤리나는 오빠와 무녜를 싫어했고, 여동생은 관심이나 평가의 대상조차 되지 못했지만, 아버지만큼은 존경의 대상이었다. 서로 가까운 사람들끼리 어떻게 그토록 극도로 다른 감정을 불러일으킬 수 있는지 나는 이해할 수 없었다. 가족 관계라고 하면 나는 경험이 많지 않았다. 내게는 어머니도, 형제자매도, 할아버지나 할머니도 없었다. 아주 먼 마을에 사는 이모와 삼촌이 몇 명 있었는데, 평생 한두 번밖에 본 적이 없었다. 난 그 이유가 무엇인지 기억할 수 없었다. 우리 아버지도 그들과 다르지 않았다. 아버지의 존재는 갈수록 내 삶의 뒷배경 같은 이야기가 되어 가고 있었다. 그리고 그런 아버지를 생각할 때면 항상 가엽게 느껴졌다. 나는 아버지란 존재를 법학

대학을 다니다가 그만두고 품에 안아 키워야 하는 갓난 아기를 둔 젊은 홀아비로 상상했다. 그는 일찍부터 나를 혼자 놔두었고, 그래서 나는 그 누구의 딸도 아닌 것처럼 자랐다. 그게 나쁜 건 아니었는데, 내가 보기에 독립은 좋은 유산이었기 때문이다.

예술 학교는 산디에고에 있었는데, 그곳이 바로 내가 살던 지역이었다. 카롤리나가 수업을 들은 몇 달 동안, 수업이 끝나면 우리 집 초인종을 눌러 나더러 오후 5시에 내려오라고 했다. 그녀는 나와 방파제에서 이야기하면서 시간을 보낼 생각이었다. 대부분 나는 안 된다고, 공부해야 한다고, 그것 말고는 다른 출구가 없는 사람들이 있다면서 거절했다. 그러면 그녀는 짜증을 냈다.

"이기적인 년!" 그녀는 집 밖 보도에서 소리 질렀다.

그러면 나는 발코니 문을 닫고 안으로 들어갔다.

그녀의 오빠가 납치된 날에도 그녀는 나를 찾아왔다. 다음 날 시험이 있어서 나는 별로 보고 싶지 않았다. 그녀가 초인종을 여러 번 눌렀지만 나는 나가지 않았다. 그러자 그녀는 큰 소리로 내 이름을 불렀다. 그러고서 발코니로 돌을 던졌다. 그런 다음 다시 초인종을 눌렀다. 지칠 때까지 그렇게 하다가 떠났다. 아버지가 일을 마치고 돌아오면서 문 아래에서 쪽지를 발견했다. 그녀의 오빠에게 일어난 일과 전화해 달라는 말이 적혀 있었다. 처음에 나는 거짓말이라고 생각했고, 지역 뉴스 채널을 켜고서 그 뉴스가 나오기를 기다렸다. 하지만 몬테스 데 마리아에서 수행한 반反게릴라 작전 소식만 나왔다. 어느 군 사령관이 열광적인 말투로 게릴라들의 별명 목록을 읽으면서 기자들에게 사망자를 알려 주었다. 그는 땅딸막하고 피부가 까무잡잡했는데, 군복이 꽉 끼여 보였다. 치아 교정 일이 아주 잘 어울릴 것 같았다. 아버지는 경찰이 가난한 파시스트, 그러니까 우리 나라에 너무나 깊이 뿌리박힌 사회 계층의 최일선을 대표한다고 말하곤 했다.

나는 카롤리나에게 전화했다.

"정말이야?"

"응."

"무녜는 어때?"

"평소랑 똑같아."

"그럼 넌?"

"술 취해 있어."

아버지는 양파를 너무 많이 넣고 스튜를 만들고 있었다. 내가 부엌으로 들어가서 카롤리나의 집에 가야겠다고 말했을 때, 나는 아버지의 눈에 핏발이 서 있다는 것을 알았다.

"하지만 내가 저녁을 만들었는데." 그가 아쉽다는 듯이 말했다.

나는 집에서 나왔다.

아버지는 카롤리나를 좋아하지 않았지만 내 일에 간섭하지 않았고 나도 그의 일에 개입하지 않았다. 예를 들어, 금요일마다 그는 여자들을 집으로 데려왔지만, 나는 입도 벙긋하지 않았다. 항상 두세 명이 고정 파트너였고, 즉흥적으로 아무나 데려오는 경우는 거의 없었다. 그 여자들은 화장을 아주 짙게 했으며, 침대에서 아주 시끄러웠다. 다음 날 아침에는 절대로 우리와 함께 아침을 먹지 않았다. 아버지와 내가 이미 식탁에 앉아 있으면 그들이 방을 나갔다. 눈은 마스카라가 흘러내려 얼룩졌고, 입술은 부르텄으며, 대낮의 햇빛은 벌받은 것처럼 피부에 뻥뻥 난 작은 구멍을 그대로 드러나게 했다. 그들은 그런 모습으로 나타나서 말했다. "잘 있어, 자기야." 그러면서 문 앞에서 손으로 키스를 날렸다.

아버지는 턱을 들고는 입 속에서 알아들을 수 없는 말을 중얼댔다.

나는 이틀 동안 입을 옷 몇 벌과 학교 교재를 가방에 넣어 카롤리나의 집으로 가지고 갔다. 첫날 밤 아주 늦은 시간에, 그러니까 이미 우리가 불을 끄고 내가 잠이 막 들려 할 때, 카롤리나가 말했다.

"그가 죽었으면 좋겠어."

*

카롤리나의 가족은 코르도바의 어느 마을에서 왔다. 나는 정확하게 어떤 마을인지는 몰랐는데, 그 마을에 대해 들은 적이 한 번도 없었기 때문이다. 그들의 삶은 카르타헤나로 이사하여 모든 걸 대리석으로 두른 건물들을 짓는 데 온 힘을 기울였을 때 시작되었다. 그들은 거대한 펜트하우스에서 살았다. 3층짜리였는데, 세탁실과 식모 방으로 이루어진 독립 공간도 있었다. 그 공간만 하더라도 산디에고에 있는 우리 아파트보다 컸다.

나는 호르헤의 납치 사건 때문에 거의 한 달을 카롤리나의 집에 있었지만, 그녀의 어머니 무녜를 많이 보지는 못했다. 그리고 그녀 여동생과 그녀 아버지는 한 번도 보지 못했다. 그녀 여동생은 이모와 함께 있었고, 카롤리나에 따르면 그녀 아버지는 납치범들이 요구한 몸값을 구하기 위해 온종일 회사에서 일했다. 나는 그녀 오빠의 모터사이클만 팔아도 충분히 몸값을 감당할 수 있으리라 생각했지만, 내 의견을 말하지는 않았다. 사실 나는 그런 것에는 전혀 관심이 없었다.

그 집에서 나는 내 마음대로 살았다. 그 집에 있는 동안 나는 학교에 가지 않았고, 옷이 넉넉하지 않아서 카롤리나의 옷을 입었다. 또한 그녀의 향수를 뿌렸고, 그녀의 밴을 타고 슈퍼마켓에 갔으며, 그녀의 신용 카드로 모든 대금을 결제했고, 그 집의 가정부인 야닐사에게 이런저런 지시를 하기도 했다. 나는 우리가 점심으로 무엇을 먹을지 결정했고, 우리가 위성 TV로 무엇을 볼지 결정했으며, 전화도 받았다. 카롤리나는 소파에 드러누워 시간을 보냈고, 내 모든 결정을 순순히 받아들였다. 단지 무녜가 가운을 두르고서 마치 늙은 여자처럼 슬리퍼를 질질 끌며 나타날 때만 공격성을 띠었다. 카롤리나는 이렇게 말하곤 했다.

"돈 주고 흑인 남자를 데려와서 당신을 먹어 치우게 하는 게 어때요?"

무녜는 카롤리나의 말을 알아듣지 못하겠다는 듯이 그

녀를 쳐다보았다.

그 당시 일어난 가장 이상한 일은 고향에서 사촌 알폰소라는 사람이 찾아온 것이었다. 이전에 그는 여러 번 전화했었고, 항상 정중하고 자상하게 행동했었다. 전화로 모든 게 어떻게 되고 있는지 물었고, 새로운 소식이 있는지 관심을 보였으며, 그의 온 가족이 호르헤를 위해 기도하고 있다고 일러 주었다.

"정말 고마워요, 알폰소." 나는 그에게 이렇게 말하곤 했다.

내가 카롤리나에게 누구냐고 묻자, 그녀는 이렇게 대답했다.

"아버지가 데리고 있던 일꾼 중 하나야. 너무 무능해서 내쫓았어."

그런데 어느 날 사촌 알폰소가 경비실에 모습을 드러냈다. 경비원은 야닐사에게 알렸고, 야닐사는 들여보내라고 했다. 카롤리나와 내가 그를 맞이했다. 무녜가 다시 잠자러 들어갔기 때문이다.

"사촌 동생아, 난 전적으로 네 뜻에 따르겠어." 알폰소가 카롤리나에게 말했다. "필요한 게 뭔지 말만 해."

그는 전혀 악의 없는 평범한 사람이었다. 주름 바지에

딱 맞는 줄무늬 셔츠를 입었고, 모카신을 신었으며, 어깨에는 배낭을 메고 있었다. 방금 산에서 내려온 사람처럼 얼굴은 창백하고 힘이 빠져 보였다.

"아무것도 없어." 그녀가 말했다. "우린 괜찮아." 그러면서 그녀는 그에게 마실 것을 원하느냐고 물었다.

알폰소는 아니라고, 괜찮다고 말했고, 창을 바라보았다. 바다가 훤히 내다보이는 커다란 창이었다. 거기서 바라보면 요트는 장난감처럼 보였고, 구름은 솜사탕으로 만든 것 같았으며, 하늘은 새파란 색이었다. 특수 필터를 씌운 유리창이었기 때문이다. 만을 따라 설치된 산책로로 아주 작게 보이는 사람들이 걷고 있었다. 가끔 오후에 나는 한참 동안 그 커다란 창을 내다보면서, 내가 손가락으로 그 조그만 사람들을 집어서 이리저리 옮기거나 만에 익사시키는 것을 상상했다. 올림포스산의 제우스처럼, 인간의 운명을 결정했다. 누구라도 위에서 내려다보는 사람은 자신에게 그런 힘이 있다고 느낄 수밖에 없었다.

"잠시 우리 둘만 있게 해 줄 수 있어요?" 알폰소가 내게 말했다.

카롤리나가 안 된다고 고개를 저었고, 나는 움직이지 않았다. 알폰소는 바닥을 내려보았다. 얼굴을 다시 들었을 때, 그의 눈은 분노로 붉어져 있었다.

"너희들을 모두 죽일 거야." 그가 말했다. "네 어머니 한테 모든 걸 정리하고 모두 떠나야 한다고 말해. 아니면 너희들을 모두 죽일 거야. 네 아버지는 추잡한 놈이고, 장사를 할 줄도 몰라."

카롤리나는 몇 초 동안 말도 못 하더니 갑자기 울음을 터뜨렸다. 나는 알폰소에게 어서 나가라고 말했다. 나는 떨고 있었지만, 그를 문 쪽으로 밀어낼 수 있었다. 그놈은 그때마다 뒷걸음하면서 소리쳤다.

"더러운 돼지에 빌어먹을 개자식이야! 그를 죽이고 말 거야. 너희 모두 죽일 거야!"

내가 그를 힘들게 내보내자, 그는 신발 코를 문 안으로 들이밀어 내가 문을 닫지 못하도록 막았다.

"당장 여기서 나가." 그는 손가락으로 나를 가리켰다. "이 사람들은 절대 안전하지 않아." 그의 얼굴은 시뻘겋게 달아올라 있었다. 그가 발을 뺐고, 문은 쾅 닫혔다. 나는 비디오폰을 들여다보았다. 그는 여전히 거기에 있었고, 천천히, 하지만 요란하게 숨을 몰아쉬었다. 내가 느꼈던 두려움은 가엾음과 뒤섞였고, 심지어 어느 정도 공감되기도 했다.

"이 사람들은 항상 안전해, 알폰소." 나는 중얼거렸다.

사흘 후, 호르헤는 돌아왔다.

*

요트 파티가 끝난 후 나는 한 번 더 카롤리나와 만났다. 나는 피자집에서 전일제 일자리를 구했고, 그녀는 플로리다에 있는 대학에 가려고 지원서를 작성하느라 정신이 없었다. 그녀 아버지는 그녀 때문에 돌아와 있었다. 나머지 가족은 이미 플로리다의 웨스턴에 정착해 있었다.

어느 날 오후 카롤리나가 나를 찾아 피자 가게에 들렀다. 나는 윗사람에게 가족에게 위급한 일이 생겨서 가 봐야 할 것 같다고 말했고, 정말 다정하고 상냥한 그 사람은 일찍 나가도록 해 주었을 뿐 아니라, 피자 한 판을 포장하더니 가져가라고 했다.

우리는 방파제를 찾아 주차하려고 했지만, 마침 방학 때였고, 모든 곳이 날씬한 십 대 여자애들로 넘쳐나고 있었다. 모두 배꼽티를 입고, 머리를 허리까지 풀어 헤친 채였다.

"저 건물로 가자." 카롤리나가 말했다.

그녀는 아버지 건물에 있는 아파트들의 열쇠를 가지고 있었다. 대부분은 비어 있었다. 그녀는 엄마 무녜와 오빠 호르헤에게 진저리가 날 때 이 커다란 아파트 중 한 곳에 들어가 창밖을 내다보았다. 그 경치를 보면 마음이 안정돼,라고 그녀는 말했다. 그녀가 그럴 때마다 나는 항불안제 자낙스를 먹었을 거라고 확신한다.

나는 딱 한 번 그녀와 동행해서 그 아파트 중 한 곳에 갔었다. 꼭대기 층으로 야외 자쿠지도 있었다. 그때 예술학교의 남자애 하나가 같이 갔는데, 우리에게 마리화나를 구해 준 애였다. 우리는 자쿠지 안으로 들어갔고, 남자애는 카르타헤나와 인종 차별에 대해 바보가 아닌 이상 모두가 알고 있는 명백한 사실에 대해 말했다. 나는 그에게 말했다.

"여기에는 기본적으로 배제의 법칙이 있어. 흑인들을 숨겨 놓고 있거든."

남자애는 눈살을 찌푸리며 천천히 고개를 끄덕였다. 마치 수수께끼를 풀고 있는 것 같았다. 그러고서 그는 에어로스미스의 〈크레이지〉 뮤직비디오 속에 있는 것 같다고 말하고는 깔깔거리며 웃었다. 카롤리나는 팬티를 벗더니 그 남자애 위를 올라타고서 그에게 키스했다. 나는 그 자쿠지에서 나왔다. 토할 것 같았기 때문이다.

이번에 우리는 다른 아파트로 갔다. 11층에 있는 그 아파트에는 거대한 발코니가 있었으며, 거기에는 흠 잡을 데 없는 흰색의 긴 의자가 두 개 놓여 있었다. 우리는 앉았고, 나는 피자 상자를 열었다. 카롤리나는 맥주 여섯 캔을 샀었다. 나는 그녀 가족에 관해 물었고, 그녀는 그들이 잘 지낸다고 대답했다. 그녀는 우리 아버지가 잘 계시냐고 물었고, 나도 똑같이 대답했다. 물론 '잘 지낸다'는 말을 아버지가 자기 자신에게 사용하지는 않았을 것이다. 절대로. 누군가 그에게 "잘 지내세요?"라고 물으면, 그는 "그저 그래요."라고 대답했는데, 이건 그나마 고무적인 대답이었다. 그저 그래, 평소와 똑같아, 그럭저럭, 보통이야. 그게 그의 세계였다. 그의 여자 친구, 그의 계층, 그의 시대였다. 그의 삶. 그것도 항상 그럴 것이다. 그럼 내 삶은? 내 삶은 어떻게 될까?

더웠고 바람도 없었다. 아래에서, 그러니까 방파제에 주차된 밴에서 음악이 흘러나왔다. 그리고 웃음소리도 들렸다.

"미국 비자 있어?" 카롤리나가 내게 물었다.

나는 고개를 가로저었다. 그녀는 내가 비자가 없다는

것을 알고 있었다. 우리가 처음 만난 밤에 나눈 대화의 주제였다. 럭키 스트라이크 담배 회사의 옷을 입고 그녀의 자동차 후드에 앉아서 대화했을 때였다. "… 세계에 국경을 닫을 수는 없어. 그랬다간 자신의 어리석음에 빠져 질식하고 말 거야."라고 그때 내게 말했었다. 그녀가 마르베야 하숙집에 살고자 했고, 드레드록을 그냥 놔두고 싶어 했을 때였다. "당연히 그럴 수 있어." 나는 대답했다. "하지만 숨 막혀 죽지는 않을 거야. 갈수록 숨을 더 잘 쉬게 될 거야."

"대학에 갈지 말지 모르겠어." 이제 그녀가 말했다. "아마도 일자리를 얻을지도 몰라."

"아, 그렇구나."

"당분간 올 수 없을 거라는 거, 너 알아? 정치 망명 조건에는 5년 동안 콜롬비아로 돌아가지 않는다는 것이 포함되어 있어."

"그렇지."

"그런데 우리가 어딘가 중간 지점에서 만날 수 있다고 생각했는데, 그게 어딘지는 나도 모르겠어. 멕시코. 아니면 칸쿤도 될 수 있을 거야. 사람들 말에 따르면, 별로 좋지 않다고 하지만, 술 마시고 취하기에는 좋은 곳이래.

아니면 더 좋은 곳에서. 그래, 쿠바! 넌 쿠바를 좋아하잖아, 그렇지?"

나는 어깨를 으쓱했다.

"물론 내가 초대할게. 네가 원하고 네가 올 수 있다면. 올 수 있지?"

"잘 모르겠어. 아마 안 될 거야."

"왜?"

"못 갈 것 같아."

"그런데 왜 그런 거야?"

나는 맥주를 들이켰고, 눈에 눈물이 가득 고였다. 나는 카롤리나에게 덤벼들어 그녀를 발코니 너머로 떨어뜨리는 건 그리 어렵지 않을 거라고 생각했다. 그리고 그녀의 몸이 도로로 떨어지고, 땅에 부딪혀 뼈가 부러지고, 뒤이어 사람들이 비명을 지르며 그녀를 에워싸는 모습을 상상했다. 카롤리나는 충분히 자살할 수 있었고, 자살했다고 해도 모두가 믿을 만했다. 누군가를 설득할 필요도 없었을 것이다. 불쌍한 부잣집 여자애, 마약에 빠진 애, 그녀가 없어도 그리워하지 않을 문제 많은 가족. "오빠의 일을 겪고 나서 그녀는 전 같지 않았어요." 나는 경찰에게, 우리 아버지에게, 그녀 아버지에게 이렇게 말하는 모습을 상상했다. 나는 그들 모두가 심각하고 체념한 표정으로 고개를 끄덕이고 동의하는 모습을 보았고, 마음속으로 '그녀를 구할 방법은 없었어.'라고 생각하는 장면을 머릿속으로 그렸다. 어두워지고 있었다. 수평선의 붉은 금이 어둠과 전투를 벌이고 있었다. 만은 깊은 구렁이었지만, 그 뒤로는 전등이 켜지기 시작했다. 마치 희미한 희망과 같았다.

앞으로의 내 삶은 어떨까?

카롤리나가 내 손 위에 자기 손을 얹었다.

"우린 다시 만나게 될 거야." 카롤리나가 말했다. "맹세할게."

나는 눈물을 닦고 고개를 끄덕였다.

"그래, 틀림없이 그럴 거야."

선순환

Círculo virtuoso

루이스 노리에가

Luis Noriega (1972~)

콜롬비아 칼리 출생으로, 보고타와 워싱턴에서 공부했다. 주로 잡지나 선집
에 짧은 소설과 단편을 발표하고 있다. 소설 『이메네스』로 1999년 카탈루냐
공과대학으로부터 과학소설상을 받았고, 2016년에는 『당신의 이웃을 믿지
말아야 하는 이유들』(2015)로 제3회 가브리엘 가르시아 마르케스 라틴아메
리카 단편소설상을, 그리고 『메디오크리스탄은 조용한 나라』(2014)로 2016
년 콜롬비아 국가 소설상 결선에 올랐다. 이 외에도 『어릿광대들이 죽는 곳』
(2013) 등이 있다.

악을 사라지게 하라.
「신명기」17장 12절

     1. 간신히 건물에 도착했지만, 그는 이번 게임에서 졌다는 것을 깨달았다. 너무 방심한 탓이다. 정말 너무 방심해서 이렇게 된 것이다. 이제 그로서는 그 결과를 받아들이고 당당히 맞서는 수밖에 없었다. 기타 등등. 이 사실을 알면 몇몇 사람들은 꽤나 놀랄 것이다. 제일 먼저 경비원인 파치토가 손에 권총을 들고 문으로 들어서는 그를 보고 아연실색하며 소리 질렀다.

"선생님!"

실제로 그는 해명해야 할 것이 많이 있었다.

     2. 그 일은 몇 달 전에 시작되었다. 그날은 외

박을 했는데, 그 이유는 중요하지 않다. 중요한 것은 그때가 오전 6시였고, 십오 분 후면 학교 버스가 정류장에 도착할 텐데 그가 너무 멀리 있었다는 점이다. 물론 택시를 타면 해결될 문제였다.

그리고 택시 한 대가 그 앞에 멈추어 섰다.

그리고 그는 택시에 탔다.

그리고 그는 제시간에 도착했다.

그 사건은 불행하게도 몇 가지 요인이 우연하게 겹치면서 일어났다. 첫 번째, 한참 전에 밤이 지났는데도, 그날은 오전 7시까지 심야 할증 요금을 받기로 마음먹은 택시 운전사. 두 번째, 전날 밤—그러니까 택시 운전사의 논리에 따르면 그날 새벽 너머까지 이어진 밤—에 정상적인 조건, 다시 말해 터무니없는 심야 할증이 적용되지 않은 택시 요금 정도만 들어 있는 그의 지갑. 세 번째, 평소보다 몇 분 일찍 정류장에 도착한 학교 버스. 그 몇 분의 시간 동안이라면 모든 탑승자가 그 장면을 충분히 눈여겨봤을 것이다.

택시 운전사는 그가 건넨 지폐를 받지 않으려 했다. 운전사는 그에게 차에서 내리라고 했다. 아니, 명령하듯이 말했다고 하는 편이 더 정확할 것 같았다. '당장 내려, 이

새끼야.'라고 말하는 느낌이 들 정도로 험악한 표정이었다. 택시 운전사는 그를 따라 차에서 내렸다. 막대기를 손에 움켜잡고 있는 걸로 봐서는 그가 뭐 하려고 그러는지 분명히 알 수 있었다. 다행히 그 순간 버스가 도착하는 바람에 그는 멈칫했다. 하지만 택시 운전사는 선생을 도둑놈이라고 비난하기 시작했다. 그리고 마치 시험에서 낙제한 사실을 방금 알게 된 학생을 구박하듯, 무기력한 선생을 거칠게 몰아쳤다. 거침없이 모욕적인 언사를 퍼붓던 운전사는 마침내 위협하듯이 다시 막대기를 들어 올렸다. 선생이 얼어붙은 듯 움쩍도 못 하자, 버스 운전사가 휘파람을 두 번 불었다. 막대기를 휘두르자고 심각하게 고려할지 모를 잠재적 가해자뿐만 아니라, 달아나려고 할지 모를 잠재적 피해자에게도 자기가 옆에서 다 보고 있다는 것을 알리려는 의도였다. 다행히 휘파람 소리는 소기의 목적을 달성했다. 택시 운전사는 슬그머니 막대기를 내렸다. 그러곤 자기의 침과 모욕을 흠뻑 뒤집어쓴 손님이 떨리는 손으로 내민 지폐를 홱 낚아챘다.

지폐를 받은 순간, 모든 일이 순조롭게 마무리될 수도 있었다. 하지만 선생과 막대기를 든 택시 운전사의 이야기는 이제 막 시작됐을 뿐이다.

택시 운전사는 할증 요금 대신 모욕을 퍼부은 걸로는 성에 차지 않는 모양이었다. 그는 난폭하게 손님을 붙잡더니, 아무리 그래도 자기 같은 택시 운전사의 말을 안 들으면 신상에 좋지 않을 거라고 을렀다.

"지금 날이 훤히 밝았다는 걸 다행인 줄 알라고요." 심야 할증 요금을 가지고 더 이상 왈가왈부해 봐야 아무 의미도 없었지만, 택시 운전사는 이에 아랑곳하지 않고 다시 입을 열었다. "저 버스만 없었으면 당신은 내 손에 죽었을 거요."

말을 마치자마자, 운전사는 그를 보도로 밀치고 달아나 버렸다.

선생은 사소한 말다툼이 어쩌다 그 지경까지 됐는지 도무지 이해할 수가 없었다. 아무튼 그는 온몸을 떨면서 버스에 올랐다. 여느 때 같았으면, 협잡질이라는 것을 알면서도 택시 운전사를 피하기 위해서 차라리 할증 요금을 내고 끝냈을 것이다. 1000페소도 안 되는 돈 때문에 사람을 죽일 수 있다(아니면 죽이려고 한다)고는 전혀 생각도 못 했을 것이다.

버스에 타고 있던 학교의 여직원이 그에게 물 한 병을 건넸다.

버스 운전사는 지금 출발해도 되는지, 아니면 조금 더 기다렸다 가는 게 좋을지 그에게 물었다.

누군가는 선생이 너무 놀라 오줌을 지렸다고 다른 승객들에게 알리기도 했다.

그 덕분에 학교에서는 하루 온종일 웃음이 끊이지 않았다.

3. 파치토는 가장 적절하다고 판단되는 조치를 취했다. 우선 정문을 굳게 걸어 잠그고, 다른 건물의 경비원들에게 그 사실을 알린 뒤, 경찰에 전화를 걸었다. 사실 여부가 확인되지 않은 소문을 워낙 혐오하는 터라, 그는 선생으로부터 직접 사연을 듣고 싶었다. 그래서 대체 무슨 일인지 물어보러 달려갔지만, 선생은 이미 승강기에서 사라진 뒤였다.

잠시 후, 파치토는 경찰과 통화하면서 자기만 근거 없는 소문을 싫어하는 것이 아니라는 사실을 알게 되었다. 사실 경찰 입장에서는 경비원의 말만 듣고 무턱대고 순찰차를 보낼 수도 없는 노릇이었다. 대체 무슨 일이 벌어진 것일까?

"강도 사건일지도 몰라." 그는 나름대로 추측하려고 애를 썼다. "인데펜덴시아 공원*에서 말이야."

경찰서는 두 블록 떨어진 곳에 있었지만, 파치토는 경찰이 자기 말에 주의를 기울이지 않을까 봐 내심 걱정스러웠다. 그들은 정말 그의 말을 무시했다.

4. 그는 주변의 조롱 섞인 웃음을 견디려고 이를 악물었다. 선생이라면 누구라도 그럴 수밖에 없으리라. 그래서 그는 단지 모욕과 수치심 때문에 자신이 행동에 나선 게 아니라는 말을 속으로 수없이 되뇌었다. 애당초 그건 사람들에게 망신을 당해서가 아니라, 정의감 때문이었다. 그의 마음속에서 불타고 있는 정의감.

그 일이 있고 두 시간 뒤, 교무실에서 친한 동료 한 명이 방금 그 사실을 들었다며 그에게 다가왔다. 원래는 그에게 객쩍은 농담이라도 건넬 생각이었지만, 잔뜩 풀이 죽어 있는 그의 모습을 보자 안쓰러운 마음이 들었다. 그래서 그에게 학생들이 비웃건 말건 전혀 신경 쓸 것 없다는 말을 해 주기로 했다. 그의 말을 듣자, 선생은 자기 속내를 털어놓을 수밖에 없었다. 문제는 학생들(혹은 동료

---

* 　1910년에 콜롬비아 독립 100주년을 기념하여 세운 공원.

들)의 조롱 따위가 아니라, 택시 운전사로 위장한 강도 하나가 멀쩡하게 거리를 돌아다니고 있다는 것이 그의 주장이었다. 그런데 동료는 그의 편을 들어주기는커녕, 오히려 그를 나무랐다. 그가 보기에는 부당한 할증 요금을 못 내겠다고 무조건 버틸 게 아니라, 시계나 계산기, 아니면 택시 운전사의 기분을 풀어 줄 만한 어떤 물건이라도 꺼내 요금에 얹어 주었어야 했다는 것이다.

"내 돈을 다 털어 가는데도 가만히 있으라는 말이야?" 선생은 화가 나서 소리를 질렀다. 그는 마음에 들지 않으면 언제나 그렇게 큰소리를 냈지만, 그래도 그날은 비교적 조용한 편이었다.

그렇다. 자기 돈을 다 빼앗아 가더라도 잠자코 있으라는 말이었다. 그런 상황에서 거부하거나 저항하는 것은 가장 멍청한 짓이라는 것이다. 그의 동료 선생은 사촌 오를란도의 이야기를 들려주었다. 부에나벤투라*에서 막 올라온 사촌은 운송 터미널에서 전화로 들은 요금과 택시 운전사가 요구한 요금—추정컨대 막 상경한 촌놈이 똑똑한 척하자 이를 아니꼽게 여긴 운전사가 바가지를

---

*   콜롬비아 최대의 항구 도시로, 서쪽 태평양에 면해 있다.

씌운 것이 틀림없다─이 차이가 나자, 이를 놓고 무모하게 말다툼을 벌이다 결국 부모의 집 앞에서 운전사가 쏜 총을 맞고 죽었다고 했다.

선생은 동료의 논리를 반박하려고 했지만, 불가능했다. 더군다나 나중에 동료 두 명이 대화에 끼어들면서 사정은 더 어려워졌다. 그들은 오를란도의 이야기를 통해 아무리 부당한 일을 당해도 택시 운전사들과 말다툼을 벌여서는 안 된다는 것, 그리고 절대로 그들을 이기려고 해서는 안 된다는 교훈을 얻을 수 있다는 데 의견을 모았다.

그날 저녁, 그는 아침부터 걷잡을 수 없이 끓어오르는 분노에 휩싸인 채 어머니가 살고 있는 키리과*의 낡은 집으로 갔다. 집에 들어서자마자, 그는 찾을 서류가 있다는 핑계를 대고 예전에 자기가 쓰던 방 안에 틀어박혔다. 어머니는 언젠가 그가 돌아와 자기와 함께 살 것이라는 허황된 희망을 품고, 방을 예전 모습 그대로 간직해 두었다. 그 방의 침대 아래, 타일 밑에 피칸테의 권총이 숨겨져 있었다. 그는 어릴 때부터 같이 놀던 친구였지만, 소

---

*   보고타 북서쪽의 동네.

년 시절 빨갱이로 변해 적위대赤衛隊에 들어가더니, 결국 은행 강도가 되고 말았다. 그 권총을 저기 숨겨 둔 지… 얼마나 됐을까? 10년, 아니 11년인가? 그는 권총을 손에 쥐고 피칸테가 왜 그것을 찾으러 오지 않았는지 다시 생각해 보았다(사실 그 세월 동안에는 그런 생각조차 하지 않았다). 어쩌면 그는 다시 감옥신세를 지고 있었는지도 모른다. 아니면 그사이 게릴라 부대나 준군사조직에 들어가 어딘가에서 싸우고 있을지도 모를 일이었다. 그의 부모님은 이미 그 동네를 떠난 지 오래였다. 그는 그들이 어디로 갔는지 결코 묻고 싶지 않았다. 이제… 글쎄, 이제 그의 부모님이 어디 사는지 알아봐야 아무 소용도 없었다.

5. 파치토는 하필 안 좋은 때 경찰서에 전화를 걸었다. 일반적으로 인데펜덴시아 공원이나 산타마리아 투우장의 오르막길, 아니면 킨타교橋에서 일어나는 강도 사건은 사망자, 특히 그 주변에서 죽은 지 얼마 되지 않은 시신이 발견되지 않는 한, 굳이 순찰차를 보낼 이유가 없었다. 그러나 토레스 델 파르케* 부근에서 발생한 것으

---

* 투우장을 둘러싸고 붉은 벽돌로 지은 중산층의 고층 주거 건물.

로 추정되는 강도 사건은 주민들이 들은 총성과 시르쿤 발라르 대로* 오르막길에 버려진 채 발견된 택시를 조사하러 간—나중에 형사들이 확인 차 들를 수도 있어서—순찰대에게 곧장 전달되었다.

6. 애초에 그는 자기를 죽이겠다고 협박한 택시 운전사를 찾아서 따끔하게 혼내 주고 끝낼 생각이었다. 하지만 깜박하고(어쩌면 두려움 때문에) 자동차 번호판이나 다른 어떤 표시도 기록하지 못한 터라, 그가 가진 유일한 단서는 어렴풋하게만 떠오르는 가해자의 얼굴과 택시에 탔을 때 운전사가 집에서 나온 지 얼마 되지 않았다는 사실뿐이었다. (두 번째 단서는 그 사건의 주요 쟁점이 되었다. 피해자는 택시 운전사의 젖은 머리와 방금 면도한 얼굴로 보아 이제 막 교대한 것이 분명하므로 심야 할증 요금을 낼 생각이 전혀 없었다.) 그래서 그는 사건 당일처럼 오전 6시, 그 길모퉁이에서 택시를 기다리는 것으로 첫 일정을 시작했다. 그러기 위해서는 평소보다 더 일찍 나서야 할 뿐 아니라, 당연히 교통비 명목으로 할당

* 보고타 동부를 가르지르는 간선도로.

된 예산이 크게 늘어날 수밖에 없었다. 정의를 실현하기 위해서는 응분의 대가를 치러야 한다는 것을 위안으로 삼았다. 그런데 막대기를 들고 설치던 그 운전사를 찾기 전에 오전 7시까지 심야 할증 요금을 받으려는 또 다른 택시 운전사를 만나면 어떻게 할지가 걱정이었다. 정말 그런 운전사가 나타나면, 그에게서 첫 번째 운전사가 협박한 대가까지 받아 내야 할까? 여러 날 동안, 그 문제는 단지 수사학적 차원에 지나지 않았다. 결국 그는 그 문제를 해결하기 위해 팔을 걷어붙였다. 우선 그 사건의 교훈이 수습 불가능한 방향으로 흘러가고, 운전사와의 만남이 최악의 시나리오에 따라 전개될 경우에 대비해 몸에 지니고 다닐 메모를 적고, 또 고쳐 써 두었다. 이런저런 생각으로 머리가 너무 복잡해진 나머지, 그는 한참 만에 바가지를 씌울 것 같은 택시 운전사를 찾아냈다. 마침내 한 명이 나타난 것이다. 그는 어차피 이건 버리는 돈이라고 속으로 뇌까리면서 운전사가 달라는 대로 다 주었다. 하지만 그는 택시에서 내리기 전에 방금 부당 요금을 징수한 것이라고 알려 주기로 했다.

"당신은 방금 심야 할증 요금을 받았지만 원래 이 시간에는 적용되지 않아요." 그는 자신 있게, 보름 전보다 훨씬 더 자신감 있는 목소리로 말했다.

운전사는 아무 말 없이 그를 흘끔거리기만 했다.

경고의 말을 건넨 것이 흡족했지만, 차 밖으로 한 발을 내딛기가 무섭게 운전사는 시동을 걸었다. 운전사는 부르릉 하는 엔진 소리를 내어 그에게 겁을 주면서 자기 영역을 표시하려고 했던 것 같다. 그렇게 손님을 다시 차에 태우려던 운전사의 의도는 불행하게도 제 명을 재촉하는 꼴이 되고 말았다.

격분한 선생은 그때까지 없던 용기가 갑자기 솟아오르면서 권총을 뽑아 들고 운전사의 목덜미에 갖다 댔다. 그러곤 돈을 도로 내놓으라고 으름장을 놓았다.

"당장 본사에 전화 걸어 심야 할증 요금이 몇 시까지 적용되는지 한번 물어봅시다." 그가 말했다. "나를 속이려 들거나 질문에 수상한 말을 덧붙이면, 그 즉시 죽을 줄 아시오."

택시 운전사는 그 시간에 대로상에서, 그것도 하찮은 할증 요금 때문에 설마 자기를 죽이기야 하겠냐고 생각했던 것 같다. 그래서 그는 일단 총을 쥔 사람이 시키는 대로 했다. 택시 회사 에스트레야 고객 서비스 센터에서는 승객의 손을 들어 주었다. 하지만 잠시 후, 택시 안에서 총성이 울렸다.

그때, 선생의 머리에 가장 먼저 떠오른 생각은 이것이었다. '결국 내가 해냈어.'

하지만 그 후로는 머릿속이 뒤죽박죽이 되어 아무 생각도 떠오르지 않았다. 그는 몸에 지니고 있던 메모를 꺼내 정확한 택시 요금을 표시한 미터기 옆에 놓은 다음, 달아날 준비를 하면서 차 밖으로 나왔다. 그런데 마치 그 장면을 보거나 총소리를 들은 사람이 아무도 없다는 듯이 차들은 끊임없이 대로를 질주하고 있었다. 그래서 그는 걸었다. 자신이 방금 살인을 저질렀다는 것을 행인들이 눈치채지 못하도록 일부러 거의 100미터나 되는 길을 '걸어갔다'! 그리고 운전사나 승객들의 눈에 띄지 않도록 손에 튄 핏방울을 가리고 소형 버스에 올라탔다. 그때 그는 아마 이렇게 말하고 싶었을 것이다. 정의는 눈이 멀었을 뿐만 아니라, 눈에 보이지도 않는다고. 하지만 그는 그것이 자기기만에 불과하다는 걸 잘 알고 있었다. 아무도 그를 못 봤다는 것은 아무도 그를 보고 싶어 하지 않았기 때문이니까.

그다음으로 그는 머릿속에 메모를 했다. 이번만큼은 중요한 순간에 진실을 외면해 버리는 국민의 성향에 자신을 맡길 수는 없는 노릇이었다.

       7. 현장에 출동한 순찰대는 길가에 버려진 택시 옆에서 시신 한 구를 발견했는데, 면허증을 확인한 결과 운전사로 보인다고 경찰서에 연락했다. 시신은 택시 안이 아니라, 옆에 있었다. 현장에서 얻은 단서를 토대로 판단하건대, 범인이 돈을 내놓으라고 위협하다가 이에 저항하는 운전사와 몸싸움을 벌인 끝에 총을 발사한 것으로 보인다고 했다. 현장에 요금을 지불한 흔적은 물론, 메모 같은 것도 전혀 없었던 걸 보면, 살해하고 요금을 내는, 소위 살해 후 요금 지불이라는 신종 범죄는 아닌 것 같다는 게 순찰대의 판단이었다. 그런데 인근 주민들은 몇 발의 총성이 울리고 나서 양복 차림에 넥타이를 맨 남자 하나가 저 길 아래로 달려가는 것을 보았다고 증언했다. 이 증언이 사실이라면, 이번 사건의 범인은 라 페르세*에 자주 출몰하는 무장 강도라기보다, 사이코패스일 가능성이 높았다. 경찰서의 렌돈 경감은 주민들의 상세한 증언이 순찰대의 현장 보고보다 더 중요하다고 판

---

*   보고타 동쪽 끝의 라 페르세베란시아 동네.

단했다.

      8. 엘리아스 모고욘의 죽음은 텔레비전을 제외한 모든 언론 매체에 보도되었다. 사건이 일어난 직후만 해도 그는 사건이 알려지는 것보다 정의를 실현하는 것이 더 중요하다고 믿었기 때문에, 그것도 괜찮다는 생각이 들었다. 하지만 시간이 흐르면서 일간지들이 이 사건을 앞다투어 살해 후 요금 지불이라는 제목으로 보도하고, 해당 기사가 연일 헤드라인을 장식하자, 그는 사건이 널리 알려지는 것이 오히려 긍정적일 수 있겠다는 판단이 들었다. 그 사건이 대중에게 어느 정도 알려지면, 더 이상 자신의 역할은 필요하지 않을 것이기 때문이었다. 함부로 횡포를 부리다가는 목숨을 잃을 수도 있다는 것을 깨달은 택시 운전사라면 앞으로 손님들에게 바가지를 씌우려 들지는 않을 테니까 말이다.

  엘리아스 모고욘이 살해되고 거의 한 달이 지날 무렵, 두 번째 피해자가 나왔다. 하지만 그사이 그는 바가지를 씌울 것 같은 운전사를 구별하는 본능 같은 것을 갖게 되었다. 그래서 그는 택시 운전사 살해범이 택시 사업에 미친 악영향을 두고 정직하고 부지런한 운전사들과 이야기를 나누면서 도시를 돌아다니는 시간을 절약할 수 있었다.

"우리 같은 택시 운전사들이야 손님에게 서비스를 제공하는 사람들이죠." 한 운전사가 그에게 설명했다. "하지만 상호 간에 신뢰가 없으면 정말이지 일할 맛이 안 난다고요."

그는 택시 운전사들이 정직한 서비스를 제공하고 부당 요금 징수 행위를 근절하라는 요구에 대해 그다지 진지하게 받아들이지 않는다는 것을 알게 되었다. 그들이 보기에, 살해 후 요금 지불 범죄를 저지른 자는 정의의 사도가 아니라 흉악범에 지나지 않았다. 문제는 당연히 소통 착오, 아니면 잘못된 교육에서 비롯된 것이었다. 그래서 그는 갈수록 더 길어지면서도 설득력은 떨어지는 메모를 남겨서 그 문제를 하나씩하나씩 바로잡아 나갈 수밖에 없으리라는 생각이 들었다. 하지만 그는 결국 좌절감에 빠진 나머지, 자신이 물리적인 방법으로 사태를 해결하려고 했기 때문에 말로 설득하기보다 총을 쏜 것이라고 결론을 내렸다.

9. 용의자가 라 페르세베란시아로 도주했다는

소식이 전해지자, 경찰서에 난리가 났다. 그 동네는, 피라미에 불과해서 굳이 잡으러 다닐 필요도 없는 소매치기들과 마약 밀매상들의 소굴이나 다름이 없었다. 하지만 살해 후 요금 지불 범인은 그런 잡범들과는 전혀 차원이 달랐다. 잡기만 하면 대박을 터뜨리는 셈이었다. "놈은 우리 눈을 피해 오두막에 숨어 있을 거야." 렌돈 경감이 부하들에게 말했다. "가서 기필코 놈을 잡아 와야 돼." 경감은 나시오날 공원*에서 시신이 발견되었을 때부터 택시 운전사 살해범의 사건 기록을 면밀히 추적해 왔지만, 범인이 정의의 사도라는 주장에는 절대 동의할 수 없었다. 그러다 범행에 사용된 무기가 10년 전 콜롬비아 은행 포메케** 지점 강도 사건에서 사용된 총기와 동일한 것이라는 사실이 밝혀지자, 그가 제기한 의혹은 결국 사실로 드러났다. 그가 처음 내린 명령은 최대한 신중하게 폴리스라인을 설치해 출입을 통제하고, 그 동네에서 감지되는 어떤 움직임이라도 예의 주시하라는 것이었다. 하지만 불행하게도 신중함이라는 건 경찰들이 거의 모르는 단어나 마찬가지였다. 더구나 그의 명령을 들은 자

---

*   보고타 동쪽에 있는 공원.

**   보고타에서 동남쪽으로 위치한 도시.

들 사이에는 경찰서에 상주하다시피 하는 언론사 끄나풀 호세 '오이'* 페르난데스도 있었다.

10. 반면 학교 동료들 사이에서 살해 후 요금 지불 범인의 의도를 의심하는 이는 아무도 없었다.

교무실에서는 처음부터 그 별명이 인기를 끌었다. 그는 정의의 사도가 누구인지를 놓고 갑론을박을 벌이는 동료들을 보면서 몰래 흐뭇해했다. 그들은 정의의 사도가 사이코패스이든 아니든 간에 대중교통의 횡포를 막기 위해 애를 쓰고 있다고 입을 모았다. 고인이 된 오를란도의 사촌—정의의 사도를 가장 열렬하게 추종하는 팬들 중 하나였다—은 범행 피해자들에 관한 기사를 스크랩해서 학교 게시판에 붙이기도 했다. 그러나 교장 신부로부터 정도를 벗어난 악취미라는 꾸지람을 듣고 나서는 더 이상 기사를 붙이지 않았다.

그렇기는 해도 모두가 다 찬사와 환호를 보낸 건 아니었다. 정의의 사도가 벌인 행동에 관해 가장 충격적인 주장이 나온 곳은 바로 학교였다. 그런 주장을 한 장본인은

* 얼굴이 긴 페르난데스의 별명.

학교에 근무하는 심리 상담사인데, 그녀는 이를 악순환 이론이라고 불렀다. 가령 어떤 이가 누가 봐도 옳지 못한 행동을 할 때 자신을 보호할 방어 기제란 하지 말아야 할 것을 실제로 행해야 할 것으로 생각한다는 것이다. 그리고 그것이 사실임을 증명하기 위해 그는 다시 그 행동을 해야만 한다. 그것도 거듭해서. 이 이론을 뒷받침하기 위해 심리 상담사는 살해 후 요금 지불 범인의 범행 간격이 갈수록 짧아질 거라는 주장을 폈다.

"어쩌면 범인은 더 능숙하게 범행 대상을 골랐을지도 몰라요." 여태 듣고만 있던 그가 자신 있게 나서며 말했다. 하긴 범행 동기에 대해서는 그 누구보다 더 잘 알 테니까 말이다.

"안 그래도 요즘 그런 말이 돌고 있는 것 같더라고요." 심리 상담사가 대꾸했다.

한 가지 분명한 것은 악순환이 언제 끝날지, 아니면 과연 악순환을 끝낼 방법이 있는지 곰곰이 따져 봐야 한다는 것이다. 하지만 그건 감히 어느 누구도 나서서 던지지 못한 질문이었다.

11. 방송국에서는 늘 그랬듯이 반신반의하면

서 '오이' 페르난데스의 전화를 받았다. 사이코패스가 단순히 앞뒤 가리지 않는 강도가 아니라, 연쇄 살인범으로 여겨지기 시작할 무렵부터, 살해 후 요금 지불 범인으로 의심되는 이들이 종종 등장하고 있었다. 그런데 팔아먹으려던 독점 기사가 라디오에서 사실로 확인되자—라디오에서는 라 페르세베란시아에서 '정의의 실현을 요구'하며 집회를 하는 택시 운전사들에게 경고했다—'오이' 페르난데스는 만일의 사태에 대비해 이동 취재반에 정보를 넘기기로 결심했다.

12. 그는 막대기로 자기를 위협한 택시 운전사만 찾으면 하던 일에 종지부를 찍으리라고 스스로 다짐했다. 그는 그렇게만 되면 악순환이 선순환으로 바뀔 것이라 믿고 있었다.

그러나 한 가지 문제점이 있었다. 그가 처음 사용한 방법 때문에 그 운전사와 마주친 길모퉁이 주변이 어떤 택시도 들어가려고 하지 않는 버뮤다 삼각지대로 변해 버린 것이다. 그도 그럴 것이, 살해 후 요금 지불 범인이 바로 그곳에서 택시를 타고서 택시 운전사를 살해한 범행이 연거푸 세 차례 일어났기 때문이었다. 그 후로 그는 고심 끝에 탑승 지점을 자주 바꾸었지만, 오히려 갈수록 표적 찾기가 어려워지는 결과가 빚어졌다. 그 운전사를 찾기 전까지는 절대 물러서지 않을 것이라는 생각에 사로잡히면서 그토록 용의주도한 그도 서서히 흔들리기 시작했다.

하지만 자신의 임무를 단번에 끝내기로 굳게 마음먹은 그는 어느 토요일 오전 6시부터 오후 4시까지 닥치는 대로 택시를 잡아 세웠다. 오후 4시경, 택시 운전사 하나가 그에게 타라고 손짓했다. 그런데 무슨 얄궂은 운명인지 몰라도, 그는 그날 오전 9시, 아니면 9시 반쯤 도시의 반대편에서 그를 태운 운전사였다. 다행히 운전사는 이를 전혀 수상하게 여기지 않았지만, 그가 보기에는 불필요한 위험을 무릅쓴 것이 자명했다. 그래서 그 즉시로 그 운전사 찾는 일을 중단했다. 그날을 위해서.

그날을 위해서라고?

어쩌면, 그는 생각했다, 내가 미쳐 가고 있는지 몰라.

그는 잔뜩 풀이 죽은 채 택시에서 내렸다. 거기가 아무리 집에서 먼 곳이라고 해도 전혀 개의치 않았다. 그는 가장 가까운 신호등 쪽으로 걸어갔다. 한 걸음 한 걸음 걸을 때마다, 방금 굳게 결심한 것이 점점 더 의심스러워졌다. 어쩌면 학교 심리 상담사의 말처럼, 악순환은 자살로 이어지는 나선인지도 모른다. 이야기는 택시 운전사 연쇄 살인마가 다시 평범한 보행자로 변하면서 모두 끝날 수도 있었다. 하지만 당연히 예언자가 약해져서 산이 마호메트에게 오는 경우*도 있고, 엄청나게 큰 콘크리트 대들보가 10층 높이에서 떨어지는 경우도 있다. 또 신호등이 노란불에서 빨간불로 바뀌기 직전, 제때 급정거를 한 덕분에 다행히 사람을 치지 않는 경우도 있다. 이처럼 운 좋은 우연의 일치를 소설과 영화에서는 자주 보지만, 실제로는 그런 일이 일어나기만을 기다리다가 헛되이 인생을 보낸다.

택시가 멈춰 섰다. 신호등은 빨간불이었다. 그는 횡단보도 한가운데에 있었다. 어쩌면 그는 비틀거리고 있었는지 모른다. 어쩌면 현기증이 났는지도 모른다. 클랙슨 소리에 정신을 차린 그는 고개를 돌려 택시를 바라보았다. 그런데 그 택시에 막대기로 자신을 위협한 운전사가 타고 있었다. 이번에는 잊지 않고 택시 번호판을 기록했다.

* '산이 마호메트에게 오지 않으면 마호메트가 산으로 간다'는 속담으로, 일이 뜻대로 되지 않으면 다른 방법을 시도해야 한다는 뜻.

막대기로 위협한 택시 운전사의 이름은 이사이아스 구티에레스이고, 번호판과 인상착의는 예상했던 것보다 어렵지 않게 기억할 수 있었다. 그다음 주, 그는 집에서 몇 블록 떨어지지 않은 곳, 즉 살해 후 요금 지불 범인이 활동하던 버뮤다 삼각지대 주변에 잠복해 있었다. 그의 택시가 다가오는 모습이 보이자, 그는 그의 주의를 끌기 위해 손을 번쩍 들었다. 구티에레스는 몇 미터 앞에 차를 세웠다. 하지만 선생이 그 자리에서 꼼짝도 않자, 운전사는 다시 그를 살펴보려고 조심스럽게 차를 후진시켰다. 이상한 놈은 아닌 것 같군. 그는 이렇게 생각했던 것 같다.

　"타세요." 운전사가 말했다.

　그는 자신의 마지막 희생자를 위하여 간단한 연설문까지 준비해 두었다. 그것은 구티에레스를 제외한 다른 택시 운전사들의 시신 곁에 놓아 둔 정직에 관한 무미건조한 글과 크게 다르지 않았다. 하지만 그 글에는 특별한 뉘앙스가 담겨 있었다. 그는 구티에레스가 최근 몇 달 동안 일어난 사건들의 시발점(그를 사건의 '원인'이라고 하면 너무 지나친 표현이 될 것 같았다)이 자신이었다는 사실을 깨닫고 죽기를 바랐다. 그런데 이번에는 택시 운전사가 선수를 쳤다. 그는 돌연 육교 옆에 택시를 세우더니, 그에게 거기서부터 걸어가라고 했다. 그의 목적지는 육교 건너편, 그러니까 거기서 네다섯 블록 떨어진 곳이었다. 하지만 택시 운전사는 대로에 나가면 새 손님을 태울 수 있기 때문에, 굳이 그 근방을 뱅뱅 돌면서 시간을 허비하고 싶지 않았다. 선생은 내리지 않겠다고 버텼다. 서비스에 대한 대가를 지불하는 것도, 그리고 언제 어디서 내릴지 결정하는 것도 자기라고 했다. 어쩌면 그 순간이 구티에레스가 자신의 잘못을 속죄할 기회였는지 모른다. 하지만 그는 속죄는커녕, 만능 해결책을 사용하려고 했다.

"몽둥이 맛 좀 보려오?" 그는 냉소를 머금고 백미러를 통해 경멸에 찬 눈길로 그를 힐끗 쳐다보았다. 그러면서 막대기를 보여 주려고 오른손을 들어 올렸다.

고분고분한 승객들을 다루는 데 이골이 난 구티에레스는 저런 가엾은 멍청이한테 눈을 부라리며 굳이 몸까지 돌릴 필요도 없을 것 같았다. 만약 안 내리겠다고 버티면 이 몽둥이로 엉덩짝을 좀 때려 줘야지, 그는 생각했다.

아마 그 '엉덩짝'이라는 말은 그의 뇌에 파노라마 영상이 쭉 펼쳐지기 전에 마지막으로 골라낸 단어였을 것이다.

13. 라 페르세베란시아에 도착(아니 가까워졌을 때, 실제로는 아직 그 동네로 들어갈 수도 없었다)했을 때, 이동 취재반은 '속보'를 내보낼 노티시아스 쿠아트로 취재진이 도착할 때까지 기다리지도 않고 경찰이 작전을 개시했다는 것을 알게 되었다. 동네 주민들, 시위 진압 경찰, 일반 경찰관, 그리고 분노한 택시 운전사들 사이에 벌어진 소요 사태는 속보로 보도될 만큼 아수라장을 이루고 있었다. 이동 취재반에 소속된 라우라 바라간 기자는 '오이' 기자가 넘겨준 자료를 토대로 현장에서 즉석으로 속보를 전해야 했다. 살해 후 요금 지불 범인이 '전과가 많은' 네 명의 불량배―이들은 모두 콜롬비아 은행 포메케 지점 무장 강도 사건으로 유죄 판결을 받고 복역한 전력이 있다―중의 한 명일 가능성이 높다고 노티시아스 쿠아트로 독점으로 전국에 보도한 것도 바로 라우라 바라간이었다. 기자가 (세 명이 아니라) 네 명이라고 한 것은 급하게 속보를 내보내느라 '절름발이'라고 불린 에르네스토 부스타만테가 이미 2년 전 라 모델로*에서 사망했다는 내용의 메모를 미처 확인하지 못했기 때

* 보고타에 있는 형무소.

문이었다. 하지만 그는 "화면에 보시는 것이 그들의 얼굴입니다."라는 기자의 말이 특히 마음에 들었다. 마치 영화의 한 장면을 보는 것 같아. 그는 그렇게 생각했다.

14. 모든 것이 막대기를 휘두른 택시 운전사로부터 시작되었기 때문에, 그 운전사와 함께 끝났어야 했다. 선순환의 완전한 종결.

하지만 모든 임무를 완수했지만 그는 여전히 총을 몸에 지니고 다녔다. 그러고 있으면 안전하다는 느낌이 들어 총을 포기하기가 힘들었다. 총을 들고 있으면 자신감이 생겼고, 과거에 잃어버린 것이 바로 그런 자신감이라는 생각이 들었던 걸 보면, 그건 분명 기만적인 느낌이었다.

위험 분자가 되는 데 익숙해진 그는 언제나 습관대로 처음 지나가는 택시(아니면 처음 앞에 멈춰 서는 택시)를 탔다. 그런 택시 운전사들은 과거로부터 이어져 내려온 주의 사항, 밤이나 수도에서 안전하지 않은 동네의 경우 특히 위험하다는 것을 무시하는 경우가 많았다.

그리고 택시 한 대가 그 앞에 멈추어 섰다.

그리고 그는 택시에 탔다.

그리고 그는 제시간에 도착할 것이라고 속으로 생각

했다.

그 사건은 불행하게도 또다시 몇 가지 요인이 우연하게 겹치면서 일어났다. 첫 번째, 택시 운전사가 시르쿤발라르로 가는 길가에 공범이 기다리고 있었다. 두 번째, 택시에 탄 승객은 총기를 지녔다. 세 번째, 피해자와 강도는 서로 아는 사이였다.

15. 전 국민이 텔레비전 화면에서 본 얼굴들은 경찰의 수사 기록에 있는 오래된 사진을 복사한 탓에 아주 흐릿했다. 그렇지만 적어도 기자가 '전 국민'이라고 부른 사람들 중 소수는 사건 관련자들의 얼굴을 어렵지 않게 알아볼 수 있었다. 산타페* 동네에 사는 어떤 시청자는 지난 4월부터 마이애미 형무소에 수감되어 있는 레오나르도 몬테네그로, 일명 '시비꾼'의 얼굴을 금세 알아보았다. 반면 마니살레스**의 한 시청자는 예전에 자기가 데리고 다니던 사촌 윌리엄 기예르모 알바레스를 금방 알아보았다. '땟국물'이라는 별명으로 불리던 알바레스는 오후 5시부터 아과르디엔테를 마신 뒤, 택시 운전사

---

* 보고타 북쪽 구 시가지.

** 콜롬비아 중부에 위치한 도시로, 칼다스주의 주도.

를 여럿 죽이고 어렵사리 보고타에 갈 수 있었다.

시민들이 경찰의 저지선을 거세게 밀어붙이는 동안, 라 페르세베란시아에 있는, 좀 더 자세히 말하자면 노티시아스 쿠아트로 방송국 이동 취재반이 있는 곳으로부터 몇 블록 떨어진 곳에 있는 리바르도 팔마—취재반의 간판 기자 라우라 바라간에 비하면 하찮은 일만 해 온 사람이었다—는 용의자들의 행방을 알려 봐야 보상금도 받지 못할 것 같아서 전화하지 않기로 했다. 물론 상황이 급변할 가능성도 있었지만, 그의 직업상 아주 중요한 순간이라는 생각이 들었다. 결국 그는 담요로 몸을 둘둘 감은 채 침대에서 일어나 집 2층으로 올라갔다. 닫힌 문 앞에 멈추어 선 그는 담요 밖으로 손을 꺼내기 싫어 발로 문을 냅다 걷어찼다. 그러곤 문 반대편에서도 들릴 만큼 큰 소리로 외쳤다.

"피칸테! 당신이 또 텔레비전에 나왔어요!"

16. 택시는 공범인 강도를 태우기 위해 그 앞에 멈추어 섰다. 그때 선생에게 가장 먼저 든 생각은 설마 택시 운전사가 또 다른 승객을 태우려고 할까 하는 것이었다. 심지어는 저들이 자기 코앞에 총구를 갖다 대고

있는데도, 자기가 강도를 당하고 있는 줄은 꿈에도 생각하지 못했다. 하지만 곧이어 자기가 되레 저들에게 잡혔다는 생각이 머리를 스치고 지나갔다. 그래서 그는 본능적으로 달아나려고 했다. 그는 저들이 요구하는 대로 지갑을 건네주거나, 이 운전사와 공범보다 훨씬 단순한 이유로 택시 운전사 열두 명을 쏘아 죽인 권총을 뽑아 저들에게 맞서는 대신에, 총 맞을 위험을 무릅쓰고 잽싸게 차문을 열려고 했다. 하지만 문손잡이를 잡기도 전에 이미 몸싸움이 시작되었다. 그를 향해 총구를 겨누고 있는지 운전석에서 백미러를 통해 보고 있던 운전사는 무언가 이상한 낌새를 알아차리고 공범에게 소리쳤다.

"피칸테, 조심해!"

피칸테. 그 순간 뒷좌석에서는 트랄파마도어* 대학교의 물리학자들에 의해 잘 알려진 시간의 혼란이 일어났다. 키리구아 지구의 어느 거리. 시멘트 바닥에서 한 축구 시합. 참하기 그지없던 롬바나 누나. 브라보 고추나무. 수업 시간에 장난친 일. 자기더러 피칸테**라고 부른다고

---

* 커트 보니것의 소설 『제5 도살장』에 나오는 행성 이름.
** 매운 고추나 고추로 만든 소스를 뜻하는데, 여기서는 공산주의자를 가리킨다.

버럭 화를 내는 피칸테. 9학년 때 역사가 어떻고 저떻고 떠들어대던 빨갱이. 우리 승리하리라!* 사춘기가 되면서 얼굴에 돋아난 여드름. 혁명Revolución은 승리의 V 자로 쓰는 거라고. 나중에는 피칸테라고 부르는 걸 오히려 자랑스러워한 피칸테. 오합지졸에 불과한 민족해방군.** 심한 충격에 빠진 초록색 위협.*** 구내식당에서 벌인 논쟁. 너와 어울리지 않는 친구들. 당장 꺼져. 너 미쳤니? 은행을 설립하는 것에 비하면 은행을 터는 것이 뭐 그리 대수겠니?**** 마지막 부탁이야. 마지막.

택시 운전사는 차를 세울 곳을 찾느라 머뭇거리기는커녕(그 시간대라면 누구라도 그랬을 것이다), 자기 한패를 도와 그 개자식―이 말을 할 때 목소리가 갈라져 나왔다―을 제압하기 위해 급브레이크를 걸었다. 그러나 차가 급정거하는 바람에 리볼버가 어디론가 날아가 버리면서 뒷좌석에서 팽팽하게 유지되던 힘의 균형이 무너졌다. 피칸테가 문을 열고 탈출하는 사이, 택시 운전사도 차 문을 열었다. 하지만 그 순간, 피칸테가 들고 있던 리볼버가 이미 다른 사람 손에 넘어갔을 뿐만 아니라, 무기로 둔갑해 있었다.

그 무기에서 그를 향해 불이 뿜어져 나왔다.

17. 한때 혁명 지도자를 꿈꾸던 마우리시오 페레스, 일명 '피칸테'는 그 무렵 따로 준비도 많이 필요하지 않고 딱히 머리 쓸 일도 없이 잽싸게 물건만 터는 좀도둑으로 전락해 있었다. 피칸테는 자신이 살해 후 요금 지불 범인이 아니라는 것을 팔마도 잘 알고 있을 거라고 믿었다. 하지만 그는 짭새들이 찾아올 경우, 그리고 무엇보다 팔마가 군침을 흘렸을 것이 분명한 보상금이 발표됐을 경우, 이 조력자를 믿어도 될지 확실히 해 두고 싶었다. 강도 계획이 틀어지고 난 뒤, 팔마는 꼬치꼬치 캐묻지 않고 그를 자기 집에 하룻밤 묵게 해 주었다. 하지만 피칸테가 자기를 밀고할 것이냐고 단도직입적으로 묻자, 팔마도 돌연 정색을 하고 단호하게 말했다.

"이봐요, 지금 이런 상황이라면 일이 언제 어떻게 될지 모른다고요."

그의 말이 의미하는 것: 일단 여기서 나가는 게 좋겠어요. 이런 일로 우리 목숨을 걸 수는 없잖아요.

결국 이 말이 뜻하는 것: 당신이 여기서 최대한 먼 곳에서 잡힐수록, 우리 둘에게 더 좋은 일이죠.

18. 건물로 가는 동안 선생은 단 한순간도 자신이 정당방위로 흉악범을 죽인 강도 사건의 피해자라고는 생각하지 않았다. 그는 길모퉁이를 돌고서야 걸음을 멈추고 간신히 한숨을 돌렸다. 정신이 없어서 문제의 권총을 어디 숨기지도, 버리지도 못한 상태였다. 그는 또다시 도망치는 살인자 신세가 된 셈이다. 더구나 자기 성과 이름을 알 수도 있는 자를 도망치도록 내버려 둔 것이 문제였다.

지나친 자신감으로 말미암아 그를 놓치고 말았다. 지금쯤 피칸테는 라 페르세베란시아 경찰서에서 살해 후 요금 지불 범인의 신원을 알려 주는 대가로 경찰과 형량 거래를 하고 있을 것이 분명했다.

그는 텔레비전에서 경찰과—범인 수색 상황을 현장 중계하던 라우라 바라간 기자에 따르면—흥분한 택시 운전사 시위대에 쫓기는 피칸테를 보면서 그런 생각을 했다. 그로서는 택시 운전사들이 피칸테를 살해 후 요금 지불 진범이라고 철석같이 믿고 있다는 것을 이해하기 힘들었다.

피칸테. 살해 후 요금 지불 범인.

그때 총성이 들렸다. 현장에 있던 여성 기자는 비명을 지르며 화면에서 사라져 버렸다. 텔레비전 카메라도 이리저리 흔들렸다. 첫 번째 총소리에 이어 두 발의 총성이 더 울려 퍼졌다. "놈이 죽었다! 드디어 놈이 사살됐어!" 군중이 소리를 질렀다. 다시 카메라가 현장을 비추자, 폭동 진압 경찰관이 어느 택시 운전사(로 추정되는 사람)를 무차별 구타하는 장면이 화면에 잡혔다. 다리와 팔, 머리와 경찰 곤봉, 그리고 주먹과 구두가 한데 뒤엉킨 장면을 배경으로 다시 기자의 얼굴이 나타났다. 지금 경찰관들은 시위대에게 폭력을 행사하지 말라고 경고하고 있습니다. 텔레비전에서 여성 기자의 목소리가 흘러 나왔다. 누가 발포했는지는 아무도 모릅니다. 하지만 이로써 살해 후 요금 지불 범인은 죽었습니다. 다시 한번 말씀드립니다. 살해 후 요금 지불 범인은 이미 사망했습니다. 지금까지 노티시아스 쿠아트로에서 독점 보도한 속보였습니다.

19. 렌돈 경감은 자신의 판단이 사실로 확인되자 흐뭇한 표정을 감추지 못했다. 물론 언론은 들끓는 '여론'을 잠재우기 위해 자기들이 원하는 만큼 외톨이나 살인자들에게 비난의 화살을 돌릴 수도 있었다. 하지만 렌돈은 모두 헛소리라는 것을 알고 있었다. 그가 인생에서 터득한 진리는 돈을 제외하면 다 쓰레기에 불과하다는 것이었다. 다시 말해, 피라미드보다 더 뾰족한 톱날처럼 생긴 그의 사회적 피라미드 이론에 따르면, 정의의 사도(혹은 재판관)부터 강도에 이르기까지 이 세상을 움직이는 것은 바로 돈이다. 살해 후 요금 지불 범인이 아무리 정직이니 뭐니 하면서 위선적인 말을 떠들어 대 봐야 끝내 그를 속일 수는 없었다. 사실 그를 속인 사람은 아무도 없었다. 전혀. 경찰에서 그와 같은 생각을 한 이들이 얼마나 되겠는가? 다만 그 빌어먹을 권총이 나타나지 않았다는 것이 그를 열 받게 할 뿐이었다. 왜냐하면 그건 그 권총이 다시 나타날 수 있다는 것을 의미했기 때문이다. 언젠가.

모래

Arena

필라르 킨타나

Pilar Quintana(1972~)

콜롬비아 칼리 출생으로, 하베리아나 대학에서 사회 커뮤니케이션학을 공부했다. 그녀는 2007년 헤이 페스티벌에서 미래 라틴아메리카 문학을 이끌 젊은 작가 39인 중 한 명으로 선정되었다. 그리고 2010년 소설 『진기한 가루 수집가』로 스페인 라 마르 데 레트라스 소설 부문 상을 받았다. 2018년 『암캐』로 콜롬비아 국가 문학상과 내셔널 북 어워드 결선에 올랐을 뿐만 아니라, 콜롬비아 소설 도서관상을 받았고, 2021년 『심연』으로 소설 부문 알파구아라상을 받았다. 대표작으로는 장편소설 『간지러운 혓바닥』(2003), 『이과나 음모』(2009), 『암캐』(2017)와 단편집 『빨간 모자가 늑대를 잡아먹다』(2012) 등이 있다.

그는 학교에 다니는 열네 살짜리 꼬마들이나 하고 다닐 머리 모양을 하고서 화장실에서 나왔다.

"엔리, 머리 꼴이 그게 뭐야?" 내가 말했다.

그의 머리는 정수리에서부터 앞쪽으로 바짝 눌려 있는 반면, 앞머리는 브러시의 솔처럼 **빳빳**하게 서 있었다. 그는 어깨를 으쓱했다.

"그 머리가 마음에 들어?"

그는 다시 어깨를 으쓱했다.

"머리가 너무 눌린 것 같은데."

그는 또 어깨를 으쓱했다.

"위쪽이 너무 눌렸어. 더구나 앞머리는 바짝 서 있고."

그가 어깨를 으쓱하자, 나는 그의 손을 덥석 잡았다.

"이리 와 봐." 나는 그를 데리고 화장실로 갔다.

나는 그에게 세면대 위의 커다란 거울에 비친 자기 모습을 보게 할 생각이었다.

그곳은 말이 화장실이지, 세면대와 변기밖에 없는 골방에 불과했다. 그리고 세면대라고 해야 우물에서 길어 온 물을 부어 쓰는 도자기 대야에 지나지 않았다. 아침에 세수하고 난 물은 밭에 뿌렸다. 그렇게 우리는 물 한 방울도 헛되이 쓰지 않았다.

"잘 봐."

나는 눈썹 정리할 때 쓰는 손거울을 꺼냈다. 그러고는 그가 자기 뒤통수를 비쳐 볼 수 있도록 거울을 머리 뒤에 갖다 댔다.

"당신 모습이 어떤지 한번 보라고."

그는 큰 거울과 작은 거울을, 자기 앞모습과 뒷모습을 번갈아 보면서 머리 모양을 찬찬히 뜯어보았다.

"그건 열네 살짜리 꼬맹이들이나 하고 다니는 머리야. 정신 좀 차려. 당신 지금 마흔이라고."

그는 자기 모습을 살피는 데 정신이 팔려 나를 거들떠보지도 않았다. 그는 거울에서 눈을 떼더니 곧장 거실로 갔다. 나도 그의 뒤를 따라갔다.

"그대로 둘 거야?"

하지만 그는 아무 말도 하지 않았다. 내가 따라가도 가만히 내버려 두었다. 나는 그의 마음을 도무지 이해할 수 없었다.

"정말 그런 꼴을 하고 나갈 거야?"

하지만 그의 표정이나 태도로 봐서는 무슨 말을 하거나 무언가를 하려는 기색이 전혀 보이지 않았다. 다른 남자 같으면 도로 화장실에 가서 손으로라도 머리를 만지려고 할 텐데.

"내가 그 머리 어떻게 좀 해 줄까?"

마침내 그가 걸음을 멈추었다. 그는 무슨 말을 하려는 것처럼 나를 빤히 바라보았지만, 끝내 입을 열지 않았다. 그는 아무 말도 하지 않았다. 그는 하얀 플라스틱 의자가 쌓여 있는 거실 구석으로 갔다. 그러곤 의자 하나를 꺼내더니, 팔짱을 끼고 앉았다.

그는 키가 큰 편이었다. 앉아 있는 그의 머리는 내 손이 닿는 높이에 있었다. 나는 그의 머리를 손질할 만반의 준비를 하고 있었다. 내 의도를 그가 눈치채도록 나는 일부러 천천히 손을 뻗으면서 그에게 다가갔다. 하지만 그는 자리에서 일어서지도 않고, 나의 손길을 피했다. 반데리예로*만큼이나 빠른 움직임. 나는 깜짝 놀라 그 자리에 멈추어 섰다. 그는 고개를 돌려 나를 쳐다보았다. 이번에는 내 눈을 뚫어지게 노려보았다.

"계속 내 머리 가지고 그러면⋯." 그가 내게 경고했다.

나는 단념했다. 결국 그를 가만히 내버려 두기로 했다. 나는 벽에 기대어 놓은 빗자루를 집어 들고 거실을 쓸기 시작했다. 하지만 일 분도 채 지나지 않아, 나는 다시 머리 이야기를 꺼냈다. 그에게 이것저것 닥치는 대로 물었다. 나는 그에게 혹시 중년의 위기를 겪고 있는지, 사십대에 접어드니 사는 게 힘든지, 몇 살이라도 젊어 보이고 싶어서 그러는 건지 물었다.

"열네 살짜리처럼 보이고 싶은 거야?" 나는 놀리듯이 물었다.

나는 그가 아무리 이상한 머리 모양을 시도하더라도 열네 살짜리처럼은 보이지 않을 거라고 말해 주었다. 그리고 그런 꼴을 하고 학교에 가면—거울에 비친 자기 모습을 봐서 알겠지만—꼬맹이들이 이상한 눈으로 쳐다볼

---

*   투우에서 소의 등에 반데리야라는 작살을 꽂는 사람.

거라는 말도 덧붙였다. 자기 아버지 또래의 선생이 그런 머리를 하고 교실에 나타나면 얼마나 우스꽝스럽겠는가.

"어쩌면 아이들 할아버지와 비슷한 나이일지도 몰라. 엔리, 거울에 비친 당신 모습이 어떤지 잘 보라고. 눈가에 주름이 자글자글하지, 머리도 벗어졌지, 또 수염도 희끗희끗하게 셌잖아."

나는 그에게 그런 꼴로 가면 아이들에게 놀림거리가 되기 십상이라고 말했다. 정말이지 두고두고 놀림거리가 되고도 남는다. 열다섯 살짜리처럼 보이고 싶은 사십 대 아저씨라고 말이다.

"아니면 열네 살짜리처럼 보이고 싶은 아재라고 말이지." 나는 다시 그를 놀려 댔다.

나는 그에게 다시 거울을 보고 싶은지 물었다. 원한다면 손거울이라도 갖다 주겠다고 했다. 혹시 지금 앞이 제대로 안 보이는 건지, 아니면 정신이 나간 건지 묻기도 했다. 아니면 서른다섯 살 때 빼 버린 귀걸이를 다시 하고 싶은지, 아니면 정말 학교에 다니는 열네 살짜리 꼬맹이들이나 하는 액세서리를 치렁치렁 달고 다니고 싶은지 물었다. 또 팬티의 상표가 잘 보이도록 일부러 바지를 내려 입고 싶은지도 물었다.

그는 마치 늪에 잠긴 듯한 눈으로 나를 바라보기만 했다. 내가 계속 말을 하면 그도 곧 반응을 하리라는 생각이 머리를 스치고 지나갔다. 어쩌면 그도 머리 모양을 바꾸고 싶은데, 내 말이 끝날 때까지 기다리고 있는지도 모를 일이었다. 그러면 다시 예전의 머리로, 그러니까 점점 더 새치가 늘어가는, 자고 일어났을 때처럼 부스스하고 약간 헝클어진 모양으로 돌아갈 생각인지도 몰랐다.

그래, 사십 대에 접어들면서 모든 게 확 달라지기 시작하더군. 그는 이렇게 말할지도 모른다. 쉽게 감당이 안 되더라고. 그러면 나는 그를 따뜻하게 안아 줄 것이다. 그리고 우리는 서로를 바라보며 웃겠지. 다행히 우린 가진 게 별로 없잖아. 내가 말하면 그는 이렇게 대꾸할 것이다. 돈이 있었더라면 빨간색 컨버터블을 한 대 샀을 텐데. 그의 말이 끝나자마자, 우린 그런 우리 자신의 모습을, 그리고 시간이 흐르면서 우리에게 남은 것과 우리 가슴속에 쌓여 있는 근심을 비웃었다.

그러나 내 예상과 달리, 그는 자리에서 벌떡 일어났다. 나는 작은 짐승처럼 깜짝 놀라며 본능적으로 뒷걸음쳤다. 나는 그가 제발 입 좀 닥치라고 소리를 지를 줄 알았다. 아니면 손을 번쩍 들고 내게 달려들지도 모른다는 생각에 떨리기까지 했다.

"다녀올게." 그는 무덤덤하게 말하곤 밖으로 나가 버렸다.

나는 계속 빗자루질을 했다. 바닥을 쓰는 동안, 나는 그가 집에서 나와 동네에서 멀어지는 모습을 떠올렸다. 저 멀리 걸어가고 있는 그가 작은 점으로 보였다. 황량한 벌판에서 점 하나가 움직이고 있었다.

나는 집 안 구석구석을 청소했다. 바닥과 벽, 가구와 벽에 걸린 그림, 그리고 천장까지. 나는 구석에 쌓여 있던 모래를 모두 끄집어냈다. 탁자 다리 뒤, 매트리스 위의 쿠션 사이, 바닥과 벽에 난 틈, 액자, 천장을 덮은 거적, 모서리 등, 집 안 모든 곳에서 모래를 치웠다. 집 안은 먼지 하나 없이 깨끗해졌다.

나는 표주박을 들고 우물가로 가서 목욕을 했다. 몸을 씻는 동안에도 물이 물통에 떨어지는지 확인해야 했다. 그래야 나중에 밭에 물을 줄 수 있을 테니까. 청소하느라 몸에 묻거나 피부 주름 사이에 낀 먼지와 모래를 물로 다 닦아 냈다.

그사이 엔리는 집에 와 있었다. 그는 문과 창문을 모두 닫아 놓았다. 다만 밤의 추위와 모래 폭풍을 조금이라도 막기 위해 입구에 건 검은색 플라스틱 발은 내리지 않았다. 그는 땀과 먼지로 범벅이 된 채, 입구 벤치에 앉아 석양을 바라보고 있었다.

"꼴이 말이 아니네." 나는 그의 곁에 다가서서 말했다.

거대한 공 같은 해가 저 먼 지평선 아래로 미끄러지듯이 사라지고 있었다. 나는 그 모습을 보며 행복감에 젖어들었다. 이제는 집도, 내 몸도 아주 깨끗했으니까. 그런데 그의 머리 모양을 깜박 잊고 있었다. 나는 그가 아직 그 머리 꼴을 하고 있다는 것도 알아차리지 못했다. 아니, 그런 데 신경 쓸 생각조차 하지 못했다. 나는 그에게 고개를 돌려 나가서 일을 잘 봤는지 물었다. 그는 장화의 끈을 풀고 있었다. 신발에서 발을 빼내자, 모래가 바닥으로 후드득 떨어졌다.

"엔리, 지금 뭐 하는 거야?"

"장화 벗고 있잖아."

"집 안이 어떤지 정말 모르겠어?"

"당신만큼이나 깨끗한 찻잔 같구먼." 그는 집 안이 먼지투성이인지 깨끗해졌는지 관심 없다는 투로 말했다.

나는 그 말뜻을 이해해 보려고 그를 힐끔 쳐다보았다. 그리고 그가 뭘 할지 머릿속으로 그려 보았다. 그가 다른 쪽 장화를 벗자, 또다시 모래가 떨어졌다. 아무리 생각해도 그가 일부러 그러는 것 같지는 않았다. 적어도 그가 장화 두 개를 들어 올려 내게 보여 줄 때까지는 그럴 리 없다고 믿었다. 하지만 그는 내가 보는 앞에서 장화를 뒤집더니 그 안에 있던 모래를 털어 냈다.

"이런 멍청이 같으니!" 내가 말했다.

그는 자리에 앉은 채, 잠시 나를 쳐다보았다. 그런데 잠시 후, 그는 장화 아가리를 내게 겨누더니 남은 모래를 내 얼굴에 쏟아 부었다. 나는 순간적인 착각, 우발적인 사건, 본의 아닌 실수, 아니면 그냥 장난일 거라고 생각했다. 그래서 그가 내게 달려와 얼굴에 묻은 모래를 털어 내고, 내 손을 잡고 화장실로 데려가면서 미안하다고, 그리고 자기도 무슨 영문인지 모르겠다고 말해 줄 걸로 믿었다. 하지만 모래는 이미 내 눈에 들어가 있고, 그는 줄을 당겨 검은색 플라스틱 발을 내렸다. 밖에는 황량한 벌판과 석양의 잔해가 남아 있었다. 반면 안에는 어둠이 짙게 깔렸다.

"당신이 바라던 게 그거야?" 그가 말을 마치자마자 의자를 박차고 일어났다.

나는 어쩔 줄 몰라 하며 눈에서 모래를 빼내려고 쩔쩔맸다. 하지만 이번에는 뒷걸음칠 시간이 없었다.

삶의 여러 갈래

안드레스 펠리페 솔라노

Andrés Felipe Solano

콜롬비아의 소설가이자 언론인. 1977년 보고타에서 태어났으며, 로스 안데스 대학에서 문학을 전공했다. 첫 장편소설『나를 구해줘, 조 루이스』이후 한국전쟁에 참전했던 콜롬비아 용사를 다룬『네온의 묘지』, 이방인으로서 한국에서의 삶을 그린『한국에 삽니다』등을 발표했다. 2010년 영국 문학지『그랜타』에서 발표한 스페인어권 최고의 젊은 작가 22인에 선정됐으며,『한국에 삽니다』로 2016년 콜롬비아 문학상을 탔다. 현재 서울에 거주하며 한국문학번역원 번역아카데미의 교수로 재직 중이다.

보고타에 있는 콜롬비아 국립 박물관에는 알렉산더 폰 훔볼트Alexander von Humboldt(1769~1859)의 가장 중요한 작품인 〈안데스의 자연지도Tableau physique des Andes〉 수채화 원본이 보관되어 있다. 독일의 탐험가이자 박물학자인 훔볼트는 1801년 3월 말에 당시 그라나다 신왕국Nuevo Reino de Granada으로 알려져 있던 콜롬비아의 북쪽 해안에 도착했다. 그는 목적지 리마로 가면서 콜롬비아를 들른 것이었다. 그런데 거기서 만난 어떤 사람이 보고타를 가 보라고 제안했고, 보고타에서 그는 라틴아메리카 동식물 연구에 큰 도움이 될 식물학자를 만나게 된다. 어쨌든 그 '어떤 사람'에게 설득되어, 훔볼트는 그라나다 신왕국의 수도로 떠났다. 도착하는 데 3개월 반이 걸렸다. 뜨거운 카리브해에서 차가운 안데스 산맥까지 구불구불 흐르는 마그달레나강을 따라서 힘들게 돌아다녔지만, 눈부셨던 그 여정은 일종의 지도이자 도표인 〈안데스의 자연지도〉에 잘 드러나 있다. 자기가 어떤 여행을 했는지 깨닫고 자기가 발견한 것을 그리면서, 훔볼트는 나중에 지리학과 생태학의 아버지라는 칭호를 얻게 될 이론을 제시하는 데 큰 도움을 받았다. 그의 생각은 매우 단순했지만, 당대에는 혁명적이었다. 그것은 지구가 하나의 살아 있는 유기적 조직체이며, 가장 작은 개미부터 가장 높은 나무까지 아우르는 하나의 연결망이라는 것이다. 그렇기에 지구는 취약하다고 말할 수도 있을 것이다. 가장 작은 것을 느끼면 그것이 가장 큰 것에 반향을 일으키고, 그 반대의 경우도 마찬가지이기 때문이다. 콜롬비아에 거주했고 지금도 거주하는 원주민 대부분이 자신들의 우주론에 따라서 지구를 바라보는데, 이것은 당연히 훔볼트의 이론과 관련되어 있다.

그런데 이런 모든 게 이 선집에 포함된 열 편의 단편소설과 무슨 관련이 있을까? 콜롬비아는 여러 길이 만나는 교차로이며, 콜롬비아 문학도 마찬가지이다. 겉모습을 본다면 대도시에서 멀리 떨어진 곳을 배경으로 하는 충격적인 목소리들(아프리카 뿌리를 지닌 작가 이흐안 렌테리아 살라사르의 「우리 할머니 리타」 또는 필라르 킨타나의 「모래」)은 보고타 거리에서 이루어지는 어느 택시 운전사와 살인자의 통렬한 이야기(루이스 노리에가의 「선순환」)나 혹은 또 다른 도시의 중심가에 있는 집에서 일어나는 혼란스러운 사건들(오를란도 에체베리 베네데티의 「가택 연금」, 존 베터의 「여호와의 증인 신도들의 즐거운 방문」)은 분명히 관련이 없다고 생각할 수도 있다. 그리고 미국에 거주하는 콜롬비아 이민자의 외로운 삶(파트리시아 엥헬의 「성인 열전」), 혹은 한국전쟁의 참전용사로 '추정'되는 사람의 이야기(후안 가브리엘 바스케스의 「개구리」)는 더욱 관련이 없다. 그러나 지구는 상호 연결된 살아 있는 유기체일 뿐만 아니라, 언어도 그렇다고 지적하는 훔볼트를 생각하면, 우리는 이 모든 단편소설을 우연히 같은 나라에서 유래하는 이야기들의 단순한 연속으로 읽기보다는, 하나의 직물로 읽어야 한다는 걸 알게 된다. 2022년 서울국제도서전이 잘 지적하고 있는 것처럼, 현대 사회의 가장 절박한 문제를 그리고 있는 하나의 직물이다. 거기에는 불평등과 그에 따른 사기와 비방, 혹은 다른 사람이 되고자 하거나 다른 사람을 죽이고자 하는 욕망, 자연의 착취와 수탈로 인한 기후 위기, 이민과 망명, 마약 밀매와 팬데믹이 잘 드러나 있다.

이렇게 상호 연결하여 읽는 방식을 가장 분명하게 보여 주는 예는 하나의 세트를 이루는 세 작품에서 찾아볼 수 있다. 이 단편소설들은 라우라 오르티스의 「아메리카 호랑이」, 마르가리타 가르시아 로바요의 「으깨진 다이아몬드」와 후안 카르데나스의 「새」이다. 이들은 문체나 문학적 출처 혹은 삶의 여정을 거의, 혹은 전혀 공유하지 않은 작가들이다. 밀림의 한 소녀는 어머니와 함께 가난하게 살면서 코카 잎을 팔고, 호랑이에게 도움을 청해 그곳을 벗어난다. 한 젊은 여자는 어느 별나고 이상한 밤에 카리브해 도시에서 마약을 맛보고 이내 이상한 느낌에 사로잡힌다. '여자'로 밝혀지는 살아 있는 두 생명체는 인간이 아니지만, 감염으로 황폐화되어버린 세계에서 소개 疏開되기를 기다리면서 멋진 숲을 거닐며 산책한다. 거기서 그들은 누더기를 걸친 노파를 만난다. 그 노파는 수백년 전에 밀림에서 탈출한 그 소녀의 유령일 가능성도 충분하다.

그래서 이 선집은 문학적인 '안데스의 자연지도' 같은

역할을 하고자 한다. 훔볼트는 콜롬비아 여행이 헛되지 않게 그 여행 이후에 자기 이론을 썼다. 또는 바예나토처럼 작용했으면 싶다. 그게 안 될 이유라도 있을까? 어쨌든 간에 콜롬비아의 소설가 가브리엘 가르시아 마르케스는 가장 널리 알려진 그의 작품이자 이미 고전이 된 『백년의 고독』이 바로 그것이라고, 즉 길게 쓴 바예나토라고 말했다. 콜롬비아의 모든 문화 표현 중에서 바예나토라는 음악 장르는 교차와 상호 연결이라는 생각을 가장 쉽게 요약하는 장르이다. 아프리카의 북, 유럽의 아코디언과 원주민의 과차라카*는 〈삶의 여러 갈래〉(삶의 여러 갈래/ 그건 내가 생각한 것이 아니야/ 내가 상상한 대로가 아니었고/ 내가 믿었던 것이 아니야)와 같은 노래에서 쉽게 찾아볼 수 있다. 단순하고 강렬해서 그 노래는 어디서든, 가령 집에서, 택시에서, 밀림에서, 사막에서, 강가에서, 북쪽에서도 부를 수 있다. 마찬가지로 여기에 수록된 열 편의 단편소설 주인공 각자와 모두는 세계와 소통하면서, 한국 독자들과 만나기를 기다리고 있다.

아르헨티나 작가 리카르도 피글리아는 이렇게 말했다.

---

* 긁어서 소리를 내는 악기로 주로 바예나토에서 사용된다.

"우리는 무언가를 생각하고 우리가 썼다고 생각하는 책에서 그걸 읽지만, 그것은 우리가 쓴 것이 아니라 다른 나라, 다른 곳, 그리고 과거에 누군가가 아직 생각하지 않은 생각으로 쓴 것이다. 그렇게 우연히, 항상 우연히, 우리가 생각하지 못했고 혼란스러워했던 것이 분명하게 표현된 책을 발견한다. 우리 각자를 위한 책을." 이 책도 여러분을 위한 책이 되길 바란다.

지은이·옮긴이 소개

라우라 오르티스Laura Ortiz(1986~)

콜롬비아 보고타에서 태어나 하베리아나 대학에서 문학을 전공했다. 작가와 삽화가로 일하면서 독서와 글쓰기와 관련된 활동을 지속해 왔다. 첫 작품집『질식』으로 2020년에 엘리사 무히카 전국 소설상을 받으며 문단의 주목을 받았다. 삶의 향기가 짙게 느껴지는 서정적 리얼리즘이 돋보이는 전통적 소설을 쓰는 작가로 평가받고 있다.

오를란도 에체베리 베네데티Orlando Echeverri Benedetti(1980~)

콜롬비아 카르타헤나 데 인디아스 출신의 작가이자 언론인, 사진작가로, 콜롬비아의 대표적인 문예지『엘 말펜산테』와『우니베르소 센트로』에 작품을 발표하고 있다. 2014년『잘못된 길로 질주하다』로 보고타 국립 예술원이 수여하는 국가 소설 콩쿠르상을 받았다. 두 번째 소설인『까마귀 기르기』가 2017년 콜롬비아 최우수 도서로 선정되었고, 2018년 콜롬비아 문화부가 수여하는 국가 도서상의 최종 결선에 오르기도 했다. 이 외에 대표작으로『사탕수수 밭의 축제』(2018) 등의 소설이 있다.

이호안 렌테리아 살라사르Yijhán Rentería Salazar

언어학을 공부하다가 카로 이 쿠에르보 연구소의 문예 창작 프로그램에 참여해 글을 쓰기 시작하여 시와 단편영화 시나리오를 썼다. 최근에는 콜롬비아 언어 새 사전(태평양 지역) 작업에 참여하고 있다. 「우리 할머니 리타」는 카로 이 쿠에르보 연구소의 졸업 작품이다.

후안 가브리엘 바스케스Juan Gabriel Vásquez(1973~)

현재 라틴아메리카에서 가장 주목받는 소설가 중의 한 명으로, 『추락하는 모든 것들의 소음』(2011)으로 스페인의 알파과라 소설상(2011)과 국제 IMPAC 더블린 문학상(2014)을 받았다. 1997년 『사람』을 시작으로 『보고자들』(2004), 『코스타과나의 비밀 이야기』(2007) 등 지금까지 장편소설 일곱 편을 발표했다.

존 베터John Better(1978~)

콜롬비아 바랑키야 출신으로 작가이자 언론인이다. 『16개의 희박한 대기』로 흐르헤 가이탄 두란 국가 단편 문학상을 받았다. 작품집으로는 『비상구』(2006), 『눈먼 이과나』(2009), 『꼬마 허수아비를 찾아서』(2017), 『연옥』(2020) 등이 있다. 최근에는 극히 짧은 분량의 단편인 플래시 픽션flash fiction을 발표하기도 했다.

후안 카르데나스Juan Cárdenas(1978~)

하베리아나 대학에서 철학을 공부하고, 1998년 스페인으로 건너가 콤플루텐세 대학에서 수학했다. 대표 작품으로 '또 다른 목소리, 또 다른 지역' 문학상을 받은 『계층』(2013), 『꾸미기』(2015), 호세 마리아 아르게다스 소설상을 받은 『지방의 악마』(2017) 등이 있다. 2017년 '보고타 39'가 선정한 라틴 아메리카 최고의 젊은 작가 중의 하나이다.

파트리시아 엥헬Patricia Engel

콜롬비아계 미국인 작가. 뉴욕 대학에서 프랑스어와 예술사를 공부했다. 작품 『삶』(2010)으로 펜/헤밍웨이 소설상 최종심에 올랐고, 2017년에 콜롬비아 국가 문학상인 콜롬비아 소설 도서관상을 받았다. 또한 『바다의 핏줄』(2016)로 2017년 데이턴 문학 평화상을 받았고, 『무한한 나라』(2018)가 『뉴욕 타임스』의 베스트셀러로 선정되었다. 현재 마이애미 대학에서 문학창작을 가르치고 있다.

마르가리타 가르시아 로바요Margarita García Robayo(1980~)

콜롬비아 작가로 2005년부터 아르헨티나 부에노스아이레스에 살고 있다. 『최악의 것들』(2014)로 2014년 쿠바의 '아메리카의 집'상을 탔다. 대표작으로 『죽은 시간』(2017), 『생선 수프』(2018) 등이 있다. 그녀의 작품은 영어와 이탈리아어로 번역되었다.

루이스 노리에가Luis Noriega(1972~)

콜롬비아 칼리 출생으로, 보고타와 워싱턴에서 공부했다. 주로 잡지나 선집에 짧은 소설과 단편을 발표하고 있다. 소설 『이메네스』로 1999년 카탈루냐 공과대학으로부터 과학소설을 받았고, 2016년에는 『당신의 이웃을 믿지 말아야 하는 이유들』(2015)로 제3회 가브리엘 가르시아 마르케스 라틴아메리카 단편소설상을, 그리고 『메디오크리스탄은 조용한 나라』(2014)로 2016년 콜롬비아 국가 소설상 결선에 올랐다. 이 외에도 『어릿광대들이 죽는 곳』(2013) 등이 있다.

필라르 킨타나 Pilar Quintana(1972~)

콜롬비아 칼리 출생으로, 하베리아나 대학에서 사회 커뮤니케이션학을 공부했다. 그녀는 2007년 헤이 페스티벌에서 미래 라틴아메리카 문학을 이끌 젊은 작가 39인 중 한 명으로 선정되었다. 그리고 2010년 소설 『진기한 가루 수집가』로 스페인 라 마르 데 레트라스 소설 부문 상을 받았다. 2018년 『암캐』로 콜롬비아 국가 문학상과 내셔널 북 어워드 결선에 올랐을 뿐만 아니라, 콜롬비아 소설 도서관상을 받았고, 2021년 『심연』으로 소설 부문 알파구아라상을 받았다. 이 외에 대표작으로 장편소설 『간지러운 혓바닥』(2003), 『이과나 음모』(2009), 『암캐』(2017)와 단편집 『빨간 모자가 늑대를 잡아먹다』(2012) 등이 있다.

옮긴이 송병선

콜롬비아의 하베리아나 대학에서 문학 박사 학위를 받았으며, 같은 대학에서 전임교수로 일했다. 현재는 울산대학교 스페인·중남미학과 교수로 재직 중이다. 저서로 『가르시아 마르케스』, 『라틴아메리카 문학과 한국전쟁』, 『보르헤스의 미로에 빠지기』 등이 있으며, 옮긴 책으로는 『거미여인의 키스』, 『콜레라 시대의 사랑』, 『족장의 가을』, 『픽션들』, 『알레프』, 『염소의 축제』 등이 있다. 제11회 한국문학번역상을 수상했다.

옮긴이 엄지영

한국외국어대학교 스페인어과를 졸업하고, 같은 대학원과 스페인의 마드리드 콤플루텐세 대학에서 라틴아메리카 소설을 전공했다. 옮긴 책으로 마리아나 엔리케스의 『우리가 불 속에서 잃어버린 것들』을 비롯해, 오라시오 키로가의 『사랑 광기 그리고 죽음의 이야기』, 카를로스 루이스 사폰의 『영혼의 미로』, 마리오 바르가스 요사의 『까떼드랄 주점에서의 대화』, 루이스 세풀베다의 『역사의 끝까지』, 돌로레스 레돈도의 『테베의 태양』, 페데리코 가르시아 로르카의 『인상과 풍경』, 마세도니오 페르난데스의 『계속되는 무』 등이 있다.

콜롬비아 대표 현대소설선

살아내기 위한 수많은 삶

2022년 5월 25일 초판 1쇄 인쇄
2022년 6월 10일 초판 1쇄 발행

지은이 라우라 오르티스 외
옮긴이 송병선·엄지영
편집 최세정·이소영·엄귀영·김혜림
표지 디자인 이지선
본문 디자인 김진운
마케팅 최민규

펴낸이 고하영
펴낸곳 (주)사회평론아카데미
등록번호 2013-000247(2013년 8월 23일)
전화 02-326-1545
팩스 02-326-1626
주소 03993 서울특별시 마포구 월드컵북로6길 56
이메일 academy@sapyoung.com
홈페이지 www.sapyoung.com

ISBN 979-11-6707-063-0 03800